KB076950

10대,
소설로 배우는
인간
관계 1

10대, 소설로 배우는 인간관계

제1판 제1쇄 발행 2019년 1월 21일
제1판 제4쇄 발행 2023년 5월 15일

지은이	따돌림사회연구모임 서사교육팀
펴낸이	강봉구

펴낸곳	도서출판 작은숲
등록번호	제406-2013-000081호
주소	10892 경기도 파주시 와석순환로 307, 1107-101
전화	070-4067-8560
팩스	0505-499-8560
홈페이지	http://www.littleforestpublish.co.kr
이메일	littlef2010@naver.com

ⓒ 따돌림사회연구모임 서사교육팀

ISBN 979-11-6035-059-3   43810
값은 뒤표지에 있습니다.

작은숲
작은학교

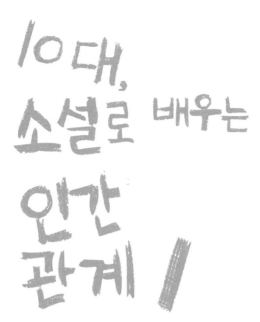

10대, 소설로 배우는

인간관계

따돌림사회연구모임 서사교육팀 엮음

　시작은 학교폭력이었습니다. 크고 작은 사건들로 지치고 상처 받은 교사들. 우리가 서로의 이야기를 풀어 놓고 대안을 찾아가던 시간은 학교 폭력의 능동적인 해결자로서 거듭나기 위한 단련의 시간이기도 했습니다. 그 단련의 끝은 평화롭고 화목한 교실, 폭력이 군림하지 않는 사회를 만드는 것이었습니다. 지속적인 연구와 실천을 통해 우리들은 더 근본적인 문제의식을 공유하게 되었습니다.

　바로 낱낱의 학교폭력 사안에 치중하기보다는 교실에 평화와 화목의 가치를 정착시키는 것이 훨씬 중요하다는 사실이었습니다. 아이들이 평화, 폭력에 대한 감수성이 풍부하고, 폭력의 속성에 대해 정확히 파악할 수 있다면, 그리고 그것을 과감히 몰아낼 수 있는 진실한 용기를 가질 수 있다면 학교 폭력은 발붙일 자리가 없을 것입니다. 청소년기의 아이들은 그 어느 때보다도 집단의 영향을 크게 받기 때문에 평화의 역량을 키우는 것은 그들이 폭력의 주체적인 해결자로서 성장하는 길입니다.

　평화를 가르치기 위해서는 폭력에 대해 알아야 합니다. 이 시대에 폭력, 허세, 위선, 권력, 이기주의, 개인주의, 경쟁, 질투, 소외. 이런 단어들을 말하지 않고 학교에 대해 얼마나 진실하게 말할 수 있을까요? 이런 문제들의 근저에는 폭력적이고 불평등한 인간관계가 존재합니다. 약자와 강자의 구도에 익숙해져 버린 아이들, 그러한 관계를 탈피하지 못하고 억눌려 사는 아이들, 잘못된 관계 맺음으로 인해 상처받고, 치유하지 못해 마음의 불구로 살아가는 아이들이 얼마나 많은가요!

소설은 이러한 믿음을 실천할 수 있는 중요한 매개물이었습니다. 인간이 가진 문학 양식 중 가장 대중적이면서도 파급력이 큰 것이 소설임은 두말할 나위가 없습니다. 또 소설만큼 인간의 관계와 삶의 서사를 잘 보여주는 장르도 없습니다. 무엇보다 아이들은 소설(이야기)을 통해 자신을 가장 잘 돌아봅니다. 그 이유는 허구를 통해 진실을 볼 수 있기 때문일 것입니다. 그리고 소설 속 허구 세계를 간접 경험하는 재미에서 끝나지 않고 자신의 삶을 재해석하게 되면서 교훈과 감동을 느끼기 때문일 것입니다.

이런 문제 의식과 실천 의지의 산물이 바로 이 책입니다. 이 책에 실린 소설들은 폭력적인 삶 속에서 살아가는 인간들의 관계, 강자와 약자의 구도가 잘 드러나는 이야기, 약자와 강자의 서사가 비교적 선명하게 도출되는 이야기, 권력(힘)과 갑질, 센 척을 다룬 이야기, 개인과 집단 간에 이루어지는 역학 관계가 그려진 이야기 등을 중심으로 선정되었습니다. 그리고 각 소설의 뒷부분에 소설을 통해 가르칠만한 내용을 간단한 해설로 덧붙여 놓았습니다. 독자들에게 그 해설들은 어쩌면 어색하게, 혹은 참신하게 다가올지도 모릅니다. 기존의 소설 감상 방식과는 큰 차이가 있기 때문입니다. 그러나 감상 방식의 전환은 소설을 통한 평화 교육에 있어서 당연히 거쳐야 할 관문입니다.

우리들은 소설을 가르치면서 기존의 소설 교육방식으로는 평화 교육, 관계 교육에 한계가 있다는 것을 알게 되었습니다. 그러면서 자연스럽게 이제까지 관행적으로 해오던 문학 교육, 즉 문학적 지식의 주입, 작품 자체의 내용 이해 그 이상으로는 확장되지 않는 감상방식을 반성하게 되었습니다. 한 마디로 참고서에서 나오는 해설과 비평에만 국한하지 않아야만 이야기를 새롭게 재해석할 수 있고 아이들의 삶도 변화시킬 수 있다는 것을 깨달은 것입니다.

새로운 관점과 틀에 대해 간단히 소개하면 이렇습니다. 우선, 소설에 나타난 평화와 폭력의 양상을 분석하고, 다음으로는 드러나거나 숨겨져 있는 인간관계에 얽힌 심리, 욕망, 감정 등을 파악합니다. 그리고 마지막으로 인간관계의 맥락을 규정하고 있는 사회 역사적 배경, 이데올로기까지 파헤쳐 이야기의 주된 '콘셉트'를 도출합니다. 이렇게 함으로써 소설에 등장하는 폭력과 인물의 행위가 함의하는 다층적인 의미를 파악할 수 있습니다.

이런 분석 · 감상 활동은 아이들에게 소설뿐 아니라 자신과 이웃들의 삶의 서사도 단선적이 아니라 여러 층위로 해석될 수 있음을 깨닫게 합니다. 관계라는 것이 겉으로 드러나는 것이 다가 아니라 그 속에 섣불리 판단할 수 없는 다양하고 깊은 의미를 담고 있음을 알게 되는 것입니다. 이것이 바로 소설을 통해 삶을 재해석하는 과정, 삶에 대한 관점을 전환시키는 과정이라고 볼 수 있습니다. 각 소설의 해설문은 소설을 읽는 과정에서 독자들을 표층적인 독자에서 심층적인 독자로,

수동적인 향유자에서 능동적인 수용자로 바꿔 놓기 위한 최소한의 안내문이라고 할 수 있습니다.

이 책은 강자가 허위의식 속에 갇혀서 폭력을 되풀이하는 절망적인 모습을 드러내고 이런 절망을 딛고 용기 있게 저항하는 약자의 모습이 담긴 소설들로 구성되어 있습니다. 억압과 복종 속에서 스스로 그것을 합리화하는 강자와 약자의 허위의식이 얼마나 잘못된 것인지, 강자와의 대립 구도 속에서 약자가 얼마나 절망적으로 살아가는지, 강자에게 억눌려 살아가던 약자들이 절망적인 상황 속에서 어떻게 희망을 찾아나가는지를 보여주고 있습니다. 해설과 함께 소설을 감상하다 보면 결국 약자가 절망에서 빠져나와 새로운 삶을 살기 위해서는 약자와 강자 사이의 새로운 관계정립이 중요하다는 것을 깨달을 수 있습니다.

이 책에서 시도하고 제시하는 관점이 다소 생소하게 느껴질지라도, 편견을 버리고 용기 있게 다가선다면 독자 여러분의 삶은 더 평화롭고 가치 있는 것들로 채워지게 될 것이라고 확신합니다. 선생님, 학생, 학부모 누구든 이 책을 통해 자신과 주변의 관계를 돌아보고 삶을 변화시킬 아주 작은 움이라도 틔우길 기대해 봅니다.

2019년 1월
따돌림사회연구모임 서사교육팀

국외편

국내편

자기만
알던 거인

외로운 강자를 구한 약자

가진 것이 많거나 강한 사람도 혼자서 살아갈 수 없습니다. 이 소설에
는 강자인 거인과 힘 없는 아이들이 등장합니다. 거인은 어떻게 고립
에서 벗어나고 있을까요? 또 그가 가진 욕망은 어떻게 변화되고 있나
요? 이야기를 따라가며 해답을 찾아 봅시다.

오스카 와일드(1854~1900)

아일랜드 출신의 극작가이자 소설가, 시인으로, 19세기 말 유미주의(아름다움을 최고의 가치로 삼아 이를 추구하는 문예 사조)를 대표한다. 대표작으로 『시집(詩集)』, 『행복한 왕자와 다른 이야기』, 『도리언 그레이의 초상』 등이 있다.

날마다 오후가 되면 아이들은 학교에서 돌아오는 길에 거인의 정원에 들어가서 놀곤 했다.

거인의 정원은 부드럽고 푸른 잔디가 깔려 있었으며 크고 아름다웠다. 잔디 위에는 아름다운 꽃들이 별처럼 피어 있었다. 정원에는 복숭아 나무 열두 그루가 있었는데, 봄이면 분홍과 진주빛 꽃이 활짝 피기 시작했고 가을이 되면 풍성한 과일이 열렸다. 새들은 나무 위에서 어찌나 즐겁게 지저귀는지 아이들은 놀다 말고 새소리에 귀를 기울이곤 했다.

"정말 이 정원에 오면 즐거워!"

아이들은 서로 소리를 지르며 재미있게 놀았다.

그런데 어느 날 거인이 돌아왔다. 거인은 도깨비 친구가 있는 잉글

랜드 남부 콘월 지방으로 가서 7년 동안 살았다. 거인은 7년 동안 자기가 하고 싶은 말을 다 했고 더 이상 할 말이 없어져서 자기 성으로 돌아온 것이다. 거인이 자기 성에 돌아와 보니 아이들이 놀고 있었다.

"너희들 여기서 뭐하는 거냐?"

거인이 아주 무섭게 소리치자 아이들은 모두 달아나 버렸다.

"이곳은 나의 정원이야. 그런 것쯤은 누구든지 알 텐데, 이제부터는 아무도 이 정원에 들어와서 놀 수 없어."

거인이 말했다. 그리고 자기 정원 둘레에 높은 담을 쌓고 다음과 같은 경고문을 써 붙였다.

무단 침입자는 고발함

거인은 아주 이기적인 사람이었다.

가엾은 아이들은 이제 놀 곳이 아무 데도 없었다. 아이들은 길에서 놀아 보았지만 먼지투성이에다 돌이 잔뜩 박혀 있어서 놀기 힘들었다. 아이들은 학교 수업이 끝나면 높은 담 주위를 돌면서 아름다운 정원에 대해서 이야기하곤 했다.

"우린 저 안에서 즐겁게 놀았는데, 그렇지?" 하며 아이들은 서로 바라보며 말했다.

그 뒤 봄이 되자 온 나라에는 예쁜 꽃이 피고 새들이 노래했다. 그러나 자기만 아는 거인의 정원만은 여전히 겨울이 계속되었다. 새들은 아이들이 없었기 때문에 정원에서 노래하기를 좋아하지 않았다. 나무들도 꽃을 피우는 것을 멈췄다. 어쩌다 예쁜 꽃이 잔디 위로 얼굴을 내밀었다가 담에 붙은 경고문을 보고 아이들이 불쌍해져서 다시 땅속으로 고개를 움츠리고 들어가 깊은 잠에 빠져 버렸다. 이곳을 좋아하는 것이라곤 눈과 서리뿐이었다.

"봄은 이 정원을 잊어버렸나 봐!"

"우리는 일 년 내내 여기서 살 겁니다."

눈과 서리가 소리쳤다. 눈은 자기의 거대한 하얀 외투를 펼쳐서 잔디를 덮어 버렸고 서리는 모든 나무를 은색으로 색칠해 버렸다. 눈과 서리는 북풍을 불러들였다. 북풍은 털옷을 몸에 감싸고 하루 종일 정원 주변에서 씽씽거리며 몰아치더니 굴뚝까지 쓰러뜨렸다.

"여기는 정말 멋진 곳인데. 우박에게 와달라고 요청해야겠어."

북풍이 말했다.

그래서 우박이 정원에 왔다. 우박이 매일 세 시간씩 지붕 위로 우르르 쏟아져 기와지붕이 거의 깨져 버렸다. 그리고 우박은 있는 힘을 다해 정원 안을 휩쓸었다. 회색 옷을 입은 우박은 정원을 차갑게 만들었다.

"봄이 어째서 이렇게 오지 않지? 날씨가 빨리 따뜻해지면 좋겠는데."

자기만 아는 거인이 창문 앞에 앉아서 차갑고 하얀 정원을 내다보며 말했다. 그러나 봄은 여전히 오지 않았고 여름도 오지 않았다. 가을이 되자 다른 집의 정원에는 황금 열매가 열렸지만 거인의 정원에만은 아무 열매도 열리지 않았다.

"저 사람은 너무 이기적인 사람이야."

가을이 말했다. 거인의 정원에는 겨울이 계속되었고 북풍과 우박과 서리와 눈이 나무 사이를 휩쓸고 다녔다.

어느 날 아침 거인이 잠에서 깨어 침대에 누워 있는데 어디선가 아름다운 음악소리가 들려왔다. 거인의 귀에 그 음악소리가 어찌나 아름답게 들리던지 거인은 임금님의 악대가 지나가는 거라고 생각했다. 그러나 그것은 작은 방울새 한 마리가 거인의 창 밖에서 노래하는 소리였다.

거인은 자신의 정원에서 새들의 노랫소리를 들어본 지 너무 오래되었기 때문에 그 소리가 세상에서 가장 아름다운 음악소리로 들렸던 것이다.

그러자 머리 위에서 춤추던 우박이 그치고, 우르렁거리던 북풍도 멈추었다. 열린 창문으로 향긋한 내음이 풍겨왔다.

"드디어 봄이 왔군!" 하고 말하면서 거인은 침대에서 펄쩍 뛰어내려와 창밖을 내다보았다.

거인은 무엇을 봤을까?

거인은 정말 대단히 놀라운 광경을 보았다. 담에 난 작은 구멍으로 아이들이 들어와 나뭇가지마다 앉아 있었다. 눈에 보이는 가지마다 작은 아이들이 앉아 있는 것이 보였다.

나무들은 아이들이 다시 돌아온 것이 너무 기뻐서 꽃을 피워 아이들의 머리 위에서 부드럽게 나부꼈다. 새들은 주위를 날면서 즐겁게 노래하고 있었고, 꽃들은 잔디 위로 얼굴을 내밀고 웃었다. 정말로 아름다운 광경이었다. 그러나 정원 한쪽 구석은 아직도 겨울이었다. 거기에는 작은 사내아이가 서 있었다. 사내아이는 너무 키가 작아서 나뭇가지 위로 올라가지 못하고 나무 주위를 빙빙 돌면서 엉엉 울고 있었다.

가엾은 나무는 아직도 서리와 눈으로 덮여 있고 북풍은 그 나무 위에서 우르릉거리며 몰아치고 있었다.

"올라와, 꼬마야."라고 말하며 나무는 힘껏 가지를 낮추었지만 사내아이는 너무 작아서 올라갈 수 없었다. 이것을 보고 있는 동안 거인의 얼어붙은 마음은 녹아내렸다.

"아, 나는 지금까지 나밖에 몰랐어. 이제야 이곳에 왜 봄이 오지 않았는지 알겠어. 내가 저 어린 아이를 나무 위에 올려 주어야지. 담도 헐어 버리고 내 정원을 언제까지나 아이들의 놀이터로 만들어 줄 거야."

거인은 이제까지 자기가 한 짓이 정말로 부끄러웠다. 그래서 거인은 아래층으로 내려와 현관문을 조용히 열고 정원으로 나왔다. 아이들은 거인을 보자 놀라서 모두 도망쳤다. 그러자 정원에는 다시 겨울이 몰려왔다. 눈에 눈물이 괴어 거인이 오는 것을 미처 보지 못한 작은 아이만이 그곳에 남아 있었다.

거인은 뒤로 가만히 다가가 아이를 부드럽게 안아 나무 위로 올려 주었다. 그러자 나무는 금세 꽃망울을 터뜨렸고 새들이 날아와 나무 위에서 노래했다. 어린 아이는 두 팔을 뻗어 거인의 목에 매달려 입을 맞추었다. 달아났던 아이들도 거인이 이제 무섭지 않다는 것을 알게 되어 다시 정원으로 돌아왔다. 아이들과 함께 다시 봄이 왔다.

"이제 이곳은 너희들의 정원이란다. 귀여운 애들아." 하고 말하며 거인은 큰 도끼를 가져다가 담을 헐어 버렸다.

정오가 되자 시장에 가던 사람들은 예전에 한 번도 본 적이 없는, 아주 아름다운 정원에서 거인이 아이들과 노는 모습을 보았다. 아이들은 하루 종일 놀다가 저녁이 되자 인사를 하려고 거인에게 갔다.

"그런데 얘들아, 작은 아이는 어디 있지? 내가 나무 위에 올려 준 아이 말이야." 하고 거인이 물었다.

거인은 자기에게 입을 맞춘 작은 아이를 제일 사랑했다.

"우린 몰라요. 그 아이는 가 버렸어요." 하고 아이들은 대답했다.

"너희들, 그 아이를 보거든 내일은 꼭 오라고 전해 다오."

거인이 말했다.

그러나 아이들은 그 작은 아이가 어디에 사는지도 모르고 또 예전에는 한 번도 본 적이 없다고 대답했다.

거인은 몹시 슬퍼졌다.

아이들은 날마다 학교가 끝나면 정원에 와서 거인과 함께 놀았다. 그러나 거인이 사랑하는 작은 아이는 보이지 않았다. 거인은 모든 아이들에게 친절했지만 작은 아이를 늘 그리워했다.

"아, 그 아이가 정말 보고 싶구나!"

거인은 그 아이 이야기를 자주 하곤 했다.

세월이 흐르고 거인은 아주 늙고 약해져서 아이들과 더 이상 놀 수 없게 되었다. 그래서 큰 안락의자에 앉아 정원에서 아이들이 노는 것을 바라보는 것으로 만족했다.

"아름다운 꽃이 참 많구나. 하지만 어떤 꽃보다 아름다운 것은 아이들이야." 하고 말했다.

어느 겨울날 아침 거인은 옷을 입으며 창밖을 내다보았다. 거인은 이제 겨울이 싫지 않았다. 겨울에는 봄이 잠을 자고 꽃들이 움트려고 준비한다는 것을 알기 때문이다. 갑자기 거인이 놀라서 눈을 비비고 밖을 보고 또 보았다.

참으로 놀라운 광경이 보였다. 정원 저 쪽 구석의 나무에 예쁘고 하얀 꽃이 잔뜩 피어 있었다. 그리고 은빛 과일이 주렁주렁 달려 있는 황금색 나뭇가지 밑에는 거인이 보고 싶어 하던 작은 아이가 서 있었다. 거인은 너무 기뻐서 서둘러 아래층으로 내려와 정원으로 뛰어나갔다.

거인은 급히 잔디밭을 가로질러 아이에게로 걸어갔다. 그리고 아이 가까이 다가갔을 때 거인은 몹시 화가 나서 얼굴이 빨개졌다.

"누가 감히 너에게 상처를 입혔느냐?" 하고 거인이 물었다.

아이의 두 손바닥에는 못 자국이 있었고, 두 발에도 못 자국이 있었기 때문이다.

"누가 감히 너에게 상처를 입혔느냐? 나에게 말해 봐라. 내 큰 칼로 그놈을 처단하겠다." 하고 소리쳤다.

"안 돼요. 그것은 사랑의 상처랍니다."

작은 아이가 대답했다.

"당신은 누구십니까?"

거인은 퍼뜩 경외로운 기분에 사로잡혀 작은 아이 앞에 무릎을 꿇었다.

그러자 아이는 거인을 향해 웃으며 말했다.

"당신은 전에 나를 당신의 정원에서 놀게 해 주었지요. 이제 나는 당신을 나의 정원으로 모시겠습니다. 나의 정원은 천국에 있답니다."

다음 날 오후 아이들이 정원으로 와 보니 늙은 거인은 하얀 꽃이 가득히 핀 나무 아래서 고요히 누워 있었다.

외로운 강자를 구한 약자

거인의 정원에는 원래 울타리가 없었습니다. 울타리가 없었을 때는 아름다운 정원이었고 아이들 들어가서 놀 수 있는 곳이었습니다. 그런데 남쪽 나라에서 생활하던 거인이 돌아와 정원에 높은 울타리를 치고 아무도 들어오지 못하게 하자 정원은 사람들이 살 수 없는 곳으로 변하고 말았습니다. 아이들의 발길이 끊기자 정원은 얼어붙었고 꽃도 피지 않고 새도 울지 않는 겨울이 계속 되었습니다. 해가 몇 번이나 바뀌어도 봄이 오지 않는 정원에 어느 날 어린 아이 하나가 들어와 나뭇가지에 앉아 놀게 되었고, 어린아이가 놀고 있는 나무에 꽃이 피고 새가 우는 것을 발견한 거인은 담장을 허물고 아이들이 들어와 놀 수 있도록 해주었습니다. 그러자 정원에는 다시 꽃이 피고 봄이 찾아왔습니다. 그 속에서 거인은 아이들과 함께 행복하게 살다가 나뭇가지에 앉아 놀던 아이의 인도를 받아 하늘나라로 가며 생을 마감하게 되었습니다.

거인은 부자이고 힘이 센 사람입니다. 하지만 그는 자신의 커다랗고 아름다운 정원을 두고서 남쪽 나라 도깨비 친구의 집에서 7년을 생활했습니다. 거인은 왜 남쪽 나라에 갔을까요? 거기에서 7년 동안 하고 싶은 말을 다 했다는 것을 보면 평소 주변에 말할 대상이 없어서 외로웠던가 봅니다. 그런데 7년 후 더 이상 할 말이 없어서 돌아왔다고 합니다. 말을 한다는 것이 욕망의 표출이라고 본다면 할 말이 있다는 것은 이루고 싶은 욕망이 있다는 것을 의미합니다. 그런데 더 이상 할 말이 없어져서 돌아왔다는 것은 그곳에서 더 이상 욕망을 채울 수 없었다는 것으로 볼 수 있지 않을까요? 그가 채우고 싶었던 욕망은 무엇이었을까요?

집으로 돌아오면서 거인은 이루지 못한 것을 채우고 싶은 마음이 있었을 것입니다. 그러나 그의 행동은 변화되지 않았고 이기적이기까지 했습니다. 아이들을 내쫓고 담장을 쌓아 외로운 은둔의 삶을 택했습니다. 그의 정원은 겨울이 계속되었고 그 역시 점점 고립되어 갔습니다. 그런데 메말라가던 정원에 봄이 오게 한 것은 다름이 아닌 아이들이었습니다. 겉보기에는 강해 보여서 무엇이든 할 수 있을 것 같은 거인이 반대로 어리고 연약한 아이들에 의해서 봄을 맞이하게 된 것입니다. 강자인 거인도 약자인 어린아이와 함께 할 수 없다면 아무 것도 이룰 수 없었던 것입니다.

그런데 봄이 돌아온 정원에도 여전히 겨울이었던 나무가 있었습니다. 그 나무에 올라가지 못하는 어린 아이를 보며 거인은 이제까지의 자신의 행동이 잘못되었다는 것을 깨닫게 됩니다. 스스로 담을 헐고 아이들과 함께 하는 삶 속에서만 진정한 봄을 누릴 수 있다는 것을 알게 된 것입니다. 거인을 변화시킨 것은 순수한 동심을 가진 아이들이었습니다. 이것은 얼어붙은 세상을 봄처럼 평화로운 세상으로 바꾸기 위해서는 동심과 같은 순수한 마음이 필요하다는 것 아닐까요? 이 소설은 겉보기에는 약해 보이지만 약자의 순수한 마음이 강자의 외로움을 허물 수 있다는 것을, 그리고 아무리 센 강자라도 혼자서는 살아갈 수 없는 것을 전하고 있습니다.

헌신적인
친구

우정을 가장한 불평등한 관계

"사랑이나 지성보다도 더 귀하고 나를 행복하게 해 준 것은 우정이다."
(헤르만 헤세)라는 명언처럼 동서양을 막론하고 우정은 사랑 못지 않
게 고귀한 가치라고 여겨져 왔습니다. 특히, 청소년들은 더욱더 친구
나 우정에 대해 소중히 생각하지요. 이 소설은 친구 관계인 '한스'와
'밀러'의 우정에 대해 그리고 있습니다. 두 친구의 '우정'을 우리는 어
떻게 보아야 할까요?

오스카 와일드(1854~1900)

아일랜드 출신의 극작가이자 소설가, 시인으로,
19세기 말 유미주의(아름다움을 최고의 가치로
삼아 이를 추구하는 문예 사조)를 대표한다. 대
표작으로『시집(詩集)』,『행복한 왕자와 다른 이
야기』,『도리언 그레이의 초상』등이 있다.

어느 날 아침 늙은 물쥐가 자기 구멍에서 머리를 내밀었다. 그는 빛나는 구슬 같은 눈과 뻣뻣한 회색 수염을 갖고 있었고, 약간 긴 인도산 검은 고무와 같은 꼬리를 달고 있었다. 연못에서 헤엄을 치고 있는 작은 오리들은 마치 노란 카나리아 떼처럼 보였다. 그리고 빨간 다리와 순백의 털을 가진 어미 오리는 새끼들이 물에서 고개를 똑바로 세우고 헤엄치는 방법을 가르치고 있었다.

　"머리를 똑바로 세우지 않으면 결코 상류 사회에 나갈 수가 없단다."

　그녀는 계속 말하면서 어떻게 하는 것인지 몸소 보여 주었다. 그러나 작은 오리들은 엄마의 말에 귀를 기울이지 않았다. 새끼들은 너무 어려서 상류 사회에 나간다는 것이 어떤 이익을 가져다주는지 전혀 알지 못했다.

　"어쩜 저렇게 말도 안 들을까! 저런 애들은 모두 물에 빠져 죽어도 마땅해."

　늙은 물쥐가 말했다.

　"그런 말은 마세요. 누구나 시작은 그렇죠. 부모가 너무 참을성이 없는 것뿐이에요." 하고 오리가 대답했다.

"아이고! 나는 부모의 마음에 대해서는 모르겠단 말이야. 나는 가정적인 남자가 아니야. 사실 나는 결혼한 적도 없고 그럴 마음도 없어. 사랑은 그 것만으로도 매우 좋지만 우정이 그보다 훨씬 더 고상한 것이거든. 정말로 이 세상에서 헌신적인 우정보다 더 숭고하고 귀중한 것은 없다고 생각해."

물쥐가 말했다.

"그러면, 헌신적인 친구에 대해 당신은 어떻게 생각하는데요?"

가까운 버드나무에 앉아 있던 초록 방울새가 물었다.

"그래요. 나도 그게 알고 싶어요."

오리도 말했다. 그리고나서 그녀는 새끼들에게 좋은 모범을 보이기 위해 연못 가장자리로 가서 고개를 세워 헤엄쳤다.

"이런 바보 같은 질문이 있나!"

물쥐가 외쳤다.

"물론 나는 나의 충실한 친구가 나에게 헌신하길 바라지."

"그러면 당신은 무엇으로 보답할 건데요?"

방울새는 작은 날개로 은빛 물보라를 날리며 말했다.

"네 말을 이해할 수가 없군."

"그럼, 헌신적인 우정에 대한 이야기를 하나 들려 드릴까요?"

방울새가 말했다.

"나에 대한 이야기인가? 그렇다면 들어 보지. 나도 지어낸 이야기는 무척 좋아하거든." 하고 물쥐가 말했다.

"당신에게도 적용되는 이야기예요."

방울새는 연못 둑으로 내려와 앉아서는 헌신적인 친구에 대한 이야기를 시작했다.

"옛날 옛날에 한스라고 하는 정직하고 조그만 친구가 살았어요."

"그는 아주 특별한 사람이었나?"

물쥐가 물었다.

"아니오."

방울새가 대답했다.

"전혀 특별하지 않았어요. 친절한 마음씨와 둥글고 유머러스하게 생긴 얼굴을 제외하면요. 그는 작은 오두막집에 혼자 살면서 매일 정원에서 일을 했어요. 모든 시골 지방을 통틀어 그의 정원처럼 아름다운 곳은 없었을 거예요. 거기에는 아메리카 패랭이꽃, 비단향꽃무, 냉이가 자라고 있고, 담홍색과 노랑색의 장미, 자주색과 황금색의 크로커스, 보라색, 흰색의 제비꽃도 있었답니다. 매발톱꽃과 냉이꽃, 마요라나와 야생 바질, 노란 구륜 앵초와 붓꽃, 수선화와 카네이션이 매달 꽃을 피우고, 항상 보기에 아름답고 그윽한 향기가 나도록 한 꽃이 지면 다른 꽃이 피어났지요.

작은 한스는 훌륭한 친구들이 많았지만 그 중에서도 가장 헌신적인 친구는 몸집이 큰 휴 밀러였어요. 정말로 휴 밀러는 작은 한스에게 너무나 헌신적이었기 때문에 한스의 정원을 지날 때마다 꽃을 꺾어 꽃다발을 만들거나 향긋한 허브를 한 움큼 따기도 하고 과일철이 되면 자두와 체리로 자신의 주머니를 가득 채웠답니다.

'진정한 친구는 모든 것을 공유해야 하는 거라네.' 하고 밀러가 말하곤 했는데, 이 말에 한스는 고개를 끄덕이며 미소 짓고는 이런 고상한 생각을 가진 친구가 있다는 것을 자랑스러워했어요.

때때로 이웃들은 부자인 밀러가 자기 방앗간에 100포대의 밀가루를 쌓아두고 6마리의 젖소와 털이 많은 양떼를 가지고 있으면서도 한스에게는 아무것도 보답하지 않는 것을 이상하게 여겼어요. 그러나 한스는 이런 일들에 대해 결코 신경쓰지 않았어요. 오직 밀러가 해 주는 멋진 말들, 이기심 없는 진실한 우정에 대해 듣는 것을 더 큰 기쁨으로 여겼지요.

작은 한스는 정원에서 열심히 일했어요. 하지만 봄, 여름, 가을은 아주 행복했지만 겨울이 되어 시장에 가져갈 과일과 꽃들이 없으면 추위와 배고픔으로 무척 고통스러웠어요. 종종 말라빠진 배 몇 개와 약간의 땅콩과 같은 음식으로 저녁을 때우고 잠자리에 들어가야만 했지요. 또 겨울에는 방앗간 주인도 그를 찾아오지 않았기 때문에 지독히 외로웠답니다.

'눈이 계속 내릴 때는 한스를 보러 가지 않는 것이 좋아.' 하고 밀러는 자기의 아내에게 말하곤 했어요.

'왜냐하면 사람이 어려운 상황일 때는 방문객들로 성가신 일을 만들면 안 되기 때문이지. 적어도 나는 이게 올바른 우정이라고 생각해. 그러니까 봄이 온 후에 그를 방문할 거야. 그러면 그는 나에게 많은 앵초꽃을 줄 것이고 그렇게 하면서 그는 무척 행복해하겠지.',

그러자 난로 옆 안락의자에 앉아 있던 그의 아내가 대답했어요.

'당신은 확실히 다른 사람들에 대한 사려가 깊군요. 우정에 대한 당신의 생각을 듣는 것은 정말 즐거워요. 3층 집에 살며 새끼 손가락에 금반지를 끼고 있는 목사님이라도 그런 아름다운 말을 하지는 못할 거예요.'

'그렇지만, 작은 한스 씨를 여기로 오시라고 청해야 하지 않을까요?'

밀러의 막내 아들이 말했어요.

'만일 가엾은 한스 씨가 고통에 빠져 있다면 나의 오트밀 죽 반을 드리고 흰 토끼도 보여드릴 거예요.'

'이런 바보같은 소리를!' 하고 밀러가 외쳤어요.

'내가 뭣 때문에 너를 학교에 보냈는지 모르겠다. 아무 것도 배운 것이 없으니 말이야. 자, 만일 작은 한스가 여기에 와서 따뜻한 불과 좋은 저녁 식사, 커다란 포도주 통을 보기라도 한다면 그는 질투심을 갖게 될 거야. 질투심은 가장 나쁜 것이어서 모든 사람의 본성을 망쳐 버린단다. 한스가 그렇게 되도록 놔둘 수는 없어. 나는 그의 가장 좋은 친구이니 그가 유혹에 빠지지 않도록 지켜보고 돌봐줄 거야. 또 한스가 여기에 오면 우리에게 밀가루를 외상으로 달라고 할지도 모르는데 나는 그렇게 할 수 없단다. 밀가루는 밀가루이고, 우정은 우정이야. 두 가지를 혼동해서는 안 되지. 두 단어는 철자도 다르고 의미도 아주 다르잖아. 그건 누구나 알 수 있는 거다.'

'당신 말씀도 참 잘하시네요!'

큰 잔에 따뜻한 맥주를 따르며 밀러의 아내가 말했어요.

'정말이지 너무 졸려요. 마치 교회에 앉아 있는 것 같아요.'

'많은 사람들이 행동은 잘하지. 그러나 말 잘하는 사람은 거의 없어. 그만큼 말과 행동 중에 더 어려운 것이 말하기이고 더 훌륭한 것이란다.'

그러면서 밀러는 테이블 건너편의 어린 아들을 엄하게 바라보았어요. 아이는 너무 부끄러워서 고개를 떨구더니 얼굴이 붉게 달아오르며 곧 울기 시작했어요. 어쨌든 그 아이는 너무 어리니 용서해 주어야겠지요."

"그게 이야기의 끝인가?"

물쥐가 물었다.

"물론 아니지요. 이제 겨우 시작이랍니다."

방울새가 대답했다.

"그렇다면 당신은 꽤 시대에 뒤떨어져 있군."

물쥐가 말했다.

"요즘의 훌륭한 이야기꾼들은 결말에서 시작해서 처음으로 나가다가 중간에서 이야기를 맺는다네. 그것이 새로운 방법이지. 내가 어느 날 어느 비평가에게 들은 얘기인데 그때 비평가는 어떤 젊은이와 연못 주변을 산책하고 있었지. 그는 그 문제에 대해 오랫동안 얘기했어. 나는 그의 말이 확실히 옳다고 믿었지. 왜냐하면 그는 파란 안경을 쓴 대머리인 데다가 젊은이가 말을 할 때마다 '피!' 하고 경멸하듯 대답했거든. 어쨌든 당신 이야기를 계속 해 봐. 나는 그 방앗간 주인이 굉장히 좋은 걸. 나는 정말로 아름다운 감정들을 많이 지니고 있거든. 그런 면에서 우리는 대단한 공감대가 형성되어 있는 것 같아."

"그런데 곧 겨울이 지나고 앵초꽃이 노란 꽃잎을 피우기 시작하자 밀러는 한스를 보러 가겠다고 그의 아내에게 말했어요.

'어쩜 당신은 정말 좋은 마음씨를 가졌어요!'

그의 아내는 소리쳤어요.

'항상 다른 사람을 생각하는군요. 갈 때 꽃을 담을 바구니 가져가는 것 잊지 마세요.'

밀러는 풍차 날개를 단단한 쇠사슬로 고정시키고는 바구니를 들고 언덕을 내려갔어요.

'잘 지냈는가? 한스.'

밀러가 말했어요.

'아, 자네도 잘 지냈나?'

삽에 몸을 기대고 있던 한스도 웃으며 말했지요.

'그래, 지난 겨울은 어떻게 지냈나?'

'자네가 그렇게 물어주니 정말 기쁘구만. 정말 기뻐. 지난 겨울은 너무 힘들어 걱정이었지만 이제 봄이 왔으니 매우 행복하다네. 정원의 꽃들도 잘 자라고 있고.'

'겨울 동안 종종 자네에 대한 얘기를 했다네. 자네가 어떻게 지내고 있는지 궁금하기도 하고.'

'정말 친절하군. 나는 자네가 나를 잊었을까 봐 걱정하고 있었지.'

'한스, 자네 나를 놀라게 하는군. 우정이란 결코 잊어버리는 것이 아니야. 그것이 우정의 훌륭한 면이지. 나는 자네가 인생의 시적인 면을 이해하지 못할까 봐 염려되는군. 보게! 자네의 앵초꽃들이 얼마나 아름답게 피었는지.'

'저 꽃들은 정말 아름답지. 그리고 우리 정원에 그 꽃들이 많이 피어서 아주 다행이라네. 저것들을 시장에 가져가서 시장님의 딸에게 팔고 그 돈으로 내 손수레를 다시 사 올 거야.'

'손수레를 찾아온다구? 그걸 팔아버렸다는 말은 아니겠지? 너무 어리석은 짓을 했구만.'

'글쎄, 사실은 그럴 수밖에 없었어. 자네도 알다시피 지난 겨울은 나에게 너무나 힘들었어. 빵을 살 돈조차도 없었다고. 그래서 난 처음에는 주일에 입는 외투에 달린 은단추를 팔았고, 그 다음에는 은시계 줄, 그 다음에는 큰 파이프를 팔았어. 그러다가 결국은 나의 손수레까지 팔고 말았지. 그러나 이제는 그 모든 것을 다시 사려고 한다네.'

'한스. 자네에게 손수레를 주겠네. 그런데 조금 수리가 필요해. 사실은 한쪽 부분이 없어졌고 바퀴살도 고장이 났지. 그렇기는 하지만 그걸 자네에게 주겠네. 내가 자네에게 관대함을 베푸는 거야. 사람들이 수레를 주었다고 나를 바보라고 하겠지만 나는 그런 사람들과 다르다네. 관대함이야말로 우정의 본질이지. 나는 새로운 수레를 샀으니 맘 푹 놓게. 내 손수레를 자네에게 주겠네.'

'자네는 정말 관대하군.'

재미있게 생긴 한스의 둥근 얼굴이 기쁨에 차올랐어요.

'내 집에 나무 널빤지가 한 개 있으니 그 손수레를 쉽게 고칠 수 있을 거야.'

'나무 널빤지? 우리 집 창고 지붕에 구멍이 나서 그것이 필요한데. 그 구멍을 막지 않으면 옥수수가 다 썩을지도 몰라. 얼마나 다행인가? 선한 일 하나를 하면 꼭 다른 좋은 일이 생긴다는 것은 정말 신기한 일이야. 내가 자네에게 손수레를 주었더니 자네는 나에게 널빤지를 주려고 하다니. 물론 손수레가 널빤지보다야 훨씬 값나가는 것이지만. 하지만 진실한 우정이란 그런 것을 문제 삼지 않는 법이지. 기왕이면 당장 널빤지를 주면 좋겠네. 창고를 고치러 가게.'

'알겠네.'

한스는 큰 소리로 대답을 하고 창고에서 널빤지를 꺼내 왔어요.

'별로 큰 널빤지는 아니네. 내 창고를 고치고 나서 자네의 손수레를 고칠 널빤지가 얼마나 남을지 모르겠군. 물론 그게 내 잘못은 아니지. 자, 내가 자네에게 손수레를 주었으니 그 보답으로 꽃을 좀 줄 수 있겠지? 여기 바구니에 꽃을 잔뜩 채워 주겠나?'

'가득 채우라고?'

한스는 조금 슬픈 듯이 말했어요. 정말로 큰 바구니였기 때문에 거기에 꽃을 가득 채우고 나면 시장에 내다 팔 꽃이 남지 않을 테니까요. 그러면 그의 은단추들을 다시 살 수 없을까 봐 걱정이 되었기 때문이지요.

'그래, 정말로 내가 자네에게 손수레를 주었으니 꽃 몇 송이를 원하는 것이 그렇게 큰 것은 아니라고 생각해. 내 생각이 잘못되었는지 모르겠지만 진실한 우정이란 어떤 일에서라도 이기심에서 벗어나는 것이라고 생각하네.'

밀러가 대답했어요.

'친애하는 친구 나의 가장 친한 친구여."

한스가 외쳤어요.

"내 정원의 모든 꽃들을 기꺼이 주겠네. 은단추를 사느니 차라리 자네의 훌륭한 생각을 갖고 싶다네.'

한스는 이렇게 말하고는 정원의 앵초꽃을 전부 따서 밀러의 바구니를 가득 채웠어요.

'잘 있게. 작은 한스.'

밀러는 어깨에 널빤지를 메고 큰 꽃바구니를 손에 들고 언덕으로 올라가며 인사했어요.

'잘 가게.'

한스도 인사했어요. 그는 손수레를 얻은 것에 감사하면서 땅을 파기 시작했어요.

다음 날 한스가 현관에 인동 덩굴을 올리려고 못질을 하고 있었어요. 그런데 밀러가 부르는 소리가 나서 그는 사다리에서 내려와 정원을 지나서 담장을 넘겨보았지요. 거기에는 밀러가 큰 밀가루 포대를 지고 서 있었어요.

'친애하는 한스, 나 대신 이 밀가루 포대를 시장으로 날라다 줄 수 있겠나?'

'이런, 너무 미안하네. 오늘은 너무 바빠서 말이야. 인동 덩굴을 모두 현관에 올려야 하고 정원에 물도 주어야 하고 잔디도 깎아야 한다네.'

'아, 그런가? 나는 자네에게 손수레를 주기로 했는데 자네는 거절하다니 조금 야박하다는 생각이 드는군.'

'어이구, 그런 말은 말게. 나는 전혀 야박하지 않다네."

한스는 집으로 뛰어 들어가 모자를 쓰고 나와서는 큰 포대를 메고 터벅터벅 걸어갔어요.

날은 몹시 덥고 길은 먼지투성이라 시장으로 가는 길은 매우 힘이 들었어요. 그래서 한스는 시장에 도착하기도 전에 주저앉아 쉬어야 했답니다. 그래도 꿋꿋이 걸어가 결국은 목적지에 도착했어요. 그는 많은 시간을 기다리지 않고도 밀가루를 좋은 가격에 팔 수 있었어요. 그런 후 너무 늦으면 도둑을 만날까 봐 서둘러 집으로 돌아왔지요.

'정말 너무 힘든 하루였어. 하지만 밀러의 부탁을 거절하지 않은 것은 정말 잘한 일이야. 그는 정말 최고의 친구인 데다가 나에게 손수레를 주기로 했으니까.' 한스는 혼잣말을 하며 잠자리에 들었어요.

다음 날 밀러가 밀가루를 판 돈을 받으러 왔을 때까지도 한스는 너무 피곤해서 침대에 누워 있었어요. 그것을 보고 밀러가 말했어요.

'이런, 자네 너무 게으르군. 내가 자네에게 손수레를 주려고 한 이유는 자네가 열심히 일한다고 생각했기 때문이야. 게으름은 큰 죄라네. 나는 게

으르고 나태한 사람을 내 친구로 두고 싶지 않네. 내가 이렇게 노골적으로 말한다고 싫어하는 것은 아니겠지. 자네가 내 진정한 친구가 아니라면 이런 말을 하지 않을 걸세. 자기 생각을 털어 놓을 수 없다면 그걸 참된 우정이라고 할 수 있겠나? 누구든지 칭찬하고 아첨해 주는 말은 해줄 수 있지. 그렇지만 진정한 친구는 언제나 안 좋은 점과 기분이 나쁠 만한 것도 말해 주기를 꺼리지 않는다네. 정말로 자네가 진실한 친구라면 충고해 주는 말을 더 좋아하겠지. 왜냐하면 그렇게 하는 것이 더 좋은 행위라는 것을 알고 있으니까.'

'미안하네.'

한스는 눈을 비비고 일어나서는 잘 때 쓰는 모자를 벗어버리며 말했어요.

'너무 피곤한 나머지 잠깐만이라도 침대에 누워 새소리를 들으려 했던 거라네. 내가 새소리를 듣고 일어나면 더 열심히 일하게 된다는 것을 자네는 알고 있나?'

'글쎄, 그건 좋은 일이군. 나는 자네가 옷을 입고 나와 곧바로 우리 창고 지붕을 고쳐 주었으면 하네.'

밀러는 한스의 등을 가볍게 두드리며 말했어요.

불쌍한 작은 한스는 꽃들에게 이틀이나 물을 주지 못했기 때문에 그의 정원에서 일을 하고 싶었어요. 그러나 자기의 좋은 친구인 밀러의 부탁도 거절하기 싫었어요.

'만약 내가 바쁘다고 한다면 자네는 나를 매정한 친구라고 생각하겠지?'

한스는 부끄러운 듯 작은 목소리로 물어보았어요.

'정말인가? 내가 자네에게 손수레를 주려고 한다는 걸 고려한다면 내 부탁이 그리 큰 것은 아닐 텐데. 정 자네가 거절한다면 내가 직접 가서 고치지 뭐.' 하고 밀러가 대답했어요.

'오, 당치 않은 소리!'

한스는 큰소리로 말하면서 침대에서 벌떡 일어나 옷을 입고 창고로 올라갔어요. 그는 해가 질 때까지 하루 종일 거기에서 일을 했지요. 저녁 때가 되자 밀러가 어느 정도 일을 했는지 보러 왔어요.

'한스, 벌써 지붕에 난 구멍을 다 고쳤나?'

밀러가 유쾌한 목소리로 물었어요.

'다 고쳤다네.'

사다리를 내려오며 한스가 말했어요.

'남을 위해 일할 때만큼 즐거울 때는 없지.'

'확실히 자네의 그런 얘기를 듣는다는 것은 영광이야. 나는 자네처럼 아름다운 생각을 갖지 못할까 봐 걱정이 된다네.'

한스는 이마의 땀을 닦아 냈어요.

'아, 자네도 그런 생각을 갖게 될 거야. 그러나 조금 더 고통을 받아야만 할 거라네. 지금은 우정에 대해 연습을 하고 있지만 언젠가는 자네도 우정의 이치를 알게 되겠지.'

'정말 그렇게 생각하나?'

'물론이지. 여하튼 지붕을 다 고쳤으면 이제 집에 가서 쉬게나. 그리고 내일은 우리 양들을 산까지 몰고 가 주었으면 좋겠는데.'

불쌍한 한스는 이 말에 무어라 대꾸할 수 없었어요. 그래서 밀러는 다음날 일찍 양들을 한스의 오두막 근처로 몰고 왔고, 한스는 양떼를 몰고 산으로 출발했답니다. 한스가 양떼를 몰고 산을 올랐다가 돌아오는 데 꼬박 하루가 걸렸어요. 그래서 집으로 돌아왔을 때는 너무 피곤해서 의자에 앉은 채로 잠들어 버렸고 다음날 대낮이 될 때까지 깨어나지 못했지요.

'나의 정원에서 일을 할 수 있다니 너무 기쁘구나!'

깨어난 후 한스는 즉시 일을 하러 나갔어요. 그러나 웬일인지 그는 그의 꽃을 전혀 돌볼 수 없었어요. 왜냐하면 항상 그의 친구인 밀러가 와서 심부름을 보내거나 방앗간 일을 도와달라고 청했기 때문이지요. 한스는 꽃들이 자기들을 잊었다고 생각할까 봐 걱정했지만 밀러가 그의 가장 친한 친구라는 것을 되새기며 스스로를 위로했어요. 게다가 '밀러는 나에게 손수레를 준다고 했잖아. 그건 정말 너그러운 행위이지'라고 말하곤 했지요.

그래서 작은 한스는 밀러를 위해 열심히 일해 주었고 밀러는 우정에 관한 온갖 아름다운 말들을 해 주었답니다. 그러면 공부하기를 좋아하는 한스는 그 말들을 공책에 적은 후 밤이 새도록 읽곤 했지요.

어느 날 저녁 한스가 난롯가에 앉아 있는데 문을 세게 두드리는 소리가 났어요. 매우 사나운 밤이었고 바람이 집 주위를 둘러싸며 큰 소리를 냈기 때문에 처음에는 폭풍우 소리라고 생각했어요. 그러나 두 번째로 두드리는 소리가 났고 세 번째 소리는 다른 때보다 더 컸어요.

'어떤 불쌍한 여행자인가 보군.'

문으로 뛰어가며 한스가 중얼거렸어요. 거기에는 밀러가 한 손에는 등불을 들고 다른 한 손에는 지팡이를 들고 있었어요.

'친애하는 한스.'

밀러가 외쳤어요.

'큰 문제가 생겼네. 내 작은 아들이 사다리에서 떨어져서 다쳤어. 그래서 의사에게 가야 하는데 의사는 너무 먼 곳에 살고 날씨도 이렇게 안 좋으

니 자네가 내 대신 가 주면 훨씬 좋지 않을까 싶어서 말이야. 자네도 알다
시피 내가 자네에게 손수레를 주기로 했으니 자네도 그 보답으로 어떤 일
을 해주는 것이 공평하지 않겠나?'

'그렇고말고.'

한스가 소리쳤어요.

'자네가 나를 찾아온 것을 나에 대한 경의 표시로 생각한다네. 즉시 떠나
겠네. 그러나 밤길이 너무 어두워 도랑에 빠질지도 모르니 자네의 등불을
빌려 주어야만 해.'

'미안하네. 이것은 새 등이라서 만약 무슨 문제라도 생기면 내게 큰 손해
가 날 거야.'

밀러가 대답했어요.

'그렇다면 그냥 두게. 그냥 갔다 오지 뭐.'

한스는 큰 털 코트에 따뜻한 빨간색 모자를 쓰고 목도리를 목에 두르고
출발했답니다.

얼마나 폭풍우가 심한 밤이던지! 너무 깜깜해서 한 치 앞을 볼 수가 없
고 제대로 서 있을 수도 없었어요. 그러나 한스는 용감하게 세 시간이나
걸어가서 의사의 집에 도착했고 문을 두드렸지요.

'누구시오?'

의사가 침실의 창문으로 머리를 내밀고 소리쳤어요.

'작은 한스입니다. 선생님.'

'웬일인가, 한스?'

'밀러의 아들이 사다리에서 떨어져서 많이 다쳤어요. 밀러는 의사 선생
님이 즉시 오셨으면 하고요.'

'알았소.'

의사는 타고 갈 말과 큰 장화, 등불을 준비하도록 한 후 아래층에 내려와 말을 타고 밀러의 집으로 달려갔어요. 한스는 그의 뒤를 터벅터벅 따라갔고요. 그러나 폭풍우가 점점 더 심해지고 비도 억수같이 쏟아져서 한스는 의사가 어디에 가고 있는지 볼 수가 없었고 말을 따라갈 수도 없었어요. 결국 그는 길을 잃고 깊은 웅덩이가 도처에 널린 위험한 황무지를 헤매다가 웅덩이에 빠져 죽고 말았어요. 물웅덩이에 떠다니던 한스의 시신은 다음날 염소치기에 의해 발견되어 그의 오두막집으로 옮겨졌지요.

동네에서 한스의 평판이 무척 좋았기 때문에 모든 사람들이 장례식에 참석했어요. 장례식의 상주는 밀러가 맡았지요.

'나는 한스의 가장 친한 친구였으니 가장 좋은 자리에 서는 것이 당연하지요.' 밀러는 이렇게 말하며 검은 상복을 입고 상여 행렬의 가장 앞에서서 걸었어요. 연신 손수건으로 눈물을 닦아 내면서 말이지요.

'작은 한스의 죽음은 확실히 우리 모두에게 큰 손실이에요.'

장례식이 끝나고 모두가 선술집에 앉아 편하게 포도주와 케이크를 맛있게 먹고 있을 때 대장장이가 말했어요.

'어쨌든 나에게는 정말 엄청난 손실이지요.'

밀러가 말했어요.

'내 손수레는 한스에게 준 것이나 마찬가지인데 이제 정말 그것을 어떻게 해야 할지 모르겠어요. 집에 두어봤자 걸리적거리고 팔아도 가져갈 사람이 없을 정도로 망가졌거든요. 이제 다시는 남에게 물건을 주는 것에 신경쓰지 말아야겠어요. 사람은 항상 관대하면 그만큼 고통을 받게 되네요.'

10대, 소설로 배우는 인간관계

"그런가?"

한동안 잠잠하다가 물쥐가 말했다.

"자, 이게 끝이에요."

방울새가 말했다.

"밀러는 그 후에 어떻게 되었나?"

물쥐가 물었다.

"잘 모르겠네요. 사실은 알고 싶지도 않고요."

방울새가 대답했다.

"자네는 천성적으로 동정심이 없는 게 확실하군."

하고 물쥐가 말했다.

"당신은 이 이야기가 주는 교훈을 전혀 깨닫지 못하는군요."

하고 방울새가 지적했다.

"뭐라고?" 물쥐가 소리질렀다.

"교훈요."

"자네, 이 이야기의 교훈이 있다고 말하는 건가?"

"물론이죠."

"그럼, 이야기를 시작하기 전에 말했어야지. 만약 교훈이 있었다는 것을 알았다면 나는 듣지 않았을 걸세. 실제로 그 비평가처럼 '피'하고 말했을 거야. 지금이라도 그렇게 할 수 있지."

물쥐는 목소리 높여 '피' 하고 외치고는 꼬리를 휙 치며 그의 구멍으로 들어가 버렸다. 조금 있다가 오리가 헤엄쳐 와서 말했다.

'그런데 너는 물쥐가 어떻다고 생각하니? 나는 그가 좋은 점을 많이 가졌다는 것을 알지만 엄마로서의 감정으로 보면 저렇게 마음이 굳어진 총각은 눈물 없인 볼 수가 없다는 생각이 드네."

그러자 방울새가 말했다.

"내가 물쥐를 성나게 한 것은 아닌지 걱정이 되네요. 사실은 그에게 교훈을 삼으라고 얘기를 해 준 거거든요."

"아, 그런 얘기는 항상 위험한 것이지."

오리가 말했다.

그리고 나도 전적으로 오리의 말에 동감한다.

우정을 가장한 불평등한 관계

겉보기에는 누구보다도 가장 친하게 보이는 두 친구. 그러나 이들의 관계는 도저히 진정한 우정이라고 보기 어렵습니다. 평등하지 못한 둘의 관계는 결국 한스의 비극적 죽음으로 막을 내리지요. 이야기를 읽고 나면, '일방적으로 한 사람만 피해를 보는 우정은 옳지 않다.'라는 교훈을 얻게 됩니다. 그런데 결론을 얻고도 계속 풀리지 않는 질문이 있습니다. '한스는 왜 그렇게 일방적으로 희생했을까?', '한스와 밀러는 서로를 진정한 친구라고 생각했을까?'와 같은 것 말입니다.

우선 첫 번째 질문의 답을 구해 볼까요? 한스가 밀러의 요구를 거절하지 못하는 것은 친구를 잃을지도 모른다는 두려움 때문일 것입니다. 게다가 밀러와의 우정을 거부한다는 것은 자기(의 선택에 대한) 부정이기 때문에 절교하기란 더욱 어려울 테지요. 그래서 한스는 차라리 희생함으로써 친구를 잃지 않는 길을 선택하고 이 패턴을 계속하며 안도감을 느낍니다. 그것이 행복이라고 착각하며 만족스러워합니다. 이와 반대로 밀러는 어떨까요? 그는 타인 위에 군림함으로써 우월감을 느끼는 인물입니다. 밀러가 가진 지배욕, 권력욕, 과시욕은 어떻게 보면 그의 소통 방식이자 살아가게 하는 삶의 원동력이라고 할 수 있습니다. 한스의 장례식에서조차 허세로 가득 찬 모습을 보여 그가 얼마나 비인간적이고 폭력적인지 단적으로 보여주었습니다.

자, 다음은 두 번째 질문에 대해 생각해 봅시다. 한스와 밀러의 관계에는 진실된 교류가 없습니다. 서로를 인정하고 배려하는 우정이 아니라 불평등한 관계, 지배와 복종만 존재할 뿐이지요. 안타까운 것은 한스와 밀러가 그들의 우정이 잘못되었다는 것을 끝까지 모른 체했다는 것입니다. 이 소설의 결말이 우리의 마음을 답답하게 만드는 이유가 바로 여기에 있습니다. 죽은 한스는 그렇다치더라도 밀러조차 친구의 죽음에 대한 슬픔이나 일말의 깨달음이 없으니 말이지요. 가해자도, 피해자도 깨달음 없이 끝난다는 것, 이것은 이런 관계가 지속적으로 반복될 수 있다는 암묵적인 메시지로 다가옵니다.

그렇다면 왜 이런 일이 발생한 것일까요? 둘 다 '우정'이라는 왜곡된 올

가미에 얽매여 있기 때문은 아닐까요? 밀러는 끊임없이 '우정이란 이런 것이야'라며 우정론을 설파하고 감언이설로 한스의 귀를 속입니다. 한스도 그 말에 감화되어 밀러의 모든 말과 행동이 옳다고 믿어 버리지요. 실상 밀러가 한 말들은 모두 자신의 이기심을 충족하기 위한 거짓말에 지나지 않았는데 말입니다. 밀러의 우정론은 한스에게 복종을 강요하는 신앙처럼 작용합니다. 그러니 관계의 주도권은 당연히 밀러가 갖게 되고 둘은 불평등한 관계에서 벗어날 수 없는 것이지요.

한스는 한번도 '왜?'라는 생각을 못해 본 채 죽었습니다. 만약 한스가 밀러의 이야기를 무비판적으로 받아들이지 않고 달리 생각하고 조금이라도 저항해 보았다면 이야기는 어떻게 바뀌었을까요? 마을 사람들이 이들 관계의 실체를 알아서 한스나 밀러와 소통하고 폭넓은 만남을 가졌다면 결과는 어떻게 되었을까요? 적어도 이런 폭력적인 상황이 수면 아래에만 잠겨 있지는 않았을 것입니다. 평화로운 결말을 위해서는 밀러가 내뱉은 우정론의 위선을 알아챈 한스가 일방적인 상하관계에서 벗어나기 위해서 스스로 내면적인 성찰을 해야 합니다. 그리고 이 둘을 바라보는 마을 사람들, 즉 공동체의 비판적인 시각이 반드시 필요합니다. 잘못된 우정론에 대한 맹신을 없애지 않는 한 또 다른 한스와 밀러는 계속될지 모르니까 말입니다.

이 이야기는 인간관계를 어렵게 함에도 불구하고 잘못된 우정이 어떻게 계속되는지를 보여 줍니다. 주변을 둘러보면 사랑으로 인해 왜곡된 관계는 잘 드러나지만, 우정으로 인한 불평등은 잘 드러나지 않습니다. 그리고 더 가까운 관계일수록 이런 일들이 많이 발생합니다. 그만큼 왜곡된 우정의 틀에 갇혀 사는 사람들이 많은 것은 아닐까요? 이 글을 읽는 독자 여러분은 어떠신가요? 혹시 나와 친구의 사이가 그렇지는 않은가요? 만약 주변에 이런 친구들이 있다면 여러분은 어떤 조언을 건네고 싶나요? 그들의 관계를 바꾸기 위해 어떤 방법을 쓸 수 있을까요? 그냥 지나치지 말고 진지하게 생각해 보시길 권합니다.

어느 관리의 죽음

타인의 시선에 얽매인 삶

제정 러시아 말기는 엄격한 계급주의가 지배하는 관료 사회였습니다. 주인공처럼 관료 조직 속에서 상관에게 아첨해야만 했던 당대 사회의 분위기를 생각하며 이 작품을 읽어 봅시다. 또 주인공 체르바코프의 삶을 보면서 그의 욕망이 어떻게 변해야 삶도 바뀔 수 있는지 생각해 봅시다.

안톤 파블로비치 체호프 (1860~1904)

19세기 러시아의 소설가이자 극작가로, 프랑스의 소설가 모파상과 함께 단편소설의 형식을 확립한 소설가이자 현대 연극의 창시자 중 한 사람으로 꼽힌다. 『귀여운 여인』, 『6호 병동』 등의 작품이 있다.

어느 멋진 저녁에 이 밤에 어울리는 회계 검사관 이반 드미트리치 체르바코프● 가 관람석 두 번째 줄에 앉아 오페라 안경을 쓰고 〈코르네빌의 종(鐘)〉을 구경하고 있었다. 그때 갑자기 ─ 소설에선 자주 '그때 갑자기'가 등장한다. 인생은 그만큼 '갑자기' 생긴 일로 가득 차 있기 때문에 작가들이 '그때 갑자기' 생긴 일로 이야기를 전개하는 것은 당연한 일이다. ─ 그가 얼굴을 찡그리고 눈을 부릅뜨며 숨을 멈추었다. 그가 오페라 안경에서 눈을 떼기 무섭게 몸을 숙이고 에취! 하고 모두에게 보이도록 재채기를 해버렸다. 어디서 누가 재채기를 했다고 해서 이상할 것은 없다. 농부도 하고, 경찰서장도 하고, 때로는 삼등 서기관도 에취! 하고 재채기를 한다.
　체르바코프는 조금도 당황하지 않고 손수건을 꺼내 코를 닦더니 점잖게 자기의 재채기 소리가 다른 사람에게 피해를 주지 않았나 하고 주위를 둘러보았다. 그런데 그 순간 가슴이 덜컥 내려앉았다. 자기 바로 앞줄 관람석에 앉아 있는 몸집이 작은 노인이 손수건으로 대머리와 목덜미를 연신 닦아 내면서 투덜거리는 것이 보였다. 그 노인이 누구인지 살펴보고 체르바코프는 그 사람이 교통부 장관 브리잘로프라는 것을 알았다.

'저 분한테 침이 튀어 버렸군!'

체르바코프는 생각했다.

'내가 모시는 장관이 아니고 다른 부서 장관이기는 하지만 그래도 입장이 곤란해지겠는 걸.'

체르바코프는 헛기침을 한 번 하고 나서 몸을 앞으로 숙이며 장관에게 다가가 나직하게 말했다.

"용서하십시오, 각하. 저도 모르게 그만 실수해서……."

"괜찮아, 괜찮아……."

"아무쪼록 용서하십시오. 저는 조금도 그렇게 할 생각은……."

"알았네. 자리에 앉게. 관람하는 데 방해는 안 해 주면 좋겠어."

체르바코프는 당황하여 멋쩍게 머리를 긁적이며 다시 무대를 쳐다보기 시작했다. 그러나 그는 공연을 보고 있긴 해도 다시는 행복한 기분으로 되돌아갈 수 없었다. 불안감이 그를 괴롭혔기 때문이다. 잠시 휴식 시간에 브리잘로프에게 다가가서 곁을 서성거리다가 용기를 내어 이렇게 말했다.

"실수를 했습니다, 각하. 용서해 주십시오. 저는 뭐…… 그렇게 할 생각은……."

"아아, 괜찮네. 나는 잊어버리고 있었는데 자네는 또 같은 말을……."

장관은 이렇게 말하며 신경질적으로 아랫입술을 부르르 떨었다.

'잊어버리고 있다면서 눈에는 분노가 서려 있지 않은가?' 하고 생각하면

* 체르바코프 구더기라는 뜻.

서 의아스러운 듯이 장관을 슬쩍 곁눈질로 바라보았다.

'말도 하기 싫은 모양이지. 이건 아무래도 내가 일부러 그런 게 아니라는 것을 그것은 자연스러운 현상일 뿐이었다는 것을 설명하지 않으면 안 되겠어. 그렇지 않으면 내가 일부러 침을 뱉었다고 생각할 테니 말이야. 지금은 그렇게 생각하지 않더라도 나중에는 반드시 그렇게 생각하게 될 거야.'

집으로 돌아가서 체르바코프는 자기가 실수했던 것을 아내에게 이야기해 주었다. 그런데 아내는 이 사건을 지나치게 하찮은 일로 받아들이는 것 같았다. 사실 그녀도 처음에는 놀라기는 했으나 얼마 후 브리잘로프가 다른 부서 장관이라는 것을 알게 되자 안심하게 되었던 것이다.

"하지만 한 번 가서 사과하고 오세요."

그녀는 무뚝뚝하게 말했다.

"당신을 분별없이 행동하는 사람으로 여길지도 모르니까……."

"그래, 내 말이 그거야. 사과를 했는데도 그분은 뭔가 이상했어. 한마디 제대로 된 대답도 안 해 줬거든. 더구나 천천히 사과할 틈도 주지 않았어."

다음 날 체르바코프는 새 양복을 입고 이발까지 하고 브리잘로프의 집으로 사과하러 갔다. 장관 접견실에 들어가 보니 접견실은 민원인으로 가득 차 있었고 장관은 민원인의 이야기를 듣느라 정신없었다. 장관이 여러 민원인들의 이야기를 듣고 난 후에야 눈을 돌려 체르바코프를 보았다.

"어젯밤 알카지 극장에서 있었던 일을 기억하고 계십니까, 각하?"

체르바코프가 용건을 말하기 시작했다.

"제가 그만 재채기를 해서…… 실수를 했습니다…… 용서를……."

"무슨 쓸데없는 소리인가?"

"자, 다음 분, 무슨 일인가요?"

장관은 다음 민원인에게 고개를 돌려 버렸다.

'잠시도 상대하기 싫은 모양이군!'

하고 체르바코프는 새파랗게 질려 생각했다.

'몹시 화를 내고 계시는 거야. 어쩌지? 이대로 가만히 있으면 안 되겠어. 해명해야겠어.'

장관이 마지막 민원인과 이야기를 마치고 거실로 나가려 하자 체르바코프는 한걸음 앞으로 나와 중얼거리기 시작했다.

"각하! 제가 감히 각하를 뵈러 온 것은 정말 사과하는 마음에서 온 것입니다. 그 때 그 일은 결코 일부러 한 일이 아닙니다. 일부러 그런 것이 아니라는 것을……."

장관은 짜증스러운 표정을 지으며 손을 내저었다.

"자네는 사람을 놀리고 있나?"

장관은 그렇게 내뱉고 문 밖으로 나가 버렸다.

'무엇을 놀린다는 것일까?'

체르바코프는 곰곰이 생각해 보았다.

'놀리려는 생각은 조금도 없었는데. 장관이 오해하고 있군. 그렇다면 좋아. 저런 거만한 사람에게는 사과하지 않아야겠어. 쳇, 빌어먹을! 찾아가지 말고 편지를 쓰는 거야. 저렇게 나오는데 누가 찾아가서 사과를 하겠어?'

집으로 돌아가는 도중 체르바코프는 이렇게 생각했다. 그러나 그는 장관에게 편지를 쓰지 못했다. 고심했지만 아무래도 쓸 말이 생각나지 않았던 것이다. 다음날 그는 또 해명하러 갔다.

"제가 어제 각하를 찾아뵈어 폐를 끼친 것은……."

장관이 그를 의아한 눈길로 쳐다보자 그는 더듬거리며 말했다.

"각하께서 말씀하신 것처럼 놀리려는 것은 아니었습니다. 저는 재채기를 하여 실수했던 것에 대해 용서를 구하려 했던 것뿐입니다. 제가 어떻게 각하를 놀리는 그런 짓을 할 수 있겠습니까? 만약 제가 놀리는 짓 따위를 했다면 그것은 각하에 대해 존경하는 마음이 없어지는 것이며……."

"썩 나가지 못해!"

갑자기 장관은 무서운 얼굴을 하더니 부들부들 떨면서 소리쳤다.

"왜 이러십니까?"

공포에 질려 정신이 아찔해진 체르바코프가 더듬더듬 물었다.

"꺼지라고!"

장관이 발을 동동 구르며 다시 소리쳤다.

체르바코프는 뱃속에서 무언가 터져나오는 것을 느꼈다. 아무것도 보이지 않았고 아무것도 들리지 않았다. 그는 정신없이 문까지 뒷걸음쳐 거리로 나와서 터벅터벅 힘없이 걸었다. 아무런 생각도 못하고 정신없이 집으로 돌아온 체르바코프는 관복도 벗지 못하고 침대에 누워 그대로 죽어 버렸다.

타인의 시선에 얽매인 삶

　회계 관리 이반 드미트리치 체르바코프는 병적일 정도로 상관에 대해 예의를 차리는 인물입니다. 예의를 넘어서 도가 넘치게 눈치를 보는 사람이라고나 할까요? 이런 눈치 보기가 결국 그를 죽음으로 몰고 갔습니다. 그가 이렇게 상관의 눈치를 보게 된 이유는 무엇일까요? 아마 상관과 부하라는 '갑을 관계' 속에서 자신에게 불이익이 돌아오지 않을까 하는 불안함, 즉 자신이 인정받지 못하고 배제될까 봐 걱정하는 마음 때문일 것입니다. '을'의 입장에서는 윗사람의 인정을 받는 것이 무엇보다 중요하지요. 그런데 이런 생각이 모든 삶을 물들일 정도로 타인의 생각이 중요해지고 '자신'이 없어져 버린다면, 참 심각한 지경이라고 할 수 있습니다.

간혹 주위에 이렇게 아첨을 일삼는 사람들이 눈에 띕니다. 대개 그 모습이 눈꼴사나워 외면하거나 비난하고 욕하며 싫어하지요. 아첨에는 자신이 원하는 것을 얻기 위한 부당한 이기심이 숨어 있어서 보통은 그 행위가 진실하지 못한 것으로 간주됩니다. 선의를 가장한 이기심, 이 위선을 어느 누군들 좋아할까요? 그런데 체르바코프의 경우는 조금 양상이 달라 보입니다. 그는 자신의 이익을 챙길 틈도 없이 교통부 장관의 언행에만 좌지우지되다가 허탈하게 죽어 버리니까 말이지요. 결과적으로 그의 삶에는 '자기'는 없고 오로지 타자의 시선만이 중요했던 것입니다.

아첨과 아부로 시작된 관계, 상대의 눈치를 보며 맺은 관계는 되돌리기가 어렵습니다. 왜 사람들은 이런 불평등하고 일방적인 관계에서 헤어나오지 못할까요? 타인의 시선에 얽매여 살아가게 되면 주체적인 삶의 의미보다는 타인의 생각이 중요해지고 비판 의식은 사라지고 수동적인 자세를 가질 수밖에 없습니다. '그'가 나의 존재 이유가 되니까 말이지요. 그런데 한 번 더 생각해 보면, 결국은 자신의 생각과 틀만을 고집하기 때문에 이런 일이 발생하는 것 아닐까요? 주관적인 편견에 휩싸이면 사태를 객관적으로 판단할 수 있는 눈을 잃어버리니까요. 체르바코프도 교통부 장관이 어떻게 대응하든 상관없이 자신의 탓으로만 돌리는 이상한 아집에서 벗어나지 못합니다. 그래서 끝없이 해명하게 되고 오해를 일으켜 장관의 분노까지 사버렸던 것이지요. 소통한다고 했지만 사실은 혼자만의 생각에 빠져 상대의 마음을 있는 그대로 보지 못한 것입니다. 이렇게 보면 체르바코프가 타인의 시선에 얽매이다 죽어간 것은 결과적으로 자신이 만들어 낸 결과라고도 볼 수 있습니다.

　이 소설은 시대적으로 보았을 때 제정 러시아 말기 엄격한 계급의식이 존재했던 관료사회를 반영하고 있습니다. 관료 조직 속에서 주인공처럼 상관에게 잘 보이고 아첨해야만 했던 당대 사회의 분위기를 예측하게 합니다. 그러니 그의 죽음이 마냥 개인의 탓이라고만 말할 수도 없을 것 같습니다. 그런데 오늘날 현대 사회도 이와 다르지 않다는 것을 느낍니다. 여전히 타인의 눈치를 보며 그것에 매달려 승진하고 출세하는 사람들, 갑을의 불평등한 관계 속에서 '갑'의 시선에서 벗어나지 못하는 사람들, 타인의 시선에서 내 삶의 의미를 찾는 사람들이 존재합니다. 더 나아가 비정규직, 계약직 노동자의 고용 불안과 피해도 이 문제와 연관될 것 입니다. 우리들이 주로 생활하는 교실에서도 이런 일은 비일비재합니다. 주위를 둘러보면 체르바코프처럼 늘 약자로서 상대의 눈치를 보며 관계를 유지하고, 자신의 줏대도 없이 상대에게 맞춰 주며 인정받기를 원하는 친구들이 있습니다. 조금만 깊이 생각해 보면 이 모든 것이 타인의 시선에서 자유로울 수 없는 사회 구조에서 기인한다는 것을 깨달을 수 있습니다. 그래서 이 소설은 갑을관계든 상하관계든 어떻게 해야 평화로운 관계가 될 수 있는지 고민하게 합니다.

　불평등한 구조를 벗어나기 위해서는 한 사람만의 노력으로는 안 되겠지요. 소설에서는 교통부 장관이 하급 관리의 처지를 조금이라도 더 배려했다면, 조금만 더 정중했더라면 죽음까지는 가지 않았을지도 모릅니다. 또 체르바코프의 아내가 남편의 잘못된 생각을 바로잡아 주어 좀 더 자신을 찾도록 조언해 주었다면, 혹은 소설에서 등장하지는 않았지만 주인공의 주변인들이 등장하여 이 상황에서 도움을 주었다면 결말이 달라졌을지도 모릅니다. 개인이 혼자서 바꾸지는 못하지만 '우리'를 전제한 개인은 변화를 일으킬 수 있습니다. 자기 스스로도 타인의 시선에서 벗어나 진정한 삶의 의미를 찾기 위해 노력해야 하고 내 주위의 사람들은 어떤지 돌아보는 것도 필요한 일입니다. 그들에게 조언과 도움을 주는 것까지도요. 여러분의 친구가 체르바코프와 같이 행동한다면 어떤 조언을 해 줄 수 있나요? 혹은 자신이 브리잘로프와 같은 '갑'의 위치에서 불평등을 만들고 있지는 않나요?

라쇼몽(羅生門)

가해자가 되어가는 길

'너도 나쁜 짓 하는 데 나는 왜 못해?' 이 말에 대해 어떻게 생각하시나요? 각박하고 이기적인 사회가 되어갈수록 이런 식의 언행이 점점 많아지는 것 같습니다. 등장인물들이 이 말대로 살지 않으려면 어떻게 해야 할까요?

아쿠타가와 류노스케(1892~1927)

일본 다이쇼 시대(1912년~1926년, 메이지 유
신 이후 정치, 경제 등 사회 전반적으로 혼란스
러운 시기)를 대표하는 소설가로 주로 일본이나
중국 설화집에서 제재를 취해 현대적으로 재해
석한 작품으로 호평을 받았다.『코 』,『지옥변』 등
의 작품이 있다.

어느 날 해질 무렵의 일이다. 한 하인이 교토의 남쪽 문인 라쇼몽(羅生門)◆ 아래에서 비가 그치기를 기다리고 있었다.

　넓은 문 아래에는 이 사내 외에는 아무도 없었다. 다만 군데군데 붉은 칠이 벗겨진 커다란 기둥에 귀뚜라미 한 마리가 앉아 있을 뿐이었다. 라쇼몽이 주작대로에 있는 이상 이 사내 외에도 비를 피하는 아낙네나 장정이 두어 명 더 있을 법도 했다. 그런데 그 외에는 아무도 없었다.

　그 이유는 지난 이삼 년 간 교토에 지진과 회오리바람, 화재, 기근 등과 같은 재난이 계속해서 일어났기 때문이다. 그 때문에 시내가 어지간히 황폐해진 게 아니었다. 옛 기록에 의하면 불상과 불구(佛具:부처 앞에 쓰는 온갖 제구)를 때려 부수어, 붉은 칠이나 금박, 은박이 묻어 있는 그 나무들을 길가에 쌓아 놓고 장작으로 팔았다고 한다. 교토 시내가 그 모양이었으니 라쇼몽을 돌보고 수리할 생각은 누구도 하지 않았다.

　황폐해질 대로 황폐해진 그곳에는 너구리나 여우, 도적떼가 살게 되었다. 그리고 심지어는 거두는 사람이 없는 시신을 이 문으로 가져와 버리는 것이 습관이 되어 버렸다. 그래서 해가 지면 으스스한 기분이 들어 그 누구도 이 문 근처에 다가가지 않게 되었다.

그 대신 까마귀는 어디선가 헤아릴 수도 없이 많이 모여들었다. 낮이면 그 까마귀들이 울어 대면서 처마 끝 부분에 둥글게 맴돌며 날아다니는 것이 보였다. 특히 하늘이 석양으로 빨갛게 물들 때면 그것들은 까만 깨를 뿌려놓은 것처럼 선명하게 보였다. 물론 까마귀는 문 위에 있는 시체의 고기를 뜯어먹으러 온 것이다.

그런데 오늘은 시간이 늦어서인지 한 마리도 보이지 않는다. 군데군데 무너진 돌계단 틈으로 풀이 길게 자라 있고, 그 위에 까마귀의 똥이 하얗게 말라붙어 있을 뿐이었다. 하인은 일곱 계단이 있는 돌계단의 맨 위에 빛이 바랜 감색 겹옷을 입은 엉덩이를 대고 앉아 오른쪽 뺨에 난 커다란 여드름을 만지작거리며 멍하니 내리는 비를 바라보고 있었다.

작자는 조금 전, '하인이 비가 그치기를 기다리고 있었다.'라고 적었다. 하지만 비가 그친다 해도 하인은 특별히 어떻게 해야겠다는 목적이 있는 것도 아니었다. 물론 평소 같았으면 두말할 필요도 없이 주인집으로 돌아

• 라쇼몽 원래는 羅城門(나성문). 지금의 교토 중심부 위치. 헤이안 시대(平安 794~1185)의 수도 헤이안경 주작대로(朱雀大路) 남단에 설친된 문. 기와지붕의 이층 구조. 980년 폭풍우로 파괴된 채 황폐하게 남아 여러 기담을 낳고 도적의 소굴이 되기도 했다. 나성은 둘러싼 성을 의미하고 그 성의 대문을 나성문이라 한다. 옛날에는 라세이몽으로 발음하였으나 세월이 지나면서 '일본어(sei)'와 같은 발음 '生'을 쓰기 시작해 다시 생의 다른 발음 '일본어(shou)'가 널리 쓰여 라쇼몽으로 된 듯하다. 최근에 실제 역사 속의 이 문은 라조몽[羅城門]으로 발음과 표기가 통일되었다. 교토 토지(東寺) 서쪽 라조몽 터에 석비 하나가 서 있다. 소설의 원전이 있는 곤자쿠모노가타리[今昔物語]에서는 羅城門(나성문)으로 되어 있다.

갈 것이다. 그런데 그 주인으로부터 사오 일 전에 그만두라는 말을 들었다. 앞서도 말한 바와 같이 당시 교토 거리는 어지간히 황폐해진 것이 아니었다. 지금 이 하인이 오랫동안 일해 왔던 주인집에서 쫓겨난 것도 사실은 그 여파였다. 따라서 '하인이 비가 그치기를 기다리고 있었다.'고 말하기보다는 '비에 발이 묶인 하인이 갈 곳이 없어서 어쩔 줄 몰라 하고 있었다.'라고 말하는 편이 더 적절하겠다.

게다가 날씨마저 이 헤이안 시대 하인의 감상주의에 적잖은 영향을 주었다. 오후 서너 시가 지날 무렵부터 내리기 시작한 비는 아직도 그칠 기미가 보이지 않았다. 하인은 무엇보다도 당장 내일 살아갈 일이 걱정되어—다시 말하자면 어떻게 해 볼 수도 없는 일을 어떻게든 해봐야겠다고 생각을 하며 아까부터 주작대로에 내리는 빗소리를 멍하니 듣고 있었던 것이다.

비는 라쇼몽을 둘러싸고 멀리서부터 쏴— 하는 소리를 모아왔다. 저녁 어스름이 하늘을 점점 드리워, 고개를 들어보니 처마 끝이 무겁고 어두운 구름을 떠받치고 있었다.

어떻게 해 볼 수도 없는 일을 어떻게 해보기 위해서는 수단을 가릴 여유 같은 건 없다. 그런 걸 가린다면 담벼락 밑이나 길바닥 위에서 굶어죽을 수밖에 없을 것이다. 그러면 결국 이 문 위로 실려 와서 개처럼 버려질 뿐이다. 가리지 않는다면—하인의 생각은, 몇 번이나 제자리를 맴돈 끝에 겨우 여기에 이르게 되었다. 하지만 그 '않는다면'은 결국 어디까지나 '않는다면'이었다. 하인은 수단을 가리지 않아야겠다는 사실을 긍정하면서도 그 '않는다면'이라는 생각을 끝맺기 위해서 당연히 그 뒤에 와야 할 '그러니 강도가 될 수밖에 달리 방법이 없다'는 사실을 적극적으로 긍정할 만큼 용기가 나질 않았다.

하인은 재채기를 크게 한 뒤 힘겹게 자리에서 일어났다. 저녁이면 쌀쌀해지는 교토의 추위는 벌써 화로를 그리워하게 했다. 저녁 어스름이 내리자 바람은 라쇼몽의 기둥 사이를 거세게 휩쓸아치고 있었다. 붉은 칠이 벗겨진 기둥에 앉아 있던 귀뚜라미도 벌써 어디론가 가 버리고 없었다.

하인은 목을 움츠리면서 누런 홑옷을 겹쳐 입은 감색 겉옷의 깃을 세우며 문 주위를 둘러보았다. 비바람을 걱정할 필요가 없고 사람들의 눈에 띌 필요 없이 하룻밤 편하게 지낼 수 있을 만한 곳이 있으면 우선은 거기서 하룻밤을 보내야겠다고 생각했기 때문이다. 그 순간 다행히도 문 위의 다락으로 올라가는 붉은 칠이 되어 있는 넓은 폭의 사다리가 눈에 들어왔다. 그 위라면 사람이 있다고 해봐야 어차피 죽은 사람들뿐이다. 하인은 허리에 찬 칼이 칼집에서 미끄러져 빠지지 않도록 조심하면서 짚신을 신은 발로 그 사다리의 가장 밑단을 밟았다.

그로부터 몇 분이 지난 후의 일이다. 라쇼몽의 다락으로 오르는 사다리의 중간쯤에 한 사내가 고양이처럼 몸을 웅크리고 숨을 죽인 채 위쪽을 살펴보고 있었다. 다락에서 비치는 불빛이 희미하게 그 남자의 오른쪽 뺨을 비추고 있었다. 짧은 수염 속에 붉게 곪은 여드름이 보였다. 하인은 처음부터 이 위에 있는 것은 시체들뿐일 것이라고 지레짐작하고 있었다. 그런데 사다리를 올라가 보니 누군가가 불을 이리저리 밝히고 있었다. 흐릿한 불빛이 구석구석 거미줄이 걸려 있는 천장에 흔들거리며 비춰지고 있었기 때문에 바로 알 수 있었다. 이렇게 비가 내리는 밤에 라쇼몽 위에 불을 켜고 있는 걸 보니 평범한 사람은 아닐 것이다.

하인은 도마뱀처럼 발소리를 죽여서 가파른 사다리를 가장 맨 위까지

기다시피 올라가 조심조심 다락 안을 들여다보았다. 살펴보니 소문대로 다락 안에는 몇몇 시체들이 아무렇게나 내버려져 있었는데 어두워서 그 수가 몇 구인지는 알 수 없었다. 다만 막연하게나마 알 수 있었던 것은 그 중에 벌거벗은 시체와 옷을 입고 있는 시체가 있다는 사실이었다. 물론 그 안에는 남자와 여자가 한데 섞여 있는 듯했다. 그 시체들은 모두 그것이 예전에는 살아 있는 사람이었다는 사실이 의심스러울 정도로 흙을 반죽해서 빚은 인형처럼 입을 벌리거나 손을 길게 뻗은 채 바닥에 나뒹굴고 있었다. 게다가 어깨나 가슴처럼 높이 솟아오른 부분에 희미한 불빛을 받아 낮은 부분의 그림자를 한층 더 짙게 하면서 영원한 벙어리처럼 아무런 말도 하지 않고 있었다.

하인은 그 시체들의 썩은 냄새에 자신도 모르게 코를 막았다. 그러나 다음 순간 그 손은 코를 감싸 쥐는 일을 잊고 말았다. 어떤 강한 감정이 이 사내의 후각을 앗아갔기 때문이다.

하인의 눈은 그 시체 속에 웅크리고 있는 살아 있는 사람을 바라보았다. 검붉은 옷을 입은 작은 체구에 말랐고 머리는 백발인, 원숭이를 닮은 노파였다. 그 노파는 불을 붙인 소나무 토막을 오른 손에 들고 한 시체의 얼굴을 자세히 들여다보고 있었다. 머리카락이 긴 것으로 봐서 여자 시체인 듯했다. 하인은 6할의 공포심과 4할의 호기심으로 한동안 숨을 쉬는 것조차 잊었다. 옛 사람들의 말을 빌자면 '온몸의 털이 곤두서는' 듯한 느낌이었다.

잠시 후 노파는 소나무 토막을 마루 틈에 끼워 놓은 뒤 지금까지 들여다보던 시체의 머리에 두 손을 올려 놓고는 마치 어미 원숭이가 새끼 원숭이의 이를 잡아 주는 것처럼 그 긴 머리카락을 한 올씩 뽑기 시작했다. 머리카락은 손만 대면 뽑히는 듯했다. 그 머리카락이 한 올씩 뽑혀질 때 마다 하인의 마음에서는 공포가 조금씩 사라져갔다. 대신 그와 동시에 이 노파에 대한 격렬한 증오심이 조금씩 피어오르기 시작했다. – 아니, 이 노파에 대해서라고 말한다면 잘못된 표현일지 모르겠다. 오히려 모든 악에 대한 반감이 점점 거세졌던 것이었다. 이 때 누군가가 조금 전 문 밑에서 이 사내가 생각하고 있던 굶어 죽을 것이냐 강도가 될 것이냐 하는 문제를 다시한 번 물었다면, 하인은 분명 아무런 망설임도 없이 굶어 죽는 것을 택할 것이었다. 그만큼 이 사내의 악을 증오하는 마음은 노파가 마룻바닥에 꽂아놓은 소나무 토막처럼 맹렬하게 불타올랐던 것이다.

물론 하인은 노파가 왜 죽은 사람의 머리카락을 뽑는 것인지 알 수 없었다. 따라서 합리적으로는 그 일을 선과 악 중의 어느 하나로 해석해야 하는지 알 수 없는 것이다. 하지만 하인의 생각으로는 이렇게 비가 내리는 밤에 라쇼몽 위에서 죽은 사람의 머리카락을 뽑는다는 자체만으로도 이미 용납할 수 없는 악이었다. 물론 하인은 아까까지만 해도 자신이 강도가 될 수밖에 없다는 마음으로 있었다는 사실은 까맣게 잊어버린 상태였다.

그래서 하인은 두 다리에 힘을 주어 갑자기 사다리에서 위로 뛰어올랐다. 그리고 허리에 찬 칼에 손을 대며 성큼성큼 노파 앞으로 걸어갔다. 말할 필요도 없이 노파는 깜짝 놀랐다.

노파는 하인을 보자마자 마치 새총에서 돌이 튕겨 나가듯이 자리에서 벌떡 일어났다.

"이봐, 어딜 도망가려고."

하인은 시체에 걸려 넘어지면서도 황급히 도망치려는 노파를 가로막았다. 노파는 그래도 하인을 밀어제치고 도망치려 했다. 하인은 그런 노파를 놓치지 않으려고 또 막아섰다. 두 사람은 시체 속에서 한동안 아무런 말도 하지 않고 실랑이를 벌였다. 하지만 승패는 처음부터 뻔한 것이었다. 결국 하인은 노파의 팔을 잡아 강제로 쓰러뜨렸다. 마치 새 다리처럼 뼈와 가죽만 남아 있는 팔이었다.

"대체 무슨 짓을 하고 있었던 거지? 말해, 말하지 않으면 이거야."

노파를 쓰러뜨린 하인은 갑자기 칼집에서 칼을 꺼내 하얀 칼날을 그 눈 앞에 들이댔다. 그러나 노파는 입을 꾹 다물고 있었다. 두 손을 부들부들 떨며, 어깨로 숨을 헐떡이며, 눈알이 튀어나올 것처럼 눈을 휘둥그레 뜬 채 벙어리처럼 끈질기게 입을 다물고 있었다. 그 모습을 본 순간 하인은 이 노파의 생사가 완전히 자신의 의지에 달려있다는 사실을 처음으로 의식하게 되었다. 그러자 지금까지 맹렬하게 불타오르던 증오심이 어느 샌가 사라져 있었다. 남은 것은 그저, 어떤 일을 원만하게 성취했을 때 느낄 수 있는 자부심과 만족감뿐이었다. 그래서 하인은 노파를 내려다보며 조금 부드러워진 목소리로 말했다.

"나는 관청에서 나온 관리가 아니오. 마침 이곳을 지나던 나그네일 뿐이요. 그러니까 당신을 붙잡아 어쩌려는 게 아니란 말이지. 다만 지금 여기에서 무엇을 하고 있었는지 그것만 이야기해 주면 되겠소."

그러자 노파는 커다랗게 뜬 눈을 한층 더 크게 뜨고 그 하인의 얼굴을 뚫어지게 들여다보았다. 눈꺼풀이 새빨개진 육식 조류처럼 날카로운 눈이었다. 그런 다음 주름 때문에 코와 구분이 안 되는 입술을 마치 무엇인가를 씹을 때처럼 움직였다. 가느다란 목에 튀어나온 목뼈가 움직이는 것이 보였다. 그때, 그 목에서 까마귀가 우는 듯한 소리가 헐떡헐떡 들려왔다.

"이 머리카락을 뽑아서…… 이… 머리카락을 뽑아서…… 가발을…… 만들 생각이었수……."

하인은 노파의 대답이 의외로 평범한 것에 실망했다. 그와 동시에 조금 전의 증오심과 차가운 모멸감이 다시 마음속에 생겨나기 시작했다. 그러자 그런 기색이 상대방에게도 전달된 모양이다. 노파는 한 손에 시체의 머리에서 빼앗은 긴 머리카락을 든 채 두꺼비가 중얼거리는 듯한 목소리로 웅얼거리며 이런 말을 했다.

"그래, 죽은 사람의 머리카락을 뽑는 것은 누가 뭐래도 나쁜 짓일지 모르지. 하지만 여기에 있는 시체들은 모두 그 정도의 일을 당해도 싼 사람들 뿐이라우. 지금 내가 머리카락을 뽑은 이 여자는 뱀을 네 치 정도 잘라 말린 것을 건어물이라고 속이며 궁궐의 병사들에게 팔러 다녔다우. 역병에 걸려 죽지 않았다면 아직까지도 그 짓을 하고 있을 게요. 이 여자가 파는 건어물은 맛이 좋다고 소문이 나서 병사들이 항상 반찬으로 샀다고 하더군. 그런데 나는 이 여자가 한 일을 나쁜 짓이라고 생각지 않는다우. 그렇게라도 하지 않으면 굶어 죽을 판이니 어쩔 수 없이 한 짓일 뿐이라우. 그러니 지금 내가 한 일도 나쁜 짓이라고 생각하지 않는다우. 이 짓도 역시 하지 않으면 굶어 죽을 판이기에 어쩔 수 없이 하는 일이니까 말이여. 그러니 내가 어쩔 수 없이 한다는 걸 잘 알고 있는 이 여자도 틀림없이 내가 한 짓을 관대하게 봐줄 거라 생각한다우."

노파는 대강 이런 의미의 말을 했다. 하인은 칼을 칼집에 꽂고 왼손으로는 그 칼자루를 오른손으로는 뺨에 빨갛게 곪은 여드름을 만지작거리며 차가운 표정으로 이야기를 듣고 있었다. 그런데 이 이야기를 듣고 있는 동안 하인의 마음에는 어떤 용기가 솟아올랐다. 그것은 아까 문 아래에 서 있던 사내에게는 없었던 용기였다. 또한 아까 이 문 위로 올라와 노파를 붙잡았을 때의 용기와는 전혀 반대 방향의 용기였다. 이제 하인은 굶어 죽을 것인지 강도가 될 것인지 망설이지 않았다. 이 때 이 사내의 심정을 말하자면 굶어 죽는다는 것은 생각조차 할 수 없을 정도로 의식 밖으로 밀려난 상태였다.

"정말 그렇겠지?"

노파의 말이 끝나자 하인은 자조적인 목소리로 중얼거렸다. 그리고 한발 앞으로 나가 느닷없이 여드름을 만지작거리던 오른손으로 노파의 멱살을 잡고 이렇게 말했다.

"그렇다면 내가 강도짓을 해도 원망하지는 않겠군. 나 역시 그렇게 하지 않으면 굶어 죽을 몸이니까."

하인은 잽싸게 노파의 옷을 벗겨냈다. 그리고 다리를 잡고 매달리는 노파를 거칠게 차서 시체 위로 쓰러뜨렸다. 사다리가 있는 입구까지는 겨우 다섯 걸음 정도밖에 떨어져 있지 않았다. 하인은 벗겨낸 검붉은 옷을 옆구리에 낀 채 경사가 급한 사다리를 타고 눈 깜짝할 사이에 짙은 어둠 속으로 내려갔다.

잠시 죽은 사람처럼 쓰러져 있던 노파가 시체들 속에서 벗은 몸을 일으킨 것은 그로부터 얼마 지나지 않아서였다. 노파는 중얼거리듯 신음소리를 내며 아직 타오르고 있는 불빛에 의지해 사다리가 있는 입구까지 기어갔다. 그리고 거기서 짧은 백발을 거꾸로 해서 문 밑을 내려다보았다. 밖에는 칠흑같이 어두운 밤이 있을 뿐이었다.

하인의 행방은 아무도 알지 못했다.

가해자가 되어 가는 길

각박하고 메마른 세상, 먹고 살기 바쁘다 보니 공동체의 선한 가치를 추구하기보다는 자기의 이익만 우선시하며 남의 이익은 배려하지 않는 사회가 되어 가고 있습니다. 이런 사회에서 타인은 개인의 이익을 위한 수단에 지나지 않게 됩니다. 그런데 각자가 자신의 이익을 극대화하고 있으니 다 잘 살아야 하는데 실상은 그렇지 않습니다. 인심은 흉흉해지고 사회는 양극화 되어 가며 서로를 질시하고 파괴하는 일이 난무해집니다. 우리 사는 세상이 이렇게 흘러간다면 끝내는 어떻게 될까요?

'라쇼몽'의 이야기도 이와 다르지 않습니다. 이 이야기의 배경은 일본 헤이안 시대 말기, 지진, 화재, 기근, 역병 등으로 황폐해진 교토의 중심부입니다. 그 곳에 위치한 성문(城門)의 이름이 '라쇼몽'이지요. '라쇼몽'은 혼란한 사회 속에서 폭력적, 이기적으로 변해가는 인간을 상징합니다. 시체의 머리털을 도둑질하는 노파는 아무리 봐도 같은 인간으로서는 할 수 없는 최악의 행위를 하고 있고, 그 시체(여인)는 살았을 때 뱀고기를 건어(乾魚)라고 속여 팔았던 사기꾼이었습니다. 쫓겨난 하인은 굶어죽지 않기 위해 노파의 옷을 벗겨 달아나고, 미루어 짐작건대 하인의 주인도 본인이 살기 위해 대책도 없이 하인을 내쫓지 않았을까 싶습니다. 네 명 모두 어지러운 세상 속에서 살아남기 위해 타인을 해(害)하는 인물들이지만, 이 이야기는 이런 세상에서 악하게 사는 것은 어쩔 수 없는 것이라고 합리화하고 정당화하는 것처럼 보입니다. 악하게 변질된 세상에서 악하게 변해가는 사람을 욕할 수 없다는 것이지요. 과연 이런 논리가 설득력이 있을까요?

하인은 노파를 만나기 전까지는 '수단을 가리지 않는다면……'이라고 되풀이하면서도 정의로운 마음을 버리지 못합니다. 마음 한 쪽에서는 '강도가 될 수밖에……'라는 유혹이 있지만, 그것이 옳지 않기 때문에 행동으로 옮길 수 없다는 선악에 대한 분별력을 가지고 있지요. 그러나 계속 이렇게 나가다가는 굶어죽을지도 모른다는 두려움 또한 큽니다. 이런 하인이 어떻게 한순간에 강도로 전락하게 되었을까요? 하인이 직면한 상황─살아생전 남을 속이거나 몹쓸 짓을 하다가 죽어서 방치된 시체들, 그 사이를 다니며 도둑질 하는 노파─이 그의 갈등에 마침표를 찍게 합니다. 그가 보기에 노파는 너무도 추악하게 삶을 연명하지만 굶어죽지는 않습니다.

짐승과도 같은 행위를 하지만 목숨을 부지하는 노파, 인간다움이나 정의에 대한 갈등 없이 오로지 먹고 살 일에만 매달리는 노파가 어쩌면 하인에게는 자기 행위에 면죄부를 부여하는 계기로 작용했을 것입니다. 그러면서 '나는 왜 그렇게 못했을까……' 하며 은근히 억울하고 약이 오르는 마음이 들었을 것입니다. 여기에 나도 못된 짓을 하지만 죽은 여인은 더 못된 짓을 했기 때문에 괜찮다라는 노파의 변명은 하인의 행동에 합리성을 부여해 줍니다. 추악한 노파보다는 내가 하려는 도둑질이 더 나을 수도 있다는 자기중심적인 논리로 인해 결국 하인은 노파의 옷을 도둑질합니다. 하인의 이런 행위 이면에는 '남들도 다 하는 것을 자기라고 못할 것 없다'는 생각이 자리 잡고 있고, 이런 욕망은 양심도 선악도 쉽게 내팽개치게 만듭니다.

주인에게 쫓겨난 하인이 노파의 논리를 받아들여 강도가 되는 과정은 피해자가 가해자로 변모하는 과정을 잘 보여 줍니다. 이는 '네가 하는데 나는 왜 못해?'라는 욕망 앞에서 모두가 가해자로 변해 갈 수 있다는 것을 알려줍니다. 또한 하인이 도망치는 것으로 이야기를 끝맺음으로써 또 다른 가해자들이 생길 수 있음을 암시하기도 합니다. 소설의 결말이 부정적이고 비극적으로 다가오는 이유는 이렇게 악이 승리한 것 같다는 느낌을 지울 수 없기 때문입니다.

노파와 하인의 이야기를 통해 우리는 '세상이 악하기 때문에 나도 어쩔 수 없이 타락하는 것이다'라는 논리가 얼마나 허구적인 것인지 알 수 있습니다. 그들이 한 악한 행위에는 필연적이며 정당한 이유가 있는 것이 아니라, 그저 타인의 욕망을 그대로 답습했던 것일 뿐입니다. 이렇게 보면 인간이 자신의 욕망을 다스리는 것이 얼마나 중요한 지 깨달을 수 있습니다. 부정적인 욕망 대신에 선한 가치를 실현할 수 있는 욕망을 가져야 한다는 것도 되새기게 됩니다. 그것이 악하게 변해 가는 세상, 폭력적이고 비인간적인 세상을 구하기 위해 각자가 할 수 있는 일 아닐까 합니다. 타락한 하인과 같은 사람을 구제할 선한 가치란 무엇일까요? 남과의 비교로 인한 경쟁심과 이기심, 극단적 개인주의보다는 스스로 어떤 삶을 살 것인지 자기 정체성과 실존적인 가치를 되새기는 것, 함께 잘 살기 위한 평화로운 공동체를 중요시하는 마음 등이 그것이겠지요.

우리가 생활하는 일상 공간인 교실이 혹시 '라쇼몽'과 같지 않나요? 교실 안에도 '쟤도 잘못하고 있는데, 나만 규칙을 잘 지킬 필요가 있어?'와 같은 생각들, 이기적이고 개인주의적인 행동들이 비일비재할지 모릅니다. 이런 태도가 만연할수록 교실은 평화롭고 화목한 공간이 아니라 경쟁, 질투, 폭력이 활개를 치는 공간이 될 것입니다. 그리고 그럴수록 오히려 정의롭고 선하게 행동하는 사람이 눈치를 보고 바보가 되는 주객전도된 일이 벌어질 수 있습니다. 자, 소설은 암울하게 끝맺지만 우리의 교실을 그렇게 만들 수는 없지요. 스스로 남과의 비교로 친구를 해하거나 자기 중심적으로 행동하여 평화를 깨뜨린 적은 없었나요? 만약, 여러분 주위에서 이런 일이 벌어진다면 어떻게 대처해야 할까요? 무관심과 냉소가 답이 아니라는 것은 잘 알고 있겠지요.

권구(拳球) 시합

집단의 위선을 이겨내는 진실 고백

너와 나에게 이득이 되는 일. 그것만으로 우리 집단을 위하는 길이라
고 말할 수 있을까요? 이 소설은 아이들의 권구시합을 통해 진실을 둘
러싼 집단 내부의 갈등을 다루고 있습니다. 진실을 왜곡하는 행위의
이면에 담긴 의미를 생각하며 소설을 읽어 봅시다.

현덕(1912~?)

한국전쟁 중 월북한 소설가이자 아동문학가로 궁핍한 현실에서 생활하는 소작농들간의 미묘한 갈등, 그리고 도시빈민의 애환을 잘 짜여진 구조와 서정적 문체로 섬세하게 그려냈다. 대표작으로는 소설집 『남생이』, 『광명을 찾아서』 등이 있다.

"김일성!"

"김일성!"

등 뒤에 자기를 부르는 소리를 들으면서 일성이는 못 들은 척 그대로 골목을 꺾어 돌아섰다. 피해 달아나듯 걸음을 빨리 반찬 가게 앞을 지날 때, 뒤에서 바삐 덜걱덜걱하고 책보 흔드는 소리가 가까워지며,

"일성아!"

하고 기수의 붉은 얼굴이 모자를 벗어 손에 들고 달음박질로 따라온다. 일성이는 걸음을 늦추지 않을 수 없었다.

기수는 씨근씨근 일성이 옆에 이르러 나란히 선다. 그리고 모자로 이마의 땀을 씻으며,

"왜 불러두 대답이 없이 가기만 허니?"

하고 책망하듯 퉁명스레 한마디하고 숨이 차 그런지 한동안 말이 없이 걸음을 옮긴다. 다리를 건너 천변가 조용한 길로 들어섰다. 기수는 문득 입을 열었다.

"너, 그래 정말루 쎔*이라고 생각하고 아까 우긴 거냐."

"뭐, 말야?"

"아까 찜뿌 시합할 때 말이다. 어디 양심으로 말해 봐라."

하고 똑바루 상대의 얼굴을 쳐다본다.

일성이는 말문이 막혔다. 묵묵히 고개를 숙이고 만다.

오늘 학교에서 권구 시합*을 할 때 일이다. 육 학년 갑조 을조가 각각 팀을 만들고 때때로 시합을 해 오던 터이나 오늘은 특별히 연필 한 다스를 상으로 걸고 하는 내기라 처음부터 성벽이 났다.

본시 양편의 수가 어슷비슷해 이날도 한두 점을 사이에 두고 다투어 나가다가, 마지막 회에 이르러서 갑조 기수 편이 두 점이 앞서 수비로 물러 나가고 일성이 편이 들어섰다. 그리고 일성이가 공을 칠 차례가 왔을 때엔 투 아웃에 풀 베이스가 되었다. 일성이 손 하나에 승패가 달렸다.

그는 주먹을 단단히 쥐고 나섰다. 두 번 세 번, 투수가 던지는 공을 무르기만 하더니 네 번째 갈긴 공이 백선을 그리며 날아 우라잇* 머리를 넘어 홈런이 되었다. 일성이는 세컨드를 돌고 서드를 거처 홈을 향하고 내달린다.

이때다. 홈, 홈, 홈 소리가 일어나며 뒤미처 쫓아들어 온 기수가 날아온 공을 받으며 일성이가 몸을 날려 베이스에 발을 들여 놓자 이어,

"쎔이다."

* 쎔   세이프. 야구에서, 주자가 베이스까지 안전하게 나가는 일.
* 찜뿌   권구.
* 권구 시합   고무공을 가지고 야구 형식으로 하는 운동.
* 우라잇   우익수.

"아웃이다."

하는 소리가 두 편에서 동시에 일어났다. 한 편은 세이프라고 외치며 날뛰고 한 편은 아웃이라고 외치며 날뛰고 그러나 당자 일성이는, 사실 자기가 기수 옆을 지날 때 확실히 왼편 팔에 스친 공을 느낄 수 있어 자기는 아웃으로 알았는데 의외로 세이프란 소리에 어리둥절하였다. 그러다 나중엔 자기도 뱃심*이 생겨서 그럼 아닌 척 제법 큰 소리로 세이프라고 우기게끔 되었고, 결국 시합은 승부가 없이 각기 자기 편 주장을 우기며 떠드는 것으로 헤지고 만 것이다.

"너, 나한테두 쎔이라고 우길 수 있겠니. 어디 양심으로 말해 보라니깐."

하고 기수는 또 한 번 여무진 소리로 다조진다*.

일성이는 그 양심으로 말을 하라는 데는 고만 낯이 붉어지고 말았다.

고개를 숙인 채 작은 소리로,

"잘못했다."

하고 주먹이 내려올 것을 잠잠히 기다렸다.

허나 기수는 다신 거기 대해 말이 없다.

국숫집 모퉁이를 돌아 골목으로 들어섰다. 문득 기수는,

"이따 너 우리 집으로 오너라. 같이 도화지 사러 가자!"

하는 음성은 전날과 다름없이 부드럽다. 속에 아무 것도 품은 것이 없는 그런 정 있는 음성이다. 일성이는 다시금 기수의 따뜻한 우정을 느끼며 고개를 끄덕끄덕 동의를 표했다.

그들은 반이 각각이긴 하나 아래윗집 사이에 남달리 정다웁게 지냈다. 마음이 통하고 생각이 같고 할 뿐더러 뜻한 바 장래 포부도 같아 그림을 즐

겨 그리며 일후에 큰 미술가를 같이 꿈꾸었다.

그날도 일성이는 기수를 집으로 찾아가 같이 도화지도 사고 또 같이 집 뒤 너른 마당에 나가 풍경도 사생을 하며 아까 학교에서 일은 씻은 듯 잊어버린 듯이 오히려 그 일로 말미암아 좀 더 사이가 두터워진 듯이, 두 소년은 예전의 따뜻한 우정을 느끼며 어느 때까지고 서로 곁을 떠나길 섭섭해 하였다.

그 이튿날이다. 학교에서 일성이가 시간을 마치고 운동장으로 나왔을 때 철봉틀 옆에서 불시에 갑동이가 등을 친다. 그리고 깜짝 놀라 돌아보는 일성이 얼굴을 한 번 통쾌한 듯 웃고 나서,

"집에 가지 말고 기다려라. 시합이다."

어제 결말이 없이 헤지고만 찜뿌 시합을 오늘 뒤풀이로 다시 한다는 것이다.

일성이는 잠시 멍멍히 섰다가 돌아서는 갑동이 어깨를 잡으며,

"난 고만두겠다."

하고 진정 하기 싫다는 표로 상을 찌푸렸다.

"왜?"

하고 갑동이는 의아해 바라보더니,

"몸이 불편해 그러니?"

• 뱃심 염치나 두려움이 없이 제 고집대로 버티는 힘.
• 다조진다 다그친다.

일성이는 아니라는 뜻으로 머리를 젓고,

"사실은 말야."

하는 잠시 말하기 어려운 듯이 낯색을 붉히다가 어제 시합할 때 일을 사실대로 고백하고,

"그럼 어제 시합은 진 것으로 하고 오늘은 새 판으로 하는 걸루 허자."

하고 일성이는 긴하게 처다보는 것이나 갑동이는 뭐, 하고 펄쩍 뛴다.

"아, 연필 한 다스는 거저 뺏기구 말야. 그런 못난 소리가 어딨어."

"그래도 난 저 편에 내 할 말은 할 테다."

"연필 한 다스 너 혼자 물 테냐. 혼자 물 테거든 맘대루 하렴."

이 말에 고만 일성이는 기가 죽었다. 벙벙히 머리에 손을 얹고 섰는데 갑동이는 그 등을 밀어내며,

"바보 소리 고만 허구 어서 공이나 받어라."

그때엔 벌써 운동장에 편을 따라 선수들이 모여 공을 주고받고 있다. 일성이는 사방을 둘러보며 기수는, 하고 찾았다. 그러나,

"공 간다."

하고 십여 간 건너 버드나무 그늘에 기수가 서서 공을 던질 동작으로, 팔을 저으며 웃는 얼굴로 이편을 본다. 그 얼굴은 말없이 시합하기를 즐겨 권하는 것이었다. 일성이가 주저할 사이도 없이 공이 날아온다.

그는 손을 벌려 받지 않을 수 없었다. 그리고 받은 공이니 다시 던져 주지 않을 수 없고, 이렇게 던지고 받고 하다 금 안으로 걸음쳐 두 소년은 옮겨 갔다.

마침내 시합은 벌어졌다. 일성이와 기수는 각기 자기 편 자리로 갈리었다.

담 밑 응달에 앉아서 자기 공 칠 차례가 오기를 기다리고 있으면서도 마

음이 편치 못했다.

기수는 셋째 베이스를 지킨다. 무릎에 두 손을 짚고 구부려 엎드리고 서서 공이 날아오기를 노린다. 그러다가 일성이와 눈이 마주치면 빙그레 웃어 보이고 그리고,

"오라이! 오라이!"

하고 타자가 헛손질을 할 때마다 무릎에 짚었던 손을 비비며, 마치 자기 앞으로 날아올 줄 알았던 공이 어그러진 듯이 소리치다가 다시 엎드리어 노린다.

일성이는 될 수 있는 대로 그 기수 손에 잡혀지도록 자기 편이 친 공이 날아가 주었으면 하여졌다. 말하면, 되도록 자기 편이 져 주기를 바라는 것이다. 어떻게 그렇게나 되어 주어야지 미안하고 꺼림 하는 마음이 조금이라도 풀릴 것 같았다.

"퍽!" 하고 주먹에 공이 맞아 나가는 소리가 나며, 딴은 이 편이 친 공이 투수의 머리를 넘어 기수가 섰는 자리를 향해 날아간다. 문득 일성이는 앉았던 자리에서 일어섰다.

그러나 기수가 오그린 손 사이를 빠져 공은 땅에 떨어져 통통 뛰며 굴러간다. 일성이는 자기 편이 실수를 했다 해도 이렇게 안타깝지는 않았을 것이다.

"쎔!"

하는 소리와 박수 소리가 왁자하게 일어난다. 일성이는 이전처럼 조금도 신이 나지 않는 것은 물론, 도리어 그 소리가 듣기 싫었다.

다음은 일성이 차례다. 갑동이가 옆으로 와 앉으며 어깨에 팔을 건다.

일성이는 더워서 그러는 듯이 그 팔을 툭 쳐 버리고 멀찍이 물러앉는다. 그러나 갑동이는 짓궂이 따라가 가까이 앉으며,

"이번엔 이겨야 한다."

그리고 음성을 낮추어 은근하게,

"이기기만 허면 넌 연필 한 자루 더 주마. 정말이다."

하고 너만 믿는다는 듯 몸을 두들긴다.

사실 갑동이가 대장이기는 하나 키가 크고 주먹이 센 까닭으로 대장이 되었지 일성이 기술을 믿지 않고는 남하고 시합을 걸 만한 자신 있는 팀이 못 됐다.

"웅, 정말이다."

하고 열고*가 나 다조지는* 갑동이 팔이 성가시다는 듯이 쳐 버리고 일성이는 말없이 일어서 베이스 앞으로 나갔다. 그가 칠 차례가 온 것이다.

저편 투수인 인환이는 공 든 손을 뒤로 돌리고 몸을 비스듬히 던질 자세를 지으며 일성이 얼굴을 건너다본다. 어떻게 공을 달라는 것인가, 의향을 묻는 얼굴이다.

일성이는 알맞게 주먹을 내밀고 흔든다. 그 왼편 셋째 베이스에 기수가 웃는 얼굴로 박수를 친다. 자기를 환영하는 그것인지 또는 네 공은 내가 잡아 보겠다는 손뼉인지 모르면서 일성이는 먼저 얼굴이 화끈 달았다.

공이 날아왔다. 일성이는 주먹을 후린다. 헛손질- 그럴 것이, 그저 되는 대로 함부로 휘둘러 버린 주먹인 것이다.

두 번째 공은 날아왔다. 역시 일성이는 되는 대로 주먹을 후린다.

그런데 의외에 퍽 소리와 함께 공이 주먹에 맞아 날아간다. 그것이 공중에 백선을 긋고 우라잇을 넘어 홈런- 주위에 요란한 박수 소리와 함성이

일어난다.

그러나 일성이는 기뻐야 할 장면에 도리어 마음이 썼다. 찌푸린 상으로 천천히 베이스를 돈다. 서드, 기수 앞을 왔다. 기수는 그 귀밑에 팔을 내밀어 박수를 친다. 물론 빈정거리는 건 아닌 줄 알면서 일성이는 그 기수 얼굴을 쳐다보기가 어쩐지 부끄러웠다.

돌아설 때 공으로 찍는 시늉으로 등을 치며 기수는,

"아웃."

하고 소리를 친다. 일성이는 정말 공으로 찍혀서 아웃이 되었으면 싶었다.

홈으로 들어오자 갑동이가 저 혼자 좋아서 입이 벌어진 얼굴로 맞는다.

"홈런왕, 홈런왕."

하고 팔을 쳐들고 소리치다가 뒤로 일성이 어깨를 붙들고 흔들며,

"어떡허냐, 우리 홈런왕아!"

그리고 은근한 소리로 또,

"이번엔 이겨야 한다."

그러나 일성이는 몸을 흔들어 갑동이 손을 떼치며 건너편 담 밑 응달로 간다. 갑동이가 기뻐하는 반대로 일성이는 속이 상했다. 할 수 있으면 그 갑동이 코가 납작해지도록 지게 되었으면 하였다.

사실 일성이는 더욱 함부로 하였다. 공도 아무 거나 되는 대로 치고 위험한데도 베이스도 함부로 간다. 그런데 뜻에 반하여 그것이 도리어 좋은

---

* 열고 열이 나서 바삐 서두름.
* 다조지는 일이나 말을 섣불리 하지 못하도록 단단히 주의를 주는.

효과를 가져왔다. 하긴 저편이 예에 없이 실수를 많이 한 것도 사실이나, 일성이는 투수의 손에 공이 쥐어 있어 도저히 베이스를 건너가지 못할 줄 알면서 그대로 건너간다. 두말없이 잡힐 줄 알았는데 공교히 세컨드가 공을 놓치고 세이프, 내친걸음에 셋째 베이스로 건너가자 이번엔 공이 삐뚜루 나가 일성이가 홈으로 느럭느럭 들어가도 좋도록, 공은 기수에게서 먼 데로 굴러갔다.

이날은 일성이 외에 다른 선수들도 손속*이 좋았다. 늘 아웃만 하던 선수들도 떡떡 점수를 얻고 갑동이까지 두 번이나 홈런을 쳤다.

그리고 이 편이 호조*인 반대로 저 편은 개개 실수만 거듭하는 것이다. 일성이와 적수로, 홈런왕이란 소리를 듣는 인환이도 시원스레 성적을 못 냈다. 기수 역시 전에 없이 받을 만한 공도 놓치고 홈을 냈다.

결국 성적은 십이 대 칠로 일성이 편이 다섯 점을 앞선 채로 구회 말이 되었다. 기수 편으로는 유일의 마지막 기회. 일성이는 멀리 우라잇을 보면서, 이번엔 남의 눈에 표가 나서 시비를 당하는 한이 있더라도 자기 앞으로 오는 공은 전부 놓쳐 보낼 작정이었다. 그리고 무릎에 손을 짚고 엎드리고 서서 마음을 조비빈다.

그러나 그 일성이 앞에 한 번도 공이 와 보지도 못하고, 투 아웃이 되고 말았다. 그리고 홈런왕 인환이가 홍분한 얼굴로 팔을 걷고 나섰다. 두어 번 투수가 던진 공을 무르며 벼르더니 퍽 하고 주먹을 맞은 공이 공중으로 솟는다. 솟는다. 솟는다.

까맣게 솟았다가 떨어질 때, 그 밑에 갑동이가 고개를 쳐들고 두 손을 모고 서서,

"가만둬, 가만둬."

하고 근처에 다른 선수가 오질 못하게 하더니 딴은 놓치질 않고 받아 그 공을 머리 위에 쳐들고 겅정겅정 뛰며 춤을 추는 것이다.

이것으로 완전히 승부는 결정이 되었다. 갑동이 둘레로 그편 선수들은 우루루 몰려들어 갑동이와 맞추어 겅정겅정 뛴다.

그러나 이런 때 그들이 전혀 생각지 못한 일이 생겼다. 인환이가 건너편 버드나무 밑으로 가 양복저고리를 입더니 갑자기 돌아서며, 상으로 정한 한 다스 연필 뭉텅이를 쳐들고 소리를 쳤다.

"어제 우리가 이겼을 때 생떼를 쓰고 안 줬지. 우리도 안 줄 테다."

그리고 어이가 질려 멍멍히 섰는 아이들 앞에서 인환이는 돌아서 유유히 교문을 향해 간다.

그러자 갑동이가,

"가만 있어."

하고 쫓아 나간다.

인환이는 뒤를 흘금흘금 피해 가더니 마침내는 달음박질로 달아난다. 갑동이는 그대로 뒤를 쫓아 운동틀을 돌고 교사 뒤를 쫓고 쫓기고 하며 다시 운동장으로 나와, 인환이는 걸음을 멈추고 갑동이를 마주 대했다.

이때엔 선수들의 의견도 각기 두 편으로 나누어져 연필을 주어야 옳다는 것과 아니 줘도 좋다는 소리가 뒤섞여 떠들썩하다가는 하나둘 조용해

* 손속 운수.
* 호조 상황이나 형편 따위가 좋은 상태.

지고 그 두 편의 의사를 대표하고 나선 것처럼 갑동이와 인환이가 마주 노리고 섰다.

"시합에 졌으면 약조한 걸 줘야지. 비루하게 가지고 달아나긴 왜 달아나는 거냐."

"어제 우리가 이겼을 때 안 주고 떼를 쓴 건, 그건 비루한 것 아냐?"

"우리가 안 줬어? 너이들이 쎔을 아웃이라고 생떼를 쓰고 안 줬지."

"아, 쎔은 그게 쎔야. 아웃이지."

"아웃? 아웃이란 무슨 증거 있어?"

"그럼 넌 쎔이란 무슨 증거 있어?"

"증거 있다."

하고 사방을 둘러보며 일성이를 찾다가 아이들 머리 너머로 일성이의 미간을 찌푸린 얼굴이 혀끝을 차는 것을 보고는 슬쩍 그편에 등을 돌려 대고 돌아서며,

"대체 어저께 일은 왜 끄내는 거냐. 그럼 오늘 한 것은 증거가 없어서 가지고 달아나는 것이냐?"

"어제 우리가 이겼을 때 안 줬으니까 우리도 안 주겠단 말이지."

하고 연필 든 손을 들어 시늉을 하는데 불시에 그 손목을 갑동이가 탁친다. 연필은 땅바닥에 떨어졌다.

두 소년은 동시에 몸을 구부리고 손이 한곳으로 모인다. 그러나 서로 머리가 부딪치자 그대로 달라붙어 차고 받고 주먹으로 지르고 두 몸이 얼싸 안은 채 쓰러져 땅바닥에 구르고 나중에 인환이는 갑동이 무릎 밑에 깔려 머리를 언어맞더니 그대로 고개를 땅에 박고 만다.

급기야 쌈은 인환이 코에 피를 내고 진정되었다. 사무실에서 선생님이 손에 철필●을 든 채 달려왔을 때 인환이는 땅에 머리를 숙이고 앉아 코피를 떨어뜨리며 있다.

선생님은 곡절●을 묻지 않고 두 소년을 사무실로 이끌어 갔다. 선생님 뒤에 인환이가 코를 쥐고 가고 그 뒤에 갑동이가 또 어깨가 처져 간다. 그리고 그 뒤를 아이들이 몰려가고, 빈자리에 일성이와 기수가 남아 마주 섰다.

기수는 어색하게 일그러진 웃음으로 일성이를 본다. 일성이는 고개를 숙였다. 그리고,

"용서해라."

나직한 그 소리는 가늘게 떨렸다.

기수는 말없이 그 어깨에 팔을 걸었다. 걸음을 옮겨 그들이 버드나무 밑으로 왔을 때 사무실에서 소사가 부르러 나왔다.

기수의 뒤를 서서 일성이는 사무실로 들어갔다. 선생님 앞에 갑동이와 코에 솜마개를 한 인환이가 숙이고 섰다. 그 옆에 기수와 일성이가 이르러 나란히 섰다.

선생님은 갑동이를 보던 눈을 옮겨 기수를 본다.

"어제도 쩜뿌 시합을 하였느냐?"

"네."

● 철필 끝이 뾰족한 등사판용의 쇠붓.
● 곡절 까닭, 사정.

"그때 네가 정녕 일성이를 찍었던가?"

선생님은 쌈의 자초지종을 깨려는 것이다. 기수는 말이 없다.

"정말 찍었어?"

기수는 문득 고개를 들어 옆의 일성이와 그리고 인환이를 번갈아 바라보더니,

"못 찍었어요. 쌤예요."

이번엔 일성이가 문득 고개를 들었다. 그는 기수의 뜻하지 않은 대답에 어리둥절하였다.

그러나 선생님은 인환이와 그 기수를 노려보며,

"그럼 어째 약조헌 걸 실행치 않고 떼를 쓴 거야. 오늘도 그러구. 나빠!"

선생님의 그 커다란 꾸짖는 소리에 일성이는 또 좀 어리둥절하였다. 그리고 한 발짝 나서며 입을 벌리려 할 때 선생님은 일성이를 향해,

"너이들은 고만 나가."

갑동이는 일성이 허리를 꾹 찌르고 돌아서 나간다.

일성이는 다시금 어리둥절하였다. 혼자 머뭇머뭇하고 섰으니까 선생님은 거친 음성으로,

"왜 안 나가고 섰어."

일성이는 깜짝 놀라 허리를 굽실하고 절을 하고 그 자리를 물러서 나간다.

사무실 문을 나왔다. 문 밖에 갑동이가 기다리고 섰다가 혓바닥을 널름 내밀어 보인다. 무사하게 되어 안심이란 뜻이다. 그 갑동이를 보자 일성이는 놀란 듯 무춤하더니 갑자기 몸을 돌이킨다. 그리고 갑동이가 잡아당기는 손을 뿌리치며 다시 사무실 안으로 들어갔다.

모든 걸 선생님 앞에 바른대로 자백할 결심이다. 물론 자기가 응당 받

어야 할 벌이 내리리라. 그리고 등 뒤에서 갑동이가 "말만 하면 가만 안 둔다." 하던 말도 엄포만이 아니니라. 그러나 일성이는 부끄럼 없이 기수를 대할 수 있는, 무엇보다도 그 떳떳한 마음이 갖고 싶었다.

집단의 위선을 이겨내는 진실 고백

진실을 숨기게 되는 데에는 이유가 있습니다. 진실을 숨김으로써 얻게 되는 이익이 있기 때문입니다. 어느 한 쪽으로부터 인정받고 싶은 욕망 때문에 그릇되게 행동하고 진실을 숨기게 되는 것입니다. 그러나 이 소설에서 보듯이 진실을 숨기는 순간 집단의 갈등은 커져 갈 수밖에 없습니다. 이 소설은 진실을 숨기다 집단의 갈등이 커져 가는 것을 보며 양심의 가책을 느끼게 되는 일성이의 이야기를 실감나게 그리고 있습니다.

소학교 육학년 학생들이 일성이편과 기수편으로 나누어 권구시합을 합니다. 마지막 승부의 고비에서 일성이 타자로 공격을 하다가 아웃되었는데, 연필에 눈이 먼 일성이편 갑동이를 중심으로 아웃이 아니라고 끝까지

우기게 됩니다. 결국 재경기를 하게 되었고 진실을 고백할 용기가 없었던 일성이는 이번 경기에서는 자기 편이 지기를 바랍니다. 그렇게라도 거짓말을 한 마음의 짐을 덜고 싶었던 것입니다. 하지만 기대와는 반대로 일성이 편이 이기게 되자 기수편은 인환이를 중심으로 자기네가 지지 않았다고 우기면서 연필을 가지고 도망칩니다. 개인의 잘못된 판단이 결국 집단의 폭력으로 확대된 것입니다. 두 편의 싸움을 지켜보던 일성은 결국은 자신의 비겁함에 가책을 느껴 양심을 고백하게 됩니다.

소설을 읽으며 독자들은 일성의 양심적 갈등이 심화될 때 안타까움을 느끼고, 진실을 은폐하려는 집단적 시도를 보면서 심각한 우려를 하게 됩니다. 그러다가 일성이 용기를 내어 진실을 밝히게 되자 심리적 해방감을 맛보게 됩니다.

어떤 집단이든 내부에는 기존 질서를 유지하려는 세력과 변화를 추구하는 세력이 있게 마련입니다. 변화를 추구하는 세력은 기존 질서에 의해 은폐된 진실을 밝히려는 시도를 합니다. 그러나 기존 질서를 유지하려는 세력은 변화를 막기 위해 한편으로는 현실의 이익이 중요하다는 왜곡된 여론을 만들어 가고, 다른 한편으로는 진실을 밝히려는 내부 고발자를 압박하는 분위기를 만들어 갑니다. 이렇게 주도권을 쥔 지배집단은 자칫하면 독재집단으로 변질되기 쉽습니다. 변화를 추구하든 현실 유지를 추구하든 정당성을 판별하는 것은 '진실'입니다. 거짓을 강요하는 세력은 정당하지 못하기 때문에, 진실을 왜곡하는 행위의 이면에 반드시 부정한 것들을 숨기고 있습니다.

　진실을 둘러싼 집단 내부의 갈등은 우리 주변에서도 흔히 볼 수 있습니다. 우리 현대사에서는 친일 집단이 자기 이익을 지키기 위해 허구적인 이데올로기를 전파하고, 진실을 밝히려는 세력을 억압하는 명분으로 그 이데올로기를 이용했습니다. 우리 교실에서도 이러한 일이 쉽게 일어납니다. 교실의 주도권을 잡고 친구들 위에 부당하게 군림하려는 아이들은 진실을 왜곡하는 경우가 많습니다. 친구를 향한 폭력을 장난이라고 말하며 자신의 행위를 정당화합니다. 진실을 밝히려는 사람들에게 장난을 장난으로 받아들이지 않는다고 도리어 비난하거나 옹졸하다며 공격하고, 폭력을 고발한 아이들을 응징하기도 합니다. 이런 가운데 진실을 밝히지 않고 타협을 통해 어정쩡한 평화를 만들자고 말하는 사람도 있습니다. 그러나 이러한 평화는 또 다른 왜곡과 폭력을 필요로 합니다. 그렇기 때문에 진실을 묻어둔 채 진정한 평화를 기대하기 어렵습니다. 평화로운 교실을 만들기를 원한다면 가장 먼저 어떤 노력이 필요한지 이 소설을 읽으며 생각해 보시기 바랍니다.

나비를 잡는 아버지

부당한 권력에 대응하는 성숙한 태도

부당한 권력의 횡포, 이것은 권력자의 입장에서 보면 사소한 것 같지만 약자에게는 고통스러운 것입니다. 결코 가볍게 대응할 수 없는 것입니다. 주인공 바우와 아버지의 행동처럼 말이지요. 만약, 여러분이 부당한 권력으로 인해 큰 고통을 겪는다면 어떻게 대응하겠습니까?

현덕(1912~?)

한국전쟁 중 월북한 소설가이자 아동문학가로 궁핍한 현실에서 생활하는 소작농들간의 미묘한 갈등, 그리고 도시빈민의 애환을 잘 짜여진 구조와 서정적 문체로 섬세하게 그려냈다. 대표작으로는 소설집 『남생이』, 『광명을 찾아서』 등이 있다.

황혼의 종로로 방향을 돌려
버스는 떠난다. 경쾌스럽게.

건드러진 노랫소리가 푸른 언덕을 넘어온다.

바우는 송아지를 뜯기며 밤나무 그늘에 앉아, 그림 그리는 책을 펴 들었다. 송아지가 움직이는 대로 자리를 옮아앉으며 옆으로 풀을 뜯는 송아지 모양을 그리느라 열심히 들여다보고 연필을 놀리고 하더니 잠시 멈추고 귀를 기울인다. 그리고 "흥!" 하고 빈정거리는 웃음을 한 번 웃고는 그 소리가 듣기 싫다는 듯 그 편에 등을 대고 돌아앉는다.

'겨우 서울 가서 공부한다고 배워 가지고 온 것이 유행가 나부랭이•냐. 그리고 나비 잡는 것하고.'

지난 해 봄에 바우와 경환이는 한날에 그 곳 소학교를 졸업을 하였다. 그리고 경환이는 서울로 상급 학교를 가고, 바우 자기는 집에서 꾸벅꾸벅 땅이나 파며 있지 않으면 아니 될 때, 바우는 무척 슬퍼하고 억울해하고 따라서 경환이를 부러워도 하였다. 바우 자기가 값없이 보내는 그 하루하루에 경환이는 좋은 학교, 훌륭한 선생 아래서 날마다 새로워 가고 높아 갈 것을 생각할 때 바우는 가만히 있지 못했다. 그 상급학교에 가지 못하는 벌충을 여기다 하려는 듯이 틈 있는 대로 그림을 그리었고 또 그것으로 즐거움이 되었다.

그리고 얼마 전에 그 경환이가 하기* 휴가를 하고 서울서 집에 돌아왔다. 그러나 전보다 얼굴빛이 희어지고, 바지통이 넓은 양복에 흰 테두리 한 모자를 멋있게 쓴 것이 달라졌을 뿐, 서울이 얼마나 좋고 자기 다니는 학교가 얼마나 훌륭한 곳인가를 자랑하는 것과 또는 활동사진* 배우 중 누구는 어떻고 누구는 어쩌고, 그리고 잡된 유행가를 부르며 동네 어린 아이들을 몰고 다니며 나비를 잡는 것이 하는 일이었다. 아마 경환이 자기는 이러는 것으로, 전일 보통 학교 때 늘 바우에게 성적으로 머리를 눌려 오던 분풀이를 하려는 듯이 뻐기며 다니는 것이다. 바우는 그 꼴이 곱게 보일 수 없었다.

꽃피는 남산으로 방향을 돌려서
버스는 떠난다. 가로수 그늘.

* 나부랭이 어떤 부류의 사람이나 물건을 낮잡아 이르는 말.
* 하기 여름의 시기.
* 활동사진 움직이는 사진. '영화'를 일컫는 말.

노랫소리는 점점 가까워 온다. 그리고 잠시 언덕 너머가 떠들썩하더니 호랑나비 한 마리가 피로한 나래로 갈팡질팡 날아와 밤나무 가지에 야트막하게 앉는다. 바우는 그 나비를 쉽게 잡을 수 있었다. 그리고 잠깐 그 호사스런 모양, 찬란한 빛깔을 들여다보다가 도로 날려 보내려 할 즈음, 언덕 위로 동네 아이들의 머리가 불쑥불쑥 나타나며 뒤미처 경환이가 나비 잡는 채를 휘두르며 뛰어내려 온다. 경환이는 바우가 앉아 있는 밤나무 그늘로 들어서며

"너, 호랑나비 어디로 날아가는 거 봤니?"

하다가는 바우 손에 잡히어 있는 나비를 보고는 반색을 한다.

"나 다우."

하고 으레 줄 것으로 알고 손을 내미는 것이나 바우는 그 손을 툭 쳐 버리고 몸을 돌린다.

"넌 무슨 까닭으로 어린애들을 몰고 다니며 애먼* 나비를 못 살게 하는 거냐?"

"뭐?"

하고 경환이는 뜻하지 않은 말에 잠시 멍하니 바라보다는,

"누가 장난으로 잡는 거냐. 학교서 숙제를 냈어. 동물 표본을 만들어 오라구."

"장난 아니믄, 벌써 너 나비 잡기 시작한 지가 며칠이냐. 그 동안에 못 잡아도 백 마리는 잡았겠구나. 거 다 동물 표본 만들고도 모자라서 또 잡는 거냐?"

"모두 못 쓰게 잡았으니까 그렇지. 날개가 상하구."

하다가는 경환이는 변색을 하고 한 발자국 다가서며

"넌 남이 나빌 잡건 말건 무슨 상관이냐, 건방지게."

"나두 상관할 만해서 그런다."

"너 때문으로 해서 담부턴 나비 구경을 못 하게 되겠으니까 허는 말이다."

하고 바우는 경환이 얼굴을 마주 노리다가.

"늬가 동물 표본을 만들기에 나비가 필요하다면 난 그림 그리는 데 필요한 나비야. 너만 위해서 생긴 나비는 아니지."

그러나 경환이는 "흥!" 하고 코웃음을 친다. 바우는 한층 음성을 높여 계속한다.

"그리고 어린 아이들에게 잡된 유행가는 너 왜 가르치는 거냐. 부르고 싶으면 네나 부르지."

이 말엔 매우 괘씸한 모양, 경환이는 낯을 붉히며 대든다.

"이 동네서 나 하는 거 시비할 사람 없어. 건방지게 왜 이래."

하는 그 말 속엔 분명 자기는 마름 집* 외아들로서 지위가 높은 몸, 너 같은 소나 뜯기는 놈에게 시비를 받을 몸이 아니라는 빈정거림이 있다. 바우는 썩 비위가 상해서 "흥!" 하고 마주 코웃음을 치고, 그리고 좀 더 골을 올리려고 두 손가락에 날개를 접어 쥔 나비를, 이것 너 줄까, 하는 시늉으로 경환이 등을 향해 두어 번 겨누다가는 그대로 공중으로 날려 버린다. 나비는 방향이 없이 어지러이 한 바퀴 맴을 돌더니 언덕 아래로 높았다 낮

* 애먼 일의 결과가 다른 데로 돌아가 억울하게 느껴지는.
* 마름 집 지주를 대리하여 소작권을 관리하는 집.

았다 날아간다.

경환이는 갑자기 몸을 날려 그 나비를 쫓아간다. 그러다가 나비가 아래 논 가운데로 날아가자 뒤돌아서 바우를 무섭게 한 번 눈을 흘겨보고, 그리고 돌 하나를 집어 근처에서 풀을 뜯고 있는 송아지를 때리고는 언덕 아래로 달아났다.

그러나 경환이의 심술은 이것만으로 고만두지 않았다.

송아지에게 먹을 만치 풀을 뜯기고 언덕 아래로 몰고 내려와 수수밭 모퉁이를 돌아섰을 때 바우는 다시금 놀랐다.

개울 건너 바우네 참외밭에서 경환이란 놈이 나비 잡는 채를 휘두르며 날뛰고 있다. 그까짓 송장나비를 잡으려고 그러는 것이 아닐 텐데, 경환이는 그 나비를 쫓아 구두 신은 발로 지금 한창 참외가 열기 시작하는 넝쿨을 함부로 질겅질겅 밟으며 이리 뛰고 저리 뛰고 한다. 일부러 그러는 것이 분명하다. 나비를 잡는 척 참외밭으로 몰아넣고 참외 넝쿨을 결딴내는 것이리라. 바우는 눈이 뒤집혔다. 더욱이 그 참외밭은 장차 햇곡식 나기 전까지의 바우 집식구들의 식량을 거기다 예산하고 있는 것이요, 바우 자기도 잘 열면 책 한 권쯤 사 달래려고 벼르고 있던 터다.

바우는 나는 듯 개울을 건너 뒤로 쫓아가 한 번 등줄기를 우리고* 그리고

"인마, 눈 없어? 이거 못 봐?"

하고 낭자한 그 자취를 손으로 가리키며

"넌 남의 집 농사를 결딴내두 상관없니, 인마?"

그러나 경환이는

"우리 집 땅 내가 밟았기로 무슨 상관이야."

하고 기가 막히다는 듯 피이─ 하고 고개를 옆으로 돌린다.

그러나 사실 기가 막히기는 바우다.

"우리 집 땅?"

하고 허 참, 하늘을 쳐다보고 탄식하고

"땅은 너희 집 거라두 참이* 넝쿨은 우리 집 거 아니냐. 누가 너희 집 땅을 밟는대서 말이야. 우리 집 참이 넝쿨을 결딴내니까 말이지."

그러나 경환이는 머리에 썼던 운동 모자를 벗으며 한 발자국 다가선다.

"너희 집 참이 넝쿨을 그렇게 소중히 알면서, 어째 남의 나비 잡는 건 훼방을 놓는 거냐? 나두 장난으로 잡는 건 아냐."

"장난이 아닌지도 몰라도 넌 나비를 잡는 거고, 우리 집 참이 넝쿨은 거기서 양식도 팔고 그래야 할 것이거든. 그래, 나비가 중하냐, 사람 사는 게 중하냐."

바우는 팔을 저어 시늉하며 어느 것이 소중하냐고 턱을 대는데, 경환이는

"나두 거기 학교 성적이 달린 거야."

하고 피이— 하고 업신여기는 웃음을 짓더니

"너희 집 집안 살림을 내가 알 게 뭐냐."

하고 같은 웃음으로 좌우를 돌아본다. 개울 건너 길가에 동네 아이들이 모여서 있고, 그 뒤로 지게를 진 어른들도 서 있다. 바우는 낯이 화끈 달았다.

"뭐, 인마?"

하고 대뜸 상대의 멱살을 잡고

---

* 우리고 휘둘러서 때리거나 치고.
* 참이 '참외'의 사투리.

"그래서 남의 참이밭 결딴내는 거냐? 나빈 우리 집 참이밭에만 있구 다른 덴 없어, 인마?"

경환이는 멱살을 잡히고 이리저리 목을 저으며

"이게 유도 맛을 보지 못해 이래. 너 다 그랬니, 다 그랬어?"

하고 어르다가 날래게 궁둥이를 들이대고 팔을 낚아 넘어치려* 하나 그러나 원체 나무통처럼 버티고 서 있는 바우의 몸은 호리호리한 경환의 허리 힘으로는 꺾이지 않았다. 도리어 바우가 슬쩍 딴죽을 걸고 밀자 경환이 자신이 쿵 나둥그러졌다. 그러나 쓰러졌다가 다시 일어설 때 경환이는 손에 돌을 집어 들고, 그리고 얼굴에 울음을 만들고는

"이 자식아, 남 나비 잡는 사람 왜 때리고 훼방을 노는 거야, 왜?"

하고 비겁하게 돌 든 손을 머리 위로 쳐들어 겨누는 것이다. 결국 싸움은 이때껏 아이들 등 뒤에 입을 벌리고 서서 보고만 있던 동네 어른 하나가 성큼성큼 개울을 건너가 사이를 뜯어 놓고, 그리고 경환이를 참외밭 밖으로 이끌어 나간 것으로 끝났으나, 그러나 경환이가 손목을 이끌려 가면서 연해 뒤를 돌아보며, 어디 두고 보자고, 벼르던 그 말이 허사가 아니었다.

바우가 자기 집 장독간 앞에서 벌통을 들여다보고 앉아 있는데, 경환이 집에서 부엌 심부름을 하는 계집아이가 왔다. 바우는 까닭 없이 가슴이 성큼했다.

"바우 어머니, 집에 있수?"

하고 계집아이는 안방과 부엌을 기웃거리다가 마당에 서 있는 바우를 보고

"너, 우리 집 서울 학생 때렸니?"

하고 쳐다보다가 대답이 없으니까

"너 야단났다. 우리 집 아씨가 막 역정이 나서 너희 어머니 불러오래, 애!"

마침 우물에서 돌아오는 바우 어머니를 보고 계집아이는 다시 한 번 그 말을 옮겨 들려주며 함께 문 밖으로 사라졌다.

'난 잘못한 거 없으니까.'

하면서 바우는 가슴이 두근거리었다. 일 없이 뒤꼍으로 갔다, 마당으로 나왔다 하며 어머니가 돌아올 때를 기다리면서 조마조마한다.

먼저 아버지가 뒷밭에서 돌아왔다. 이맛살을 찌푸린 얼굴로 아버지는 기색이 좋지 못하다. 호미를 마당 가운데 던지더니 아버지는 갑자기 큰 소리를 냈다.

"참이밭에서 누구하구 싸웠니?"

바우는 벌통 앞에 돌아앉아서 말이 없다.

"너두 눈 있거든 참이밭에 좀 가 봐. 넝쿨 하나고 성한 게 있나. 인마, 그 밭에 도지*가 을만지 아니. 벼루 열 말*야. 참이는 안 되두 낼 것은 내야지. 그리고 허구헌 날 먹을 건 먹어야지. 그런 걱정은 없구, 인마, 참이밭에서 싸움이 뭐냐, 싸움이."

바우는 벌통 앞에서 일어서며 볼멘 소리로

* 넘어치려 넘어뜨리어.
* 도지 곡식이나 돈 따위로 대가를 치르고 빌려 쓰는 논밭이나 집터.
* 열 말 쌀 열 말.

"누가 싸웠나, 경환이가 나빌 잡는다고 참이밭에서 막 넝쿨을 밟길래 말린 거지."

그러나 아버지는 일층 음성을 거슬렀다.

"내가 뭐랬어. 참이밭 근처서 멀리 떠나지 말고 지키랬지. 그놈의 그림책, 이리 내놔라. 그것만 잡고 앉았으면 정신없다가 참이밭을 결딴내는 것도 몰랐지, 인마!"

하고 그 그림책을 찾는 것처럼 두리번거리고 뒤꼍으로 가며 아버지는 혼자말로, 서울 가서 공부한 것이 나비 잡는다고 남의 집 참이밭 결딴내는 거냐고 중얼중얼 울타리에서 호박잎을 따고 있다. 아마 부러진 참외 넝쿨을 그것으로 이어 보려는 것이리라. 조금 후, 아버지는 호박잎을 따 가지고 나오며

"너희 어머니 어디 갔니?"

그러나 바우는 경환이 집에서 어머니를 불러 갔다는 말은 아니 나왔다. 묵묵히 바우는 대답이 없다. 하지만 아버지는 더 묻지 않아도 좋았다. 바로 그 어머니가 상기한 얼굴로 대문을 들어섰다.

어머니는 다짜고짜로 바우에게로 달려가 등줄기를 우리고는

"자식이 어떻게 했으면 어미 망신을 그렇게 시키니. 어서 나비 잡아 가지고 가서 빌어라, 빌어!"

그리고 아버지를 향하고는

"당신도 가 보우. 바깥사랑에서 부릅디다."

아버지는 어리둥절하여 바우와 어머니를 번갈아 쳐다보다가

"어떻게 된 일야, 응?"

그러나 어머니는 바우를 향해서만 또

"남 나빌 잡거나 말거나 내버려 두지 어쭙잖게 다니며 훼방을 노는 거냐?"

"누가 훼방을 놓았나. 남의 참외밭에 들어가 그러길래 못 하게 말린 거지."

"아, 니가 밤나뭇골 언덕에서 손에 잡았던 나비까지 날려 보내며 뭐라구 그랬다는데 그래."

그리고 어머니는 경환이 집 안주인이 꾸중 꾸중하더라는 것, 그리고 바우가 나비를 잡아 가지고 와서 경환이에게 빌지 않으면 내년부턴 땅 얻어 부칠 생각을 말라더란 말을 옮기며 또 바우에게

"어서 나비 잡아 가지고 가서 빌어라, 빌어."

아버지는 연해 끙끙 땅이 꺼지는 못마땅한 소리로 뒷짐을 지고 마당을 오락가락하며 무섭게 눈을 흘겨 바우를 본다. 그리고 바우는 어머니가 등을 미는 대로 부엌으로, 뒤꼍으로 피하다가는 대문 밖으로 나갔다. 그러나 담 밑에 붙어 서서 움직이지 않은 바우를 어머니는 쫓아 나와 다조진다*.

"이렇게 고집을 부리고 안 가면 어떡헐 셈이냐. 땅 떨어져도 좋겠니? 너두 소견이 있지."

그러나 바우는 어슬렁어슬렁 길로 나가더니 우물 앞 정자나무 앞에 이르자 걸음을 멈추고, 그리고 동네 노인들이 장기를 두고 앉아 있는 것을 넋을 놓고 들여다보고 서 있다. 장기가 두 켜*가 끝나고 세 켜가 끝나고 모였던 사람이 헤어져도 바우는 자리를 뜨지 않는다. 바우는 다만 자기가 조금도 잘못한 것이 없는 것, 그러니까 누구에게든 머리를 굽힐 까닭이 없다는

---

* 다조진다 일이나 말을 바싹 죄어 다그친다.
* 켜 노름하는 횟수.

고집이 정자나무통만큼 **뻣뻣**할 뿐이었다.

해가 저물었다. 지붕 너머로 바우 굴뚝에도 연기가 오르고, 그리고 그 연기가 잦아든 때에야 바우는 슬슬 눈치를 살피며 대문을 들어섰다. 그러나 건넌방 쪽에 눈이 갔을 때 바우는 크게 놀랐다. 아궁이 앞에, 위하던 그림 그리는 책이 조각조각 찢기어 허옇게 흩어져 있다. 바우는 그 앞에 이르러 멍멍히 내려다보고 서 있는데 등 뒤에서 아버지 음성이 났다.

"인마, 남은 서울 학교 다녀서 다 나비도 잡고 그러는 건데 건방지게 왜 다니며 훼방을 노는 거냐, 훼방을."

그리고 바우가 그림 그리는 것과 그것은 아랑곳없는 일일 텐데 아버지는

"담부터 내 눈앞에 그 그림 그리는 꼴 보이지 말아라. 네깟 놈이 그림 그걸루 남처럼 이름을 내겠니, 먹고 살게 되겠니?"

하고 돌아서 문 밖으로 나가려다가 다시 돌아서며 아버지는

"나빈 잡아갔지?" 하고 다져 묻는다. 바우는 고개를 숙인 채 묵묵하다. 아버지는 기가 막힌 듯 잠시 건너다보기만 하다가 언성을 높였다.

"이때껏 나가서 뭘 했어? 인마, 간 봄에 늙은 아비가 땅 얻어 부치느라고 갖은 애 다 쓰던 것을 네 눈으로도 보았지. 가뜩한데 너까지 말썽일 게 뭐냐. 어서 가서 빌지 못하겠어?"

아버지는 담뱃대 끝으로 바우의 수그린 머리를 찌를 듯 겨눈다. 그러는 대로 바우는 무춤무춤* 피할 뿐 조금도 걸음을 옮기려 하지 않는다.

"그래도 네 고집만 세울 테냐. 그럴라거든 아주 나가거라, 아주 나가!"

하고 아버지는 빗자루를 들고 나섰다. 이런 때 어머니가 방에서 나와 그걸 **빼앗아** 던져 버리고

"가서 빌기만 허면 뭘 하우. 나빌 잡아 가야지. 그리고 지금은 어둬서*

잡겠수. 내일 잡아 가라지."

그리고 어머니는 바우의 등을 밀며

"어서 올라가 저녁이나 먹어라."

하지만 아버지는 여전히 못마땅한 눈으로 흘겨보며

"저런 놈 저녁은 먹여 뭘 해. 아주 내쫓으라니깐 그래."

하고 자기가 먼저 문 밖으로 나간다.

어머니는 그 아버지가 들어오기 전에 어서 저녁을 먹으라고 권한다. 그러나 바우는 서 있는 자리에 그대로 고개를 숙이고 어머니가 달랠수록 더 짜증만 낸다. 한종일 아버지, 어머니에게 애매한 미움을 받고 또 그림책을 찢기고 한 그 억울한 감이 가슴 속에 벅차 다른 무엇이 들어갈 여지가 없었다.

이튿날 아침이다. 건넌방 모퉁이서 바우는 아버지와 얼굴이 마주쳤다. 아버지는 어제와 다름없는 그 얼굴, 그 음성으로 부엌에서 아침을 짓는 어머니를 향해 소리쳤다.

"오늘도 저놈이 제 고집만 세우고 나빌 잡아 가지 않거든 밥 주지 말어."

그리고 바우를 향해서는

"오늘은 나빌 잡아 가지고 가 봐야 허지. 그러지 않으려거든 영 집에 들어올 생각 말어라, 인마."

그 아버지가 보이지 않는 곳에 이르자 어머니는 부엌에서 나와 작은 음

---

* 무춤무춤 어색하거나 놀란 느낌이 들어 하던 짓을 갑자기 멈추는 모습.
* 어둬서 어두워서

성으로 바우를 달랜다.

"아버지 속상하시게 하지 말고 오늘은 나빌 잡아 가지고 가 봐라. 땅이 떨어지거나 하면 너는 좋겠니? 생각해 봐라."

바우는 여전히 말이 없다. 어머니는 그것을 바우가 순종하는 뜻으로 여긴 모양, 부엌에서 아침을 차리기에 분주하였다.

"얼른 밥 차려 줄게 먹고 나가 봐."

그러나 바우는 어머니가 밥상을 날라 오기 전에 자기가 먼저 슬며시 집 밖으로 나갔다. 밥을 열 끼를 굶는 한이 있더라도 그 경환이 앞에 나비를 잡아 가지고 가서 머리를 숙이기는 무엇보다 싫었다. 아들의 그만한 체면 쯤 보아 줄 줄 모르고 자기네 요구만 고집하는 아버지가 그리고 어머니까지 바우는 무척 야속했다. 노여웠다.

바우는 동구 밖 아랫마을로 가는 길가 축동*, 버드나무 그늘 밑에 고개를 숙여 생각에 잠기며 걷는다. 아침부터 요란스레 매미는 울고 그리고 속상하게 눈에 보이는 것은 여기저기 풀 위로 너훌거리는 나비다. 바우는 그 나비를 피해 가는 듯 문득 걸음을 바꿔 뒷산으로 올라갔다. 거기서 바우는 일상 하던 버릇으로 풀을 베어 널고, 그 위에 벌렁 나둥그러져 하늘을 쳐다본다. 집에서보다 갑절 어버이에게 대한 야속함과 노여움이 사무친다.

'아버지 말대로 정말 집을 나오고 말까. 그러면 아버지도 뉘우칠 때가 있겠지. 그리고 서울 같은 도회로 나가서 어떻게 고학이라도 해 볼까.'

바우는 정말 그렇게 해 볼 것처럼 벌떡 일어선다. 그리고 걸음 걸리는 대로 따라 산 아래로 내려간다. 산 중턱쯤 이르렀다. 건너다보이는 맞은편 언덕을 넘어 메밀밭 두덩에 허연 사람의 그림자가 엎드렸다 일어섰다 하며 무엇을 쫓는 모양으로 움직인다.

'흥! 경환이 저놈이 또 나비를 잡는구나.'

하고 바우는 입가에 업신여기는 웃음을 짓는다. 산을 또 좀 내려와 바라볼 때 경환이로 본 그것은 어른이 분명했다.

'흥, 경환이란 놈이 저희 집 머슴을 시켜 나비를 잡게 하는구나.'

그리고 바우는 또 한 번 같은 웃음을 웃는다.

바우는 산을 내려와 맞은편 언덕 위로 올라섰다. 그리고 가까운 거리에서 메밀밭을 내려다보았을 때 그는 놀라 벌린 입을 다물지 못했다. 경환이 집 머슴으로 본 사람은 남 아닌 바로 자기 아버지였다. 아버지는 농립•을 벗어 들고 나비를 쫓아 엎드렸다 일어섰다 하며 그 똑똑지 못한 걸음으로 밭두덩을 지척지척 돌고 있다.

바우는 머리를 얻어맞은 듯 멍하니 아래를 바라보고 서 있다. 그러다가 갑자기 언덕 모래 비탈을 지르르 미끄러져 내려가며 그렇게 빠른 속력으로, 지금까지 잠기어 있던 어두운 마음에서 벗어나 그 아버지가 무척 불쌍하고 정답고 그리고 그 아버지를 위하여서는 어떠한 어려운 일이든지 못할 것이 없을 것 같고, 바우는 울음이 되어 터져 나오려는 마음을 가슴 가득히 참으며 언덕 아래 메밀밭을 향해 소리쳤다.

"아버지!"

"아버지!"

"아버지~~~~!"

• 축동 물을 막기 위해 크게 쌓은 둑.
• 농립 농민이 여름에 쓰는 밀짚모자나 대팻밥모자.

부당한 권력에 대응하는 성숙한 태도

소나무가 사철 푸르다는 것은 겨울이 돼야 알 수 있다고 합니다. 여름에는 모든 나무가 푸르기 때문에 어떤 나무가 상록수인지 구별하기 힘든 법입니다. 이와 마찬가지로 사람의 진가도 어려움에 닥쳐 봐야 제대로 드러납니다. 어려움에 직면하여 그 상황을 돌파하는 사람은 자신의 생각에만 사로잡히지 않고 주변을 돌아보며 여유 있고 긍정적으로 사고합니다. 자신의 정당성 여부에 집착하지 않고 다른 사람의 마음을 알아야 올바른 해결책을 찾을 수 있기 때문입니다.

바우와 경환은 소학교 친구지만 마름집 아들 경환은 서울에 있는 상급학교에 진학을 하고, 바우는 경환보다 공부를 잘했으나 가난하여 고향에 남아 농사일을 거들며 지냅니다. 자신의 처지에 불만을 갖고 있었던 바우는 시기심에 사로잡혀 경환이 쫓던 나비를 잡았다가 일부러 놓아 줍니다. 이에 경환은 앙심을 품고 나비를 잡는 척하며 바우네 참외밭을 뭉개 버립니다. 이를 계기로 둘은 싸우게 되고, 싸움에서 진 경환은 마름인 부모의 힘을 빌려서 바우를 압박합니다. 경환의 횡포와 비겁한 행동은 전형적인 갑질이 분명합니다. 이런 갑질에 대항해 바우는 끝내 사과하기를 거부하고, 자신의 마음을 몰라주는 아버지에게 야속함을 느낍니다. 그러다 자기 대신 나비를 잡는 아버지의 모습을 보게 됩니다.

상급학교에 진학하지 못한 것에 대한 바우의 불만은 경환에 대한 시기심으로 드러납니다. 나비를 경환에게 줄 수도 있었지만 보란 듯이 놓아 줘 버립니다. 또, 자기는 잘못한 것이 없다며 경환에게 빌 수 없다고 끝까지 버티기도 합니다. 결국 바우는 아주 어려운 처지에 놓이게 되고, 한 개인의 위기가 집안의 위기로 확대됩니다. 그리고 이에 대응하는 아버지에 대한 불만도 극에 달하게 됩니다. 하지만 아버지가 나비를 잡는 모습을 목격한 순간 바우는 변화합니다. 자기 중심적인 생각에서 벗어나 아버지에 대한 연민의 정을 느끼게 된 것입니다. 바우의 다음 행보는 이야기 속에 없습니다. 마지막 부분에 나비를 잡는 아버지를 보고 바우가 흘린 눈물의 의미는 무엇일까요? 바우의 변화는 단순히 경환에게 사과하고 안하고 문제에 국한되지 않을 거라고 상상됩니다.

성숙한 사람은 자신의 소신을 굽히지 않지만 자신의 생각이나 감정에만 빠져 있지 않습니다. 남의 말을 충분히 듣지만 남의 말에만 의존하지도 않습니다. 한 가지 일에만 집착하지도 않습니다. 좀 더 여유를 갖고 자신을 돌아볼 줄 알고 다른 사람의 감정도 읽을 줄 압니다. 바우가 갑질에 보다 성숙하게 대응하기 위해서는 어떻게 변해야 할까요?

잃었던
우정

지금 여러분 곁의 친한 친구는 어떤 모습인가요? 이 소설에는 예전에는 단짝이었지만, 현재는 서로 달라진 처지로 인해 오해와 갈등을 겪는 두 소녀가 등장합니다. 갈등의 원인은 무엇인지, 해결은 어떻게 되고 있는지 찾아보며, '진정한 우정'의 의미에 대해 되새겨 봅시다.

현덕(1912~?)

한국전쟁 중 월북한 소설가이자 아동문학가로
궁핍한 현실에서 생활하는 소작농들간의 미묘
한 갈등, 그리고 도시빈민의 애환을 잘 짜여진
구조와 서정적 문체로 섬세하게 그려냈다. 대표
작으로는 소설집 『남생이』, 『광명을 찾아서』 등
이 있다.

"아래층입니다. 나리실 분은 전부 나립시오."

하는 소리와 함께 승강기는 멈추었습니다. 그 승강기를 조종하는 소녀 명희가 쇠창살 문을 지르르 밀어제치자 그 안에 가뜩이 탔던 손님들은 앞으로 다투어 나갑니다. 그리고 동작이 둔한 시골 여인의 뚱뚱한 몸이 마지막으로, 나갈 사람이 다 나가자 이어서 밖에 기다리고 섰던 사람들이 타기 시작하였습니다. 그중에 맨 앞에 선 여학교 교복을 입은 소녀와 얼굴이 마주치자 명희는 무춤하고 빨갛게 낯을 붉힙니다. 그리고,

"숙자, 너 웬일이냐?"

"웬일은 무슨 웬일. 너 좀 보러 왔지."

하고 명희와는 반대로 숙자는 태연히 웃으며 들어섭니다. 그러고 뒤를 이어 우르르 몰려 들어온 사람이 이삼 인을 제하고는 대개가 올봄에 명희와 같이 보통학교를 졸업하고 고등여학교에 입학을 한 동무들입니다.

명희는 더욱 얼굴빛이 붉어졌습니다. 헌다한 여학교 교복에 번쩍이는 교표를 단 가슴을 내밀고 섯는 그들 앞에 자기의 백화점 복장을 한 초라한

꼴이 부끄럽고 계면쩍었습니다.*

　그 다음 승강기가 움직이기 시작하자 명희는 '올라갑니다.' 소리를 하기가 또 좀 부끄러웠습니다. 머뭇머뭇하다가 간신히 목 넘어 소리로,

　"올라갑니다. 다음은 이 층입니다."

　소리를 하기는 하였으나 어떻게 이상스런 음성이 되고 말아 이 구석 저 구석에서 킥킥킥 웃음을 참는 소리가 높아지다가 결국은 하하하 큰 웃음소리가 되었습니다.

　명희는 한층 안색이 붉어지고 말았습니다. 그리고 승강기가 다음 층계에 머물러서도 명희는 차마 입을 열지 못하고 섰는데 그중 넉살이 좋은 아이 하나가 "내가 대신 해 줄까?" 하더니 음성을 흉내 내어,

　"이 층입니다. 나리실 분은 말씀합쇼. 양품부 서적부가 있습니다."

　그 소리가 또 익살맞아 웃음소리는 왁자해지고 명희는 더욱 붉어진 낯을 숙이고 들지 못했습니다.

　그리고 삼 층 사 층 승강기가 멈추고 떠나고 할 때마다 그대로 음성을 흉내 내어 익살을 부리고 그럴 때마다 또 웃음소리는 높아지고, 명희는 얼굴이 홧홧 불이 나도록 달았습니다. 모두 자기를 놀리고 비웃는 것으로만 여겨져 나중에는 창피한 정도를 넘어 분하고 원통하였습니다.

　오 층 종점에 이르러 승강기를 멈추자 내버리듯 그대로 승강기를 두어 두고 명희는 곧 쓰러질 듯한 걸음으로 옥상을 향해 뛰어 올라갑니다. 그리

* 계면쩍었습니다 겸연쩍었습니다.

고 보는 사람이 없는 한편 구석에 머리를 박고 서서 참았던 울음을 터뜨리며 어깨를 들먹입니다.

제일 분하고 야속하기는 숙자 그 애까지 자기를 놀림감으로 다른 아이들과 같이 웃고 떠든 것입니다. 그와 명희가 한 보통학교에 다닐 때엔 남달리 사이가 정다웠습니다. 한 학급 한 교실에 앉기도 한 책상에 같이 앉았습니다. 운동장에 나와 노는 때나 학교를 파해 돌아가는 때도 같이 짝을 지어 다니는 것이 똑* 친형제 같았습니다. 남들도 그렇게 보고 자기들도 친한 형제나 다름없이 마음과 뜻을 같이 하여 서로 돕고 서로 양보하고 하던 사이였습니다.

그러던 중에 명희 아버지가 갑자기 돌아가시어 집안이 가난해지자 의복도 같은 감, 같은 모양으로 지어 입고 다니던 명희는 차츰 주제도 남루해지고 보통학교를 졸업하고도 숙자는 뻐젓하게 상급학교를 가는데 명희는 백화점에 들어가 승강기를 부리지 않을 수 없는 형편이 되고 말았습니다.

그렇게 처지가 달라지며부터 자주 찾아오던 숙자가 발길이 드물어지고 요즘으로는 영 오질 않아 명희는 은근히 야속하던 터입니다.

명희는 누구보다도 그 숙자에게 업신여김을 당하는 것이 더욱 분하다 하였습니다. 하여튼 숙자는 명희를 상대로 웃고 떠들던 학교 교복을 입은 아이들과 한 편이 되어 있었던 것은 틀림없는 사실입니다. 어쩌면 애초부터 자기를 그렇게 웃어 주기 위하여 숙자는 같은 학교 아이들을 끌고 와 일부러 승강기를 탄 것이 아닌가고까지 생각되었습니다.

그렇게 생각하면 할수록 더욱 분함과 야속함이 사무쳐 명희는 울음을 더합니다. 곧 뒤이어 승강기에 손님을 태워야 하는 자기 책임도 잊어버린 모양입니다. 감독이 자기를 부르는 소리도 모르고 있었습니다. 그러다가 겨우 감독의 성난 손이 어깨를 흔들 때에야 정신을 차리고 고개를 들었습니다.

명희는 깜짝 놀라 눈물을 거두었습니다마는 때는 이미 늦었습니다. 성난 감독의 뒤를 따라 아래층 사무실로 이끌려 가지 않을 수 없었습니다. 그리고 한참 동안 혹독한 꾸지람과 엄한 단속을 받고야 물러나왔습니다. 이날은 실로 명희에게 있어 운수가 나쁜 날인가 봅니다. 승강기에 올라 손님을 접대하다가도 또 두 번이나 실수를 하고 톡톡히 손님에게 책망을 당했습니다. 이 층을 삼 층이라고 하기도 하고 머물러야 할 곳을 그대로 지나 보내기도 하고 하였습니다.

해가 저물어 그곳 백화점 일을 마치고 집으로 향해 돌아가면서도 아까의 마음이 그대로 남아 명희는 자꾸 울고 싶어지는 마음을 참기에 매우 힘을 썼습니다. 급기야 자기 집에 당도하자 명희는 문지방을 넘어서기가 바쁘게 자기 어머니에게 화풀이를 합니다. 아무렇게 구두를 벗어 버리고 소리가 요란하게 벤또●를 마룻바닥에 내던집니다.

명희 어머니는 까닭 모를 그 행동에 눈이 휘둥그레지십니다. 그리고,

"너, 왜 그러니? 누구하고 다퉜니? 어디가 아프냐……?"

명희는 입을 단단히 다물고 말이 없습니다. 어머니는 더욱 애가 타십니다. 이마에 손을 얹어 보시며,

"글쎄, 웬일이냐! 말 좀 해라."

● 똑 조금도 틀림이 없이.
● 벤또 '도시락'의 일본말.

그러나 명희는 어머니가 다정히 하시면 더욱 울음이 나와 상을 찌푸립니다. 갑자기 퉁명스럽게 어머니의 그 손을 쳐 버리고는

"성가시게 왜 이래요. 저리 가세요, 저리."

하고 음성을 거슬리다가는 이내 울음을 쏟아 어머니가 성가시게 굴어 울기나 한다는 것처럼 엉엉 소리를 냅니다. 그리고 아랫목에 오그리고 쓰러져 홀짝홀짝 이 손등 저 손등으로 눈물을 씻어 내고 누웠더니 제풀에 잠이 들었습니다.

얼마 후 명희가 눈을 떴을 때엔 방 안에 전깃불이 밝았습니다. 명희는 일어나 앉아 새로운 결심으로 숙자에게 이런 편지를 썼습니다.

너는 헌다헌 고등여학교 학생이고 나는 보잘것없는 백화점 승강기를 부리는 여자니까 마음대로 업신여기거나 놀려도 그야 상관없겠지. 그렇지만 나는 오늘부터 너를 동무로 생각하지 않기로 결심하였다. 다음부터는 나와 너와는 동무도 아무것도 아니니까 네가 아무리 나를 놀리고 비웃을지라도 나는 조금도 눈물을 내거나 야속하게 생각하지는 않을 것이다.

여기 전에 네가 내게 선물로 준 반지하고 편지를 보내는 것이니 받아라. 그리고 네게 보낸 편지며 다른 것도 없애지 않았거든 돌려보내 주었으면 고맙겠다.

이런 내용의 편지를 쓰고는 명희는 이것으로 숙자와 자기와는 완전히 남이 되고 만 것같이 생각하였습니다.

그러나 명희는 그날 밤 다른 때 없이 숙자와 지내던 일을 가지가지 생각

하거나 하는 것처럼 그 애의 꿈을 많이 꾸었습니다.

꿈에는 이전과 같이 사이가 정다웠습니다. 언젠가 원족●을 나간 적이 있는 넓고 푸른 벌판을 명희는 숙자와 손목을 맞잡고 걸었습니다. 뒤에는 많은 아이들이 따르고 그 아이들보다 앞서고 싶어 둘이서는 걸음을 빨리 하였습니다. 그러다가 어딘지 나무가 거하고 산이 깊은 곳에 이르러 명희는 갑자기 걸음이 걸리지가 않아 섰는데 숙자는 모른 척하고 앞을 서 갑니다. 아무리 불러도 뒤 한 번 돌아보지도 않습니다. 그래도 명희는 있는 목청을 다해서 "숙자야!" 하고 부르면서 명희는 눈을 떴습니다.

밤이 깊었는데 어머니는 주무시지를 않고 머리맡에 앉아 걱정스런 눈으로 명희를 내려다보고 계십니다. 그리고

"무슨 잠꼬대를 그렇게 하니."

하고 명희 머리에 손을 얹어 보시더니 또 한 번 놀라십니다.

"아이고, 몸이 부다듯● 끓는구나. 어디가 아프냐, 어디 아퍼?"

그제야 명희는 자기 몸이 몹시 더운 것과 머리가 아픈 것을 알 수 있었습니다. 명희는 한마디,

"머리가 아퍼요."

하고는 가만히 눈을 감았습니다.

이튿날도 여전히 몸이 끓고 머리가 아파 다니는 회사에도 못 나갔습니다. 명희는 온종일 자리에 누워 있으면서, 몸이 끓고 머리가 아프고 하는

● 원족 소풍.
● 부다듯 불이 달 듯 하게.

것도 모두 숙자 때문으로 그렇기나 한 것처럼 그를 야속하게 생각하는 마음이 아직도 머리에서 떠나지 않았습니다.

그날 저녁때 숙자에게서 이런 편지가 왔습니다. 아마 명희가 보낸 편지를 받고는 한시를 가만히 있지 못하고 곧 회답을 쓴 모양입니다. 속달우편으로 보냈습니다.

오늘 네 편지를 받고 나는 대단 놀라고 또 설워하였다. 다시는 동무로 생각지 않겠다니 어쩌면 그렇게 인정 없는 소리를 하니. 하긴 어제 여러 아이들과 같이 너를 그곳으로 찾아간 것은 참 잘못하였다. 애초는 나 혼자 너를 보러 갔었던 것인데 승강기를 기다리고 섰으려니까 그 애들이 몰려오더라.

그리고 참말이지 어제 너를 놀리거나 업신여기거나 한 기억은 조곰도 없다. 다른 아이들이 웃고 떠들 때에도 나는 네가 어떻게 생각할까 봐서 그 애들에게 여러 번 눈짓을 하여 말렸던 것을 너는 모르겠지. 그리고 그 애들과 곧 헤져서 너를 보러 갔더니 금방 어딜 갔니 암만 찾아도 없더구나. 대체 어딜 갔었니?

너는 아마 그동안 내가 너의 집으로 찾아가지 못한 것도 잘못 오해하는 모양이나 사실 나는 그동안 틈이 없었다. 나는 교복을 입고 너는 상점복을 입었다고 친하던 정이 달라질 리야 있겠니. 만약 그 때문으로 그리 됐다면 나는 오늘부터 이 교복을 벗어버리고 너와 같이 상점복을 입겠다.

내일 오후에 찾아가마. 그때엔 나를 이전과 다름없는 웃는 낯으로 맞아 주겠지.

유숙자 올림

그러나 명희는 이런 내용이 쓰여 있는 줄은 모르고 편지를 받아들고 그 것이 숙자가 보낸 것인 줄을 알자 발끈 화를 내 가지고 읽어 보지도 않고 박박 찢어 버렸습니다. 그리고 또 무슨 놀림이나 당한 것처럼 이불을 머리 위까지 뒤집어쓰고 누워 버렸습니다.

그 이튿날도 명희의 병은 차도가 없습니다. 오히려 병세가 더해 가는 셈 입니다. 몸에 열도 더하고 머리도 더 아픕니다. 아무렇지도 않던 가슴까지 답답하고 거북해지기 시작하였습니다.

그날 오후 명희 어머니가 탕약을 짜 가지고 들어와 혼곤히 잠이 든 명희를 가만히 흔들어 깨울 때입니다. 대문 밖에서 어떤 소녀의 음성으로,

"명희야, 명희야!"

하고 부르는 소리가 납니다. 그 음성이 숙자인 줄을 알자 명희 어머니는 반색을 하며 일어서 대문을 열러 나가려고 하는데 명희는 그 치맛자락을 잡아끕니다. 그리고

"난 보기 싫어요. 보기 싫어요. 가라고 그래요."

그러나 어머니는 어쩐 영문을 몰라 어리둥절하십니다.

"뭐라는 소리냐?"

"난 그 애 죽어도 보기 싫어요. 없다고 하세요."

그래도 어머니는 오래간만에 찾아온 동무를 어째서 보기 싫다는지 그 뜻을 몰라 멍멍히 섰다가,

"무슨 일로 보기 싫다는 거냐. 응?"

하고 다시 묻지 않을 수 없습니다. 그러자 명희는 갑자기 음성을 거슬려 우는 소리로,

"난 안 볼 테예요. 생전 안 볼 테예요. 가라고 그래요. 어서 가라고 그래

요."

하며 이불을 쓰고 정말 울음을 냅니다.

명희 어머니는 어쩔 수 없이 명희는 나가고 없다고 따돌려 보내지 않을 수 없었습니다.

그 다음날도 숙자는 와서 명희를 불렀습니다마는 다름없이 명희는 소리를 질러 그럽니다. 그 다음날 또 다음날에도 그러고 그러면서 명희의 병은 점점 정도가 심해 갔습니다. 열도 몹시 높아져 헛소리를 하고 사람이 들고 나는 줄도 모릅니다.

명희의 병은 급성폐렴이라는 대단히 급하고 위험한 병이었습니다. 이러한 위급한 경우를 당하고도 의사 한 사람 청해 볼 수 없는 명희 집 형편입니다. 어머니는 그 답답한 사정이나마 누구 하나 의논할 사람도 없이 더욱 입에 침이 마를 지경이었습니다.

이런 때 숙자가 찾어와 명희를 부르는 소리가 나면 어머니는 명희가 모르게 슬며시 나가 가슴 답답한 하소연을 하고 하였습니다. 명희의 병은 날이 갈수록 점점 어려워 갔습니다.

거진 낮이고 밤이고 구별이 없는 정신이 몽롱한 상태가 일주일이나 더 계속하였습니다. 여기가 죽고 살기가 갈라지는 경계선입니다.

그러다가 하늘이 도운 것같이 명희는 하루아침 그 사생을 방황하는 몽롱한 상태에서 벗어나 맑은 정신으로 눈을 떴을 때입니다. 명희는 지금 자기가 누워 있는 자리가 자기 집 방 안이 아니고 낯선 곳인 데 놀랐습니다. 그리고 이것도 꿈이 아닌가 하고 자세히 사방을 살펴봅니다. 하얀 침대가 있고 꽃병이 놓인 탁자가 있고 벽에 성모를 그린 그림이 걸려 있고, 어쩐지 전날 숙자와 같이 여러 번 놀러 간 적이 있는 숙자 아저씨가 하시는 병원

같아 또 한 번 놀랐습니다.

그러나 이것은 꿈이 아닙니다. 명희가 병들어 정신이 없이 누워 있을 때 숙자는 진정을 다해 자기 아저씨에게 사정을 말하고 불쌍한 동무를 구해 주길 간청했습니다.

그 친절한 정성에 마침내 아저씨도 감동이 되시어 자기 병원에 입원을 하게 하고 치료를 하시던 것입니다. 그걸 모르고 명희는 아직도 꿈으로만 알고 눈을 두리번두리번 방 안을 살핍니다. 그 침상 머리맡에 숙자가 학교에도 가지 않고 동무의 병을 간호하느라고 근심스런 얼굴을 하고 섰습니다.

명희는 그 숙자의 얼굴과 그의 아저씨를 번갈아 쳐다봅니다.

그러나 숙자는 명희가 눈을 뜬 것만 기뻐서 반색을 하며 그의 손을 잡습니다. 그리고 그 아이가 일전에 그처럼 자기를 보기 싫다고 하던 명희인 것도 잊은 듯이 기쁨과 안심이 가뜩이 넘치는 얼굴로,

"명희야, 나 알아보겠니, 응? 난 숙자다. 숙자야."

하고 명희 얼굴 가까이 자기 얼굴을 가져다 댑니다. 그리고,

"아, 인제는 염려 없다. 아저씨께서도 인전 걱정 없다고 하시었다. 안심하여라."

하며 숙자는 자기가 먼저 안심을 하며 기뻐합니다.

명희는 묻지 않아도 모든 것이 알아졌습니다. 아니, 숙자의 그 얼굴 하나만으로도 자기가 어째서 이 다정하고 친절한 동무를 의심하고 야속해하고 하였는지 아무리 생각해 봐도 이상해질 지경입니다.

명희는 아무 말 없이 손을 내밀어 숙자의 손을 잡아 이끌어 자기 가슴 위에 얹었습니다. 그리고 뉘우침과 감사의 말을 가슴 가득히 담은 채 입을 열지는 못하면서, 다만 그 표를 한 줄기 눈물을 소리 없이 흘림으로써 나타

냈습니다.

　조용한 방 안 창밖에는 첫여름의 푸른 하늘 아래 버드나무 그늘이 짙고 새소리가 맑습니다. 숙자는 문득 입을 열어,

　"어서 나아 일어나거라. 그리고 우리 전처럼 풀밭에 나가 풀싸움 해보자."

　그리고 두 소녀는 지난날 재미있게 놀던 그 유희를 생각하며 입가에 가만히 웃음을 지었습니다.

다시 찾은 우정

　명희와 숙자는 같은 학교 단짝친구였습니다. 교실에서는 늘 같이 앉았고, 운동장에 나와 놀 때나 학교를 마치고 집에 돌아갈 때도 늘 같이 다니는, 마음과 뜻을 같이 하는 친구였습니다. 변하지 않을 것 같았던 명희와 숙자의 우정에도 변화가 생깁니다. 가정형편으로 인해 상급학교에 진학하지 못한 명희는 상급학교 교복을 입고 찾아온 숙자에게 열등감을 느낍니다. 명희는 숙자의 친구들이 백화점 엘리베이터 안내원이 된 자신을 조롱하며 웃은 것에 심한 모욕감을 느끼고, 자존심에 상처를 입습니다. 명희는 숙자 친구들 앞에서 창피를 당하자 자신이 처한 현실을 원망하고 친구인 숙자와의 우정마저 의심하며 숙자와 절교를 선언합니다. 그러나 숙자는 명희의 가난을 이해하고, 명희가 절교 선언을 한 편지를 보냈음에도 속달 편지를 보내 오해를 풀려 하고 용서를 구합니다. 명희가 마음의 문을 닫아 버리고 자기를 보려고 하지 않아도 명희를 포기하지 않고, 가정형편이 어려운 친구를 위해서 진심을 다해 병원을 하는 친척아저씨에게 찾아가 명희의 건강을 되찾도록 노력합니다. 가난으로 인해 자신을 외면했다고 생각했던 숙자가 자신을 도와준 것을 알게 된 명희는 진정한 우정과 그 우정의 소중함에 대해 깨닫게 됩니다.

학창 시절, 가족 이외에 가장 중요한 사회적 관계는 또래관계입니다. 또래관계는 비교적 자유롭고 동등한 관계이기 때문에 친구를 사귀면서 남을 배려하고 존중하는 마음을 갖게 되며, 갈등을 해결하는 방법도 자연스럽게 배우게 됩니다. 서로의 가치를 인정해 주고 서로 고민을 나눌 수 있는 친밀한 친구 관계는 신뢰와 인정 및 존경과 같은 질 좋은 관계의 원천이 되기 때문입니다. 그러나 친구들과 사귀다 보면 여러 가지 상황─신분과 사회적 지위의 변화, 경제적 격차, 말과 행동으로 인한 갈등─때문에 다투거나 오해하는 일들이 종종 생기게 됩니다. 사소한 오해와 갈등으로 인해 하루아침에 마치 몰랐던 사이처럼 돌아서 버리고 서로에게 상처를 남기기도 합니다.

친구가 어려울 때 도와주는 것이 참다운 우정이라는 것은 누구나 알고 있습니다. 그러나 여러분을 미워해서 떠난 친구가 어려운 일을 당한다면 여러분은 선뜻 그 친구를 도와줄 수 있을까요? 자신을 떠난 친구와 화해하기 위해 여러 방법으로 노력을 했음에도 불구하고, 그 친구가 나의 진심을 알아주지 않고 매몰차게 거절을 했었다면 서운하고 괘씸한 마음이 들어 친구가 어려운 상황에 처해있더라도 도울 마음이 쉽게 생기지 않을 것입니다. 그럼에도 불구하고 친구가 어려울 때, 우정을 잃지 않고 도와주는 것이 진정한 우정이라고 이 소설은 말하고 있습니다.

하늘은 맑건만

참다운 용기

'하늘을 우러러 한 점 부끄럼이 없기를…' 이렇게 노래한 시인은 마음
의 평화와 자기 존중감을 유지하기 위해 늘 애를 썼을 것입니다. 양심
을 지키고자 했던 시인은 죽었지만, 그의 정신은 오늘날까지도 우리에
게 큰 영향을 끼치고 있지요. 이 소설은 정직하지 못한 행동으로 인해
괴로워하던 한 소년이 잘못을 뉘우치고 바른 길을 되찾아가는 이야기
입니다. 소년이 올바른 길로 돌아오기까지 어떤 심리와 갈등 속에 있
었는지 생각하며 소설을 읽어 봅시다.

현덕(1912~?)

한국전쟁 중 월북한 소설가이자 아동문학가로
궁핍한 현실에서 생활하는 소작농들간의 미묘
한 갈등, 그리고 도시빈민의 애환을 잘 짜여진
구조와 서정적 문체로 섬세하게 그려냈다. 대표
작으로는 소설집 『남생이』, 『광명을 찾아서』 등
이 있다.

중문 안 안반* 뒤에 숨겨 둔 공이 간 데가 없다. 팔을 넣어 아무리 더듬어도 빈탕이다. 문기는 가슴이 두근거리기 시작하였다.

　'혹 동네 아이들이 집어 갔을까?'

　도리어 그랬으면 다행이다. 만일에 그 공이 숙모 손에 들어가거나 했으면 큰일이다.

　문기는 아무 일 없는 태도로 전일과 다름없이 안마당에서 화초분에 물을 준다. 그러면서 연해 숙모의 눈치를 살핀다. 숙모는 부엌에서 저녁을 짓는다. 마루로 부엌으로 오르고 내릴 때 얼굴이 마주치는 것이나, 문기는 자기를 보는 숙모의 눈에 별다른 것이 없다 싶었다. 문기는 차츰 생각을 고친다.

　'필시 공은 거지나 동네 아이들이 집어 갔기 쉽지. 그렇잖으면 작은어머니가 알고 가만있을 리가 있나.'

　조금 후, 문기는 아랫방으로 내려갔다.

　그리고 책상 서랍을 열어 보았을 때 문기는 또 좀 놀랐다. 서랍 속에 깊

숙이 간직해 둔 쌍안경이 보이질 않는다. 그것뿐이 아니다. 서랍 안이 뒤죽박죽이고 누가 손을 댔음이 분명하다.

'이제 얼마 안 있으면 작은아버지가 회사에서 돌아오시겠지. 그리고 필시 일은 나고 말리라.'

문기는 책상 앞에 돌아앉아 책을 펴 들었다.

그러나 눈은 아물아물 가슴은 두근두근 도시 글이 읽히질 않는다.

며칠 전 일이다. 문기는 저녁에 쓸 고기 한 근을 사 오라고 숙모에게 지전 한 장을 받았다. 언제나 그맘때면 사람이 붐비는 삼거리 고깃간이다. 한참을 기다려서 문기 차례가 왔다. 문기는 지전을 내밀었다. 뚱뚱보 고깃간 주인은 그 돈을 받아 둥구미*에 넣고 천천히 고기를 베어 저울에 단 후 종이에 말아 내밀었다. 그리고 그 거스름돈으로 지전 아홉 장과 그 위에 은전 몇 닢을 얹어 내주는 것이 아닌가.

문기는 어리둥절하였다. 처음 그 돈을 숙모에게 받을 때와 고깃간 주인에게 내밀 때까지도 일 원짜리로만 알았던 것이다. 문기는 돈과 주인을 의심스레 쳐다보았다.

허나 그는 다음 사람의 고기를 베느라 분주하다.

문기는 주빗주빗하는 사이에 사람에게 밀려 뒷줄로 나오고 말았다. 그러나 다시 생각하면 정말 숙모가 일 원짜리를 준 것인지 아닌지 모르겠다.

* 아반 떡을 칠 때에 쓰는 두껍고 넓은 나무 판.
* 둥구미 짚으로 둥글고 울이 깊게 걸어 만든 그릇.

아니라면 도리어 큰일이 아닌가. 하여튼 먼저 숙모에게 알아볼 일이었다.

문기는 집을 향해 돌아가면서도 연해 고개를 기웃거리며 그 일을 생각하였다. 내가 잘못 본 것인가 고깃간 주인이 잘못 본 것인가 하고.

골목 모퉁이를 꺾어 돌아섰다. 서너 간 앞을 서서 동무 수만이가 간다. 문기는 쫓아가 그와 나란히 서며,

"너 집에 인제 가니?"

하고 어깨에 손을 걸고,

"이거 이상한 일 아냐?"

"뭐가 말야?"

"고길 사러 갔는데 말야, 난 일 원짜리로 알구 냈는데 십 원으로 거슬러 주니 말야."

"정말야? 어디 봐."

문기는 손바닥을 펴 돈과 또 고기를 보였다.

수만이는 잠시 눈을 꿈벅꿈벅 무슨 궁리를 하는 듯 문기 얼굴을 보고 섰더니,

"너 이렇게 해 봐라."

"어떻게 말야?"

"먼저 잔돈만 너이 작은어머니 주거든."

"그리고 어떡해."

"그리고 아무 말 없거든 내게로 나와. 헐 일이 있으니."

마침내 문기는 수만이가 이르는 대로 잔돈만 양복 주머니에서 꺼내 놓았다. 숙모는 그 돈을 받아 두 번 자세히 세 보고 주머니에 넣고는 아무 말

없이 돌아서 고기를 썬다.

　그래도 문기는 한동안 머뭇머뭇 눈치를 보다가 슬며시 밖으로 나갔다. 그리고 문 밖엔 수만이가 이상한 웃음으로 그를 맞았다.

　수만이가 있다던 좋은 일이란 다른 것이 아니었다. 거리에서 보고 지내던 온갖 가지고 싶고 해보고 싶은 가지가지를 모조리 돈으로 바꾸어 보자는 것이다.

　그러나 문기는

　"돈을 쓰면 어떻게 되니."

　"염려 없어. 나 하는 대로만 해."

　하고 머뭇거리는 문기 어깨에 팔을 걸고 수만이는 우쭐거리며 걸음을 옮긴다.

　하긴 문기 역시 돈으로 바꾸고 싶은 것이 없지 않은 터, 그리고 수만이가 시키는 대로 하기만 하면 남이 하래서 하는 것이니까 어떻게 자기 책임은 없는 듯싶었다. 그리고 수만이는 수만이대로, 돈은 문기가 만든 돈, 나중에 무슨 일이 난다 하여도 자기 책임은 없으니까 또 안심이었다. 이래서 두 소년은 마침내 손이 맞고 말았다.

　그래도 으슥한 골목을 걸을 때에는 알 수 없는 두려움에 가슴이 두근거렸으나 밝은 큰 행길로 나오자 차차 다른 기쁨으로 변했다. 길 좌우편 환한 상점 유리창 안의 온갖 것이 모두 제 것인 양 손짓해 부른 듯했다.

　드디어 그들은 공을 샀다. 만년필을 샀다. 쌍안경도 샀다. 만화책을 샀다. 그리고 활동사진 구경도 갔다. 다니며 이것저것 군것질도 했다.

그리고 그 나머지 돈으로 또 한 가지 즐거운 계획이 있었다. 조그만 환
등 기계 한 틀을 사자는 것이다. 이것을 놀려 아이들에게 일 전씩 받고 구
경을 시킨다. 그리고 여기서 나오는 것으로 두고두고 용돈에 주리지 않도
록 하자는 계획이다. 오늘 저녁부터 그 첫 착수를 하자는 약조였다.

그러나 이 즐거운 계획을 앞두고 이내 올 것은 오고 말았다. 안방에서
저녁상을 받고 앉았던 삼촌은 문기를 불렀다. 두 번 세 번 문기야 소리가
아랫방 창을 울린다.

방 안에서 문기는 못 들은 양 대답지 않는다. 그러나 네 번째는 안방 미
닫이를 열고 삼촌은,

"문기 아랫방에 없니?"

댓돌 위에 신이 놓여 있는데 없는 양 할 수는 없다. 기어이 문기는 그 삼
촌 앞에 나가 무릎을 꿇고 앉지 않을 수 없었다.

삼촌은 잠잠히 식사를 계속한다. 그 상 밑에, 안반 뒤에 숨겨 두었던, 공
이 와 있다. 상을 물릴 임시에 삼촌은 입을 열었다.

"너 요새 학교에 매일 갔었니?"

"네."

삼촌은 상 밑에 그 공을 굴려 내며,

"이거 웬 공이냐?"

"수만이가 준 공예요."

"이것두?"

하고 삼촌은 무릎 밑에서 쌍안경을 꺼내 들었다.

"네."

"수만이란 얼마나 돈을 잘 쓰는 아인지 몰라두 이 공은 오십 전은 줬겠구나. 이건 못 줘두 일 원은 넘겨 줬겠구."

그리고 삼촌은,

"수만이란 뭣 하는 집 아이냐?"

문기는 고개를 숙이고 앉아 말이 없다. 삼촌은 숭늉을 마시고 상을 물렸다.

"네 입으로 수만이가 줬다니 네 말이 옳겠지. 설마 네가 날 속이기야 하겠니. 하지만 남이 준다고 아무 것이고 덥적덥적 받는다는 것두 좀 생각해 볼 일이거든."

삼촌은 다시 말을 계속한다.

"말 들으니 너 요샌 저녁두 가끔 나가 먹는다더구나. 그것두 수만이에게 얻어먹는 거냐?"

문기는 벌겋게 얼굴이 달아 수그리고 앉았다. 삼촌은 잠시 묵묵히 건너다만 보고 있더니 음성을 고쳐 엄한 어조로,

"어머님은 어려서 돌아가시구 아버지는 저 모양이시구, 앞으로 집안을 일으킬 사람은 너 하나야. 성실치 못한 아이들하고 얼려 다니다 혹 나쁜 데 빠지거나 하면 첫째 네 꼴은 뭐구, 내 모양은 뭐냐. 난 너 하나는 어디까지든지 공부도 시키구 사람을 만들어 주려구 애쓰는데 너두 그 뜻을 받아 주어야 사람이 아니냐."

그리고 삼촌은 이렇게 뒤뚝 맘 한 번 잘못 가졌다가 영 신세를 망치고 마는 예를 이것저것 들어 말씀하고는 이후론 절대 이런 것 받아들이지 말라는 단단한 다짐을 받은 후 문기를 내보냈다.

문기는 아랫방에 내려와 혼자 되자 삼촌 앞에서보다 갑절 얼굴이 달아올랐다. 지금까지 될 수 있는 대로 생각지 않으려고 힘을 써 오던 그편에

정면으로 제 몸을 세워 놓고 보지 않을 수 없었다. 그러자 자기라는 몸은 벌써 삼촌이 이른바 나쁜 데 빠지고 만 것이었다. 그야 자기는 수만이가 시켜서 한 일이니까 잘못이 없다는 것이지만 당초에 그것은 제 허물을 남에게 밀려는 얄미운 구실이 아니고 뭐냐. 그리고 문기는 이미 삼촌을 속였다. 또 써서는 아니 될 돈을 쓰고 말았다.

아아, 일찍이 어머니를 여의고, 아버지란 사람은 일상 천냥만냥하고* 허한 소리만 하면서 남루한 주제에 거처가 없이 시골, 서울로 돌아다니는 사람이고, 어려서부터 문기를 길러 낸 사람이 삼촌이었다. 그리고 조카의 장래를 자기의 그것보다 더 중히 알고 염려하며 잘되어 주기를 바라는 삼촌이었다. 문기도 그 삼촌의 기대에 어그러지지 않는 인물이 되어 보이겠다고 엊그제도 주먹을 쥐고 결심하던 문기가 아니냐. 생각할수록 낯이 뜨거워지는 일이다.

마침내 문기는 공과 쌍안경을 집어 들고 문 밖으로 나갔다. 어둑어둑 저물어 가는 행길이다.

문기는 골목으로 들어섰다. 대낮에 많은 사람 가운데서 가리낌 없이 가지고 놀던 그 공이 지금은 사람이 드문 골목 안에서도 남이 볼까 두려워졌다. 컴컴해질수록 더 허옇게 드러나 보이는 커다란 공을 처치하기에 곤란해 문기는 옆으로 꼈다 뒤로 돌렸다 하며 사람의 눈을 피한다. 쌍안경이 든 불룩한 주머니가 또 성화다.

골목 하나를 돌아서 나올 즈음, 문기는 모르고 흘리는 것인 양 슬며시 쌍안경을 꺼내 길바닥에 떨어뜨렸다. 그리고 걸음을 빨리 건너편 골목으로 들어간다.

개천가 앞에 이르렀다. 거기서 문기는 커다란 공을 바지 앞에 품고 앉아서 길 가는 사람이 없기를 기다린다.

자전거가 가고 노인이 오고 동이 뜬 그 중간을 타서 문기는 허옇게 흐르는 물 위로 공을 던져 버렸다. 이어 양복 안주머니에 간직해 두었던 나머지 돈을 꺼내 들었다. 그것도 마저 던져 버리려다가 문득 들었던 손을 멈춘다. 그리고 잠시 둥실둥실 물을 따라 떠나가는 공을 통쾌한 듯 바라보다가는 돌아서 걸음을 옮긴다.

문기는 삼거리 고깃간을 향해 갔다. 그리고 골목으로 돌아가 나머지 돈을 종이에 싸서 담 너머로 그 집 안마당을 향해 던졌다.

그제야 문기는 무거운 짐을 풀어 논 듯 어깨가 거뜬했다. 아까 물 위로 둥실둥실 떠가던 그 공, 지금은 벌써 십 리고 이십 리고 멀리 떠갔을 듯싶은 그 공과 함께 문기는 자기의 허물도 멀리 사라져 깨끗이 벗어난 듯 속이 후련했다. 그리고,

'다시는 다시는…….'

그러나 문기는 그것만으로는 도저히 자기 허물을 완전히 벗을 수 없었다. 그가 자기 집 어귀에 이르렀을 때 뜻하지 않은 것이 기다리고 있다 나타났다.

"너 어디 갔다 오니?"

하고 컴컴한 처마 밑에서 수만이가 튀어나오며 반긴다.

● 천냥만냥하고 돈 타령만 하고.

"지금 느이 집 다녀오는 길이다."

그리고 문기 어깨에 팔 하나를 걸고 행길을 향해 돌아서며,

"어서 가자."

약조한 환등•틀을 사러 가자는 것이다. 극장 앞 장난감 가게에 있는 조그만 환등 틀을 오고 가는 길에 물건도 보고 금•도 보아 두었던 것이다. 그리고 오늘 낮에도 보고 온 것이건만 수만이는,

"그새 팔리지나 않았을까?"

하고 걸음을 재촉한다. 문기는 생각 없이 몇 걸음 끌려가다가는 갑자기 그 팔을 쳐내리며 물러선다.

"난 싫다."

수만이는 어리둥절해 쳐다본다.

"뭐 말야. 환등 틀 사기 싫단 말야?"

"난 인제 돈 가진 것 없다."

하고 수만이는 의외라는 듯 눈이 둥그래지다가는 금세 능청스런 웃음을 지며

"너 혼자 두고 쓰잔 말이지? 그러지 말구 어서 가자."

"정말 없어. 지금 고깃간집 안마당으로 던져 주고 오는 길야. 공두 쌍안경두 버리구."

하고 문기는 증거를 보이느라고 이쪽저쪽 주머니를 털어보이는 것이나 수만이는 흥하고 코웃음을 친다.

"누군 너만 못 약을 줄 아니?"

그리고 연신 빈정댄다.

"고깃간집 마당으로 던졌다? 아주 팽계가 됐거든."

"거짓말 아니다. 참말야."

할 뿐 문기는 어떻게 변명할 줄 몰라 쳐다보기만 하다가 고개를 떨어뜨리고 울상을 한다.

"오늘 작은아버지에게 막 꾸중 듣구. 그리고 나두 이젠 그런 건 안 헐 작정이다."

"그래도 나구 약조헌 건 실행해야지. 싫으면 너는 빠져도 좋아. 그럼 돈만 이리 내."

하고 턱 밑에 손을 내민다.

"정말 없대두 그래."

수만이는 내밀었던 손으로 대뜸 멱살을 잡는다.

"이게 그래두 느물거려*."

이런 때 마침 기침을 하며 이웃집 사람이 골목으로 들어서자 수만이는 슬며시 물러선다. 그러나,

"별은 안 만날 테냐. 어디 두고 보자."

하고 피해 가는 문기 등을 향해 소리쳤다.

이튿날 아침이다. 학교를 가는 길에 문기가 큰 행길로 나오자 맞은 편

---

* 환등 환등기 줄임말. 강한 불빛을 그림·사진 등에 비추어 그 반사광(反射光)을 렌즈로 확대해서 영사하는 장치.
* 금 시세나 흥정에 따라 결정되는 물건의 값.
* 느물거려 말이나 행동이 음흉하고 능청스럽다.

판장에 백묵*으로 커다랗게 김문기는 하고 그 밑에 동그라미 셋을 쳐 공공했다 하고 써 있다. 그리고 학교 어귀에 이르러 삼거리 잡화상 빈자판에도 같은 것이 쓰여 있는 것이다.

문기는 이번에도 무춤하고 보다가는 얼른 모자를 벗어서 이름자만 지워버렸다.

그러는 것을 건너편 길모퉁이서 수만이가 일그러진 웃음으로 보고 섰다. 그리고 문기가 앞으로 지나가자,

"왜 겁이 나니? 짓게?*"

하고 뒤를 오면서 작은 소리로,

"그래, 정말 돈 너만 두고 쓸 테냐? 그럼 요건 약과다."

그리고 수만이는 추근추근하게 쫓아다니며 은근히 골렸다. 철봉틀 옆에 정신없이 선 문기를 불시에 다리 오금을 쳐 골탕을 먹게 하였다. 단거리 경주 연습을 하는 척 달음박질을 하다가는 일부러 문기 앞으로 달려들어 몸째 부딪는다. 그리고 으슥한 곳에서 단둘이 만나는 때면 수만이는,

"너, 네 맘대루만 허지. 나두 내 맘대루 헐 테다. 내 안 풍길 줄 아냐? 풍길 테야*."

하고 손을 들어 꼽는다.

"풍기기만 하면 첫째, 학교에서 쫓겨날 것이요. 둘째, 너희 집에서 쫓겨날 것이요. 그리고 남의 걸 훔친 거나 일반이니까 또 그런 곳으로 붙들려갈 것이요."

하고는 또,

"풍길 테다."

사실 그다음 시간 교실을 들어갔을 때 문기는 크게 놀랐다. 칠판 한가운데 '김문기는 공공공했다.'가 커다랗게 쓰여 있다.

뒤미처 선생님이 들어왔다. 일은 간단히, 선생님이 한 번 쳐다보고 누구 장난이냐, 하고 쓱쓱 지워 버리고는 고만이었지만 선생님이 들어오고 그것을 짓기까지의 그동안 문기는 실로 앞이 캄캄했다.

그러나 수만이는 그것으로 고만두지 않았다. 학교를 파해 거리로 나와서는 한층 심했다. 두어 간 문기를 앞세 놓고 따라오면서 연해 수만이는,

"앞에 가는 아이는 공공공했다지."

그리고 점점 더해 나중엔 도적질을 거꾸로 붙여서,

"앞에 가는 아이는 질적도 했다지."

하고 거리거리 외며 따라오는 것이다.

문기 집 가까이 이르렀다. 수만이는 문기 앞으로 다가서며 작은 음성으로 조졌다.

"너 지금으로 가지고 나오지 않으면 넬은 가만 안 둔다. 도적질했다 하구 똑바루 써 놀 테야."

문기는 여전히 못 들은 척 걸음만 옮긴다. 자기 집 마당엘 들어섰다. 숙모는 뒤꼍에서 화초 모종을 하는지 여기 심어라 저기 심어라 하고 아랫집

* 백묵 분필.
* 짓게 지우게?
* 풍길 테야 퍼트릴 테야.

심부름 하는 아이와 이야기하는 소리가 날 뿐 집 안엔 아무도 없다.

그리고 눈앞에 보이는 붙장 안 앞턱에 잔돈 얼마와 지전 몇 장이 놓여 있다. 그리고 문 밖엔 지금 수만이가 돈을 가지고 나오기를 기다리고 섰다. 여기서 문기는 두 번째 허물을 범하고 말았다.

"진작 듣지."

하고 빙그레 웃는 수만이는 얼굴에다 뺨을 때리듯 돈을 던져 주고 문기는 달아났다. 급한 걸음으로 문기는 네거리 하나를 지났다. 또 하나를 지났다. 또 하나를 지났다. 걸음은 차차 풀이 죽는다. 그리고 문기는 이런 생각을 하였다.

"자기는 몰래 작은어머니 돈을 축냈다. 그러나 갚으면 고만 아니냐. 그 돈 값어치만큼 밥도 덜 먹고 학용품도 애껴 쓰고 옷도 조심해 입고, 이렇게 갚으면 고만 아니냐."

몇 번이고 이 소리를 속으로 되뇌이며, 문기는 떳떳이 얼굴을 들고 집으로 들어갈 수 있을 만한 뱃심을 만들랴 한다. 그러나 일없이 공원으로 거리로 돌며 해를 보낸다.

날이 저물어서 문기는 풀이 죽어 집 마루에 걸터앉았다. 숙모가 방에서 나오다 보고,

"너 학교에서 인제 오냐?"

그리고 이어,

"너 혹 붙장 안의 돈 봤냐?"

하다가는 채 문기가 입을 열기 전에 숙모는,

"학교서 지금 오는 애가 알겠니. 참, 점순이 고년 앙큼헌 년이드라. 낮에

내가 뒤꼍에서 화초 모종을 내고 있는데 집을 간다고 나가더니 글쎄, 돈을 집어 갔구나."

문기는 잠잠히 듣기만 한다. 그러나 속으로는 갚으면 고만이지 소리를 또 한 번 외 본다.

그날 밤이었다. 아랫방 들창 밑에 훌쩍훌쩍 우는 어린아이 울음소리가 났다. 아랫집 심부름 하는 아이 점순이 음성이었다. 숙모가 직접 그 집에 가서 무슨 말을 한 것은 아니로되 자연 그 말이 한 입 건너 두 입 건너 그 집에까지 들어갔고, 그리고 그 집 주인 여자는 점순이를 때려 쫓아낸 것이다. 먼저는 동네 아이들이 모여 지껄지껄하더니 차차 하나 가고 둘 가고 훌쩍훌쩍 우는 그 소리만 남는다. 방 안의 문기는 그 밤을 뜬눈으로 새웠다.

이튿날 아침이다. 문기는 밥을 두어 술 뜨다가는 고만둔다. 그 돈을 갚기 위한 그것이 아니다. 도무지 입맛이 나지 않았다.

학교엘 갔다. 첫 시간은 수신* 시간, 그리고 공교로이 제목이 '정직'이다. 선생님은 뒷짐을 지고 교단 위를 왔다 갔다 하며 거짓이라는 것이 얼마나 악한 것이고 정직이 얼마나 귀하고 중한 것인가를 누누이 말씀한다. 그리고 안경 쓴 선생님의 그 눈이 번쩍 하고 문기 얼굴에 머물렀다 가고 가고 한다.

그럴 때마다 문기는 가슴이 뜨끔뜨끔해진다. 문기는 자기 한 사람에게

* 수신 마음과 행실을 바르게 닦아 수양함.

만 들리기 위한 정직이요 수신 시간인 듯싶었다. 그만치 선생님은 제 속을 다 들여다보고 하는 말인 듯싶었다.

운동장에서도 문기는 풀이 없다. 사람 없는 교실 뒤 버드나무 옆 그런 데만 찾아다니며 고개를 숙이고 깊은 생각에 잠기거나 팔짱을 찌르고 왔다갔다하기도 한다. 그러다 누가 등을 치면 소스라쳐 깜짝깜짝 놀란다.

언제나 다름없이 하늘은 맑고 푸르건만 문기는 어쩐지 그 하늘조차 쳐다보기가 두려워졌다. 자기는 감히 떳떳한 얼굴로 그 하늘을 쳐다볼 만한 사람이 못 된다 싶었다.

언제나 다름없이 여러 아이들이 넓은 운동장에서 마음대로 뛰고 마음대로 지껄이고 마음대로 즐기건만 문기 한 사람만은 어둠과 같이 컴컴하고 무거운 마음에 잠겨 고개를 들지 못한다. 무엇보다도 문기는 전날처럼 맑은 하늘 아래서 아무 거리낌 없이 즐길 수 있는 마음이 갖고 싶다. 떳떳이 하늘을 쳐다볼 수 있는, 떳떳이 남을 대할 수 있는 마음이 갖고 싶었다.

오후 해저물녘이다. 문기는 책보를 흔들흔들 고개를 숙이고 담임 선생님 집 앞을 왔다가는 무춤하고 섰다가 그대로 지나가고 그대로 지나가고 한다. 세 번째는 드디어 그 집 문 안을 들어서서 선생님을 찾았다.

선생님은 문기를 안방으로 맞아들였다. 학교에서 볼 때 엄하고 딱딱하던 선생님은 의외로 부드러이 웃는 낯으로 문기를 대한다.

문기는 선생님 앞에 엎드려 모든 것을 자백할 결심이었다. 그런데 선생님의 부드러운 태도에 도리어 문기는 말문이 열리지 않았다. 다음은 건넌방에서 애가 울어서 못 했다. 다음은 사모님이 들락날락하고 그리고 다음엔 손님이 왔다. 기어이 문기는 입을 열지 못한 채 물러나오고 말았다.

먼저보다 갑절 무겁고 컴컴한 마음이었다. 도저히 문기의 약한 어깨로는 지탱하지 못할 무거운 눌림이다. 걸음은 집을 향해 가는 것이지만 반대로 마음은 멀어진다. 장차 집엘 가서 대할 숙모가 두려웠고, 삼촌이 두려웠고 더욱이 점순이가 두려웠다.

어느덧 걸음은 삼거리를 건너고 있었다. 문기 등 뒤에서 아주 멀리 뽕뽕하고 자동차 소리와 비켜라 하는 사람의 소리가 나는 듯하더니 갑자기 귀 밑에서 크게 울린다. 언뜻 돌아다보니 바루 눈앞에 자동차 머리가 달려든다. 그리고 문기는 으쓱하고 높은 데서 아래로 떨어져 가는 듯싶은 감과 함께 정신을 잃고 말았다.

얼마 동안을 지났는지 모른다. 문기가 어렴풋이 눈을 떴을 때 무섭게 전등불이 밝아 눈이 부셨다. 문기는 다시 눈을 감았다. 두 번째 문기는 눈을 뜨자 희미하게 삼촌의 얼굴이 나타나며 그것이 차차 똑똑해지더니 삼촌은,

"너 내가 누군 줄 알겠니?"

하고 웃지도 않고 내려다본다.

문기는 이것도 꿈인가 하고 한 번 웃어 주려면서 그대로 맑은 정신이 났다. 문기는 병원 침대 위에 누워 있었다. 어디 아픈 데는 없으면서도 몸을 움직일 수 없다. 삼촌은 근심스런 얼굴로 내려다본다.

"작은아버지."

하고 문기는 입을 열었다. 그리고,

"저는 마땅히 받아야 할 벌을 받은 거예요."

하고 문기는 눈을 감으며 한 마디 한 마디 그러나 똑똑하게 처음서부터 끝까지 먼저 고깃간 주인이 일 원을 십 원으로 알고 거슬러 준 것, 그 돈을

써 버린 것, 그리고 또 붙장 안의 돈을 자기가 훔쳐 낸 것, 이렇게 하나하나 숨김없이 자백을 하자 이때까지 겹겹으로 몸을 싸고 있던 허물이 한 꺼풀 한 꺼풀 벗어지면서 따라 마음속의 어둠도 차차 사라지며 몸도 가뜬해진다.

내일도 해는 뜨고 하늘은 맑아지리라. 그리고 문기는 그 하늘을 떳떳이 마음껏 쳐다볼 수 있을 것이다.

참다운 용기

이 소설은 정직하지 못한 행동으로 인해 괴로워하던 주인공이 잘못을 뉘우치고 바른 길을 되찾아가는 이야기입니다. 또 서로 상반된 가치관과 태도로 충돌하는 두 친구가 각각 어떤 선택을 하고 있는지를 잘 보여 주기도 합니다. 문기가 올바른 길로 돌아오기까지 어떤 갈등 속에 있었을까요? 문기와 수만이, 주변 사람들과의 관계를 통해 자세히 파헤쳐 봅시다.

가난한 가정 형편으로 인해 숙부의 집에 맡겨져 더부살이 하는 문기. 그가 거스름돈을 돌려 주지 않은 이유는 이런 환경에서 출발합니다. 뜻밖에 생긴 돈으로 문기는 그동안 억눌러 왔던 갖가지 욕구를 해결하고픈 충동에 빠집니다. 그리고 친구 수만이를 만나 먹고 싶었던 음식, 갖고 싶었던 물건, 하고 싶었던 일에 돈을 소비하고 즐거워하지요. 돈의 주인이 현재 어떤 마음일지, 자신의 행동이 잘못된 것은 아닌지 되돌아보는 것은 뒷전이고 우선은 자신의 욕망을 채우는 데 급급합니다. 그 정도로 문기의 생활 형편이 궁핍하고 힘들었던 것일까요? 또 그 정도로 풍족했던 다른 사람들이 부러웠던 것일까요? 문기의 심리를 추측해 본다면 문기는 '돈' 자체의 유혹에 빠졌다기보다는 다른 사람처럼 해 보고 싶다는 마음, 즉 다른 사람과 자신을 비교함으로써 생긴 욕망 때문에 거짓말을 했다고 볼 수 있습니다.

다행히도 문기는 얼마 후 숙부의 훈계를 듣고 잘못을 뉘우칩니다. 잠시 잘못된 길을 갔지만, 그의 마음 깊은 곳에서는 정직이라는 선한 가치를 놓지 않고 있었던 것이지요. 그런데 잘못을 뉘우치고도 왜 수만이와 관계를 끊지 못했을까요? 왜 다시 돈을 훔치고, 점순이를 피해자로 만들기까지 했을까요? 여기에서 우리는 수만이라는 인물을 살펴볼 필요가 있습니다. 그는 문기와는 정반대로 끝까지 악의 길을 가는 인물입니다. 자기의 욕망을 채우기 위해 문기를 이용하고 협박하는 사기꾼의 면모도 서슴지 않고 보여 주지요. 수만이가 문기를 조종하고 괴롭히는 이면에는 상대를 복종시켜 자기가 하고 싶은 대로 좌지우지하려는 지배욕이 숨어 있습니다. 친구라는 허울을 쓰고 있지만, 실제로는 평등하고 화목한 관계가 아닌 불평등하고 일방적인 관계로 맺어져 있는 것입니다. 그런데 문기는 이런 일방적인 괴롭힘에도 불구하고 왜 수만이에게 제대로 저항하지 못했을까요? 아마 '친구'라는 이름 아래 공모해 왔던 죄 때문에, 자기의 잘못이 발각되었을 때 겪게 될 수치심 때문에 그런 것은 아닐까요? 게다가 주변 사람들이 자기에게 걸었던 기대를 잃어버릴까 봐 두려워하는 마음도 컸을 것이고요. 그래서 거짓을 덮기 위해 거짓을 행하면서 점점 악의 구렁텅이로 빠지게 된 것입니다.

그러나 점순이가 억울하게 내쫓기고, 수신시간에 선생님의 훈화를 들으면서 문기는 점점 양심의 가책을 견딜 수 없어 잘못을 자백하기에 이릅니다. 그가 양심을 회복하는 과정은 수치심을 극복하고 진실을 고백할 수 있는 용기를 찾는 과정입니다. 그는 그동안 수만이로 인해 갈등했던 부정과 악의 손길을 모두 끊어 버리고 잘못을 인정하며 새로운 삶을 살리라 다짐합니다. 참다운 용기란 잘못된 욕망을 버리고, 숨겨진 진실을 드러내며, 자아의 성찰과 후회를 통해 훼손된 자신의 정체성과 가치를 회복하는 것입니다. 진실을 드러내기 위해서는 자기 자신을 속이지 않고 사는 자세, 자기 자신을 참된 친구로 여기는 마음(자기-우정)과 의지가 반드시 필요할 것입니다. 이런 측면에서 문기는 자신의 선한 정체성을 회복하기 위해 스스로 후회하고 성찰하며 악과 싸워 왔다고 볼 수 있습니다.

문기가 접했던 모든 선량한 사람들 - 점순이, 숙부 내외, 고깃간 주인, 학교 선생님 등은 문기의 고백을 듣고 어떻게 반응했을까요? 비난하기 보다는 그의 용기에 박수를 쳐주지 않았을까요? 잘못을 솔직하게 고백하는 태도는 사람들에게 큰 깨달음을 불러일으키고, 선한 가치를 공유하게 만듭니다. 아마 문기와 주변의 사람들 모두 진실과 화해를 통해 다시 화목한 삶을 되찾게 되었을 것입니다. 그리고 이것은 다시 문기에게 선한 삶을 사는 원동력으로 작용하겠지요. 한편, 진실과 화해가 절실히 필요한 곳은 문기와 수만이의 관계입니다. 둘 사이가 정상적으로 화목해지기 위해서는 어떤 절차와 과정이 필요할까요? 여러분이 직접 둘의 이야기를 새롭고 풍성하게 채워 보시기를 권합니다.

이 소설은 겉으로는 고전 설화처럼 선악의 대립과 선의 승리라는, 교훈적이고 도덕적인 메시지를 전하고 있습니다. 그러나 정직과 거짓, 타락과 회개 같은 표면적 의미 이면에는 인간이 지닌 욕망과 관계를 돌아보고, 진실을 드러낼 수 있는 용기를 가져야 한다는 중요한 메시지를 전하고 있습니다. 요즘 우리의 교실에서는 이런 가치가 실현되고 있나요? 혹시 '정직하면 나만 손해 본다', '솔직하게 말하고 행동하면 나만 바보 된다', '진실을 드러내는 것은 수치스러운 일이다' 등과 같은 거짓된 가치만이 팽배한 것은 아닌가요? 만약 그렇다면, 이 이야기를 통해 진실한 삶의 가치를 되새겨 보시기 바랍니다. 거짓이 인정받는 교실이 아니라 정직할 수 있는 용기가 인정받는, 평화로운 교실을 꿈꾸며 말입니다.

밤길

무기력이 가져다 준 약자의 폭력성

사회의 비정함이 개인의 인간성을 타락시키기도 하지만, 개인의 타락이 폭력적인 사회를 만들기도 합니다. 폭력성은 강자에게만 있는 것이 아닙니다. 약자들도 자신이 당한 폭력처럼 자신보다 약한 사람에게 폭력적으로 행동하기도 합니다. 인물들의 삶이 좀더 평화로워지기 위해서는 무엇이 필요했는지 생각해 봅시다.

이태준(1904~?)

해방 후 월북한 소설가로, 1930년대의 한국 모더니즘 문학을 대표하는 '구인회'에서 활동하였고, 『문장』의 발행인 겸 편집인으로 우리 문학사에 적지 않은 공적을 남겼다. 『까마귀』, 『돌다리』 등의 작품이 있다.

월미도(月尾島) 끝에 물에다 지어 놓은, 용궁각인가 수궁각인가는 오늘도 운무에 잠겨 보이지 않는다. 벌써 열나흘째 줄곧 그치지 않는 비다. 삼십 간이 넘는 큰 집 역사에 암키와만이라도 덮은 것이 다행이나 목수들은 토역*이 끝나기를 기다리고, 미장이들은 겨우 초벽만 쳐놓고 날 들기만 기다린다.

　기둥에, 중방, 인방에 시퍼렇게 곰팡이가 돋았다. 기대거나 스치거나 하면 무슨 버러지 터진 것처럼 더럽다. 집주인은 으레 하루 한 번씩 와서 둘러보고, 기둥 하나에 십 원이 더 치었느니, 토역도 끝나기 전에 만여 원이 들었느니 하고, 황 서방과 권 서방더러만 조심성이 없어 곰팡이를 문대기고 다녀 집을 더럽힌다고 쭝얼거리다가는 으레 월미도 쪽을 눈살을 찌푸려 내어다보고는, 이놈의 하늘이 영영 물커져 버리려나 어쩌려나 하고는 입맛을 다시다 가버린다. 그러면 황 서방과 권 서방은 입을 삐죽하며 집주인의 뒷모양을 비웃고, 이젠 이 집이 우리 차지라는 듯이, 아직 새벽질도 안 한 안방으로 들어가 파리를 날리고 가마니 쪽 위에 눕는다.

날이 들지 않는 것을 탓할 푼수로는 집주인보다, 목수들보다, 미장이들보다, 모군꾼*인 황 서방과 권 서방이 훨씬 윗길이라야 한다.

권 서방은 집도 권속도 없이 떠돌아다니는 홀아비지만 황 서방은 서울서 내려왔다. 수표다리께 뉘 집 행랑살이나마 아내도 자식도 있다. 계집애는 큰 게 둘이지만, 아들로는 첫아이를 올에 얻었다. 황 서방은 돈을 봐야겠다는 생각이 딸애들 때와 달리 부쩍 났다. 어떻게 돈 십 원이나 마련되면 가을부터는 군밤 장사라도 해 볼 예산으로, 주인 나리한테 사정사정해서 처자식만 맡겨 놓고 인천으로 내려온 것이다.

와서 이틀 만에 이 역사터*를 만났다. 한 보름 동안은 재미나게 벌었다. 처음 사나흘 동안은 품삯을 받는 대로 먹어 없앴다. 처자식 생각이 났으나 눈에 보이지 않으니 우선 내 입에부터 널름널름 집어넣을 수가 있다. 서울서는 벼르기만 하던 얼음 넣은 냉면도 밤참으로 사 먹어 보고, 콩국, 순댓국, 호떡, 아스꾸리까지 사 먹어 봤다. 지까다비*를 겨우 한 켤레 샀을 때는 벌써 인천 온 지 열흘이 지났다. 아차, 이렇게 버는 족족 집어 써선 만날

* 토역   흙을 이기거나 바르는 등의 흙을 다루는 일.
* 모군꾼   공사판 따위에서 삯을 받고 품을 파는 사람.
* 역사터   토목이나 공사 따위의 일을 하는 자리.
* 지까다비   (노동자용의) 작업화. 튼튼한 천과 두꺼운 고무바닥으로 만들어졌음.

가야 목돈이 잡힐 것 같지 않다. 정신을 바짝 차려 대엿새 째, 오륙십 전씩이라도 남겨 나가니. 장마가 시작이다. 그 대엿새의 오륙십 전은, 낮잠만자며 다 까먹은 지가 벌써 오래다. 집주인한테 구걸하듯 해서, 그것도 꾀를 피우지 않고 힘껏 일을 해왔기 때문에 주인 눈에 들었던 덕으로, 이제날이 들면 일할 셈 치고 선고가*로 하루 사십 전씩을 얻어 연명을 하는 판이다.

　새벽에 잠만 깨면 귀부터 든다. 부실부실, 빗소리는 어제나 다름없다.
　"이거 자빠져두 코가 깨진단 말이 날 두구 헌 말이여!"
　"거, 황 서방은 그래 화투 하나 칠 줄 모르드람!"
　권 서방은 또 일어나 앉더니 오관인가 사관인가를 뗀다.
　"우리 에펜네허구 같군."
　"누가?"
　"권 서방 말유."
　"내가 댁 마누라허구 같긴 뭐 같어?"
　"우리 에펜네가 저걸 곧잘 해…… 가끔 날 보구 핀잔이지, 헐 줄 모른다구."
　"화툴 다 허구 해깔라생*인 게로구랴?"
　"허긴 남 행랑 구석에나 처너두긴 아깝지."
　"뻴 빌어먹을 소리 다 듣겠군! 어떤 녀석은 제 에펜네 남 행랑살이 시키기 좋아 시킨답디까?"
　"허기야……."
　"이눔의 솔학 껍질* 하내 어디 가 백혔나……."

"젠―장 돈두 못 벌구 생홀애비 노릇만 허니 이게 무슨 청승이어!"

"황 서방두 마누라 궁뎅인 꽤 바치는 게로군."

"궁금헌데…… 내가 편질 부친 게 우리 그저께 밤이지?"

"그렇지 아마."

"어젠 그럼 내 편질 봤겠군! 젠장 돈이나 몇 원 부쳐줬어야 헐 건데……."

"색시가 젊우?"

"지금 한창이지."

"그럼, 황 서방보담 아랜 게로구랴?"

"열네 해나."

"저런! 그럼 삼십 안짝이게?"

"안짝이지."

"거, 황 서방 땡이로구려!"

하는데 밖에서 비 맞는 지우산● 소리가 난다.

"누구야, 저게?"

황 서방도 일어났다. 지우산이 접히자 파나마에 금테 안경을 쓴, 시뿌옇

● 선고가 선금조. 무엇을 사거나 세낼 때에 먼저 치르는 돈.
● 해깔라생 일본어 투로 '하이칼라쟁이'를 뜻함. 예전에, 서양식 유행을 따르던 멋쟁이를 이르던 말.
● 껍질 화투 용어.
● 지우산 기름 바른 종이로 만든 우산.

게 살진 양복쟁이다. 황 서방의 퀭한 눈이 뚱그래서 뛰어나간다. 뭐라는지 허리를 굽신 하고 인사를 하는 눈치인데 저쪽에선 인사를 받기는커녕 우산을 놓기가 바쁘게 절컥 황 서방의 뺨을 붙인다. 까닭 모를 뺨을 맞는 황 서방보다 양복쟁이는 더 분한 일이 있는 듯 입을 벌룽거리기만 하면서 이번에는 덥석 황 서방의 멱살을 잡는다.

"아니, 나릿님? 무슨 영문인지나……."

"무…… 뭐시어?"

하더니 또 철썩 귀쌈을 올려붙인다. 권 서방이 화다닥 뛰어내려 왔다. 양복쟁이에게 덤비지는 못하고 황 서방더러 버럭 소리를 지른다.

"이 자식이 손은 뒀다 뭣에 쓰자는 거냐? 죽을쬘 졌기루서니 말두 듣기 전에 매부터 맞어?"

그제야 양복쟁이는 황 서방의 멱살을 놓고 가래를 돋워 뱉더니 마룻널 포개 놓은 데로 가 앉는다. 담배부터 내어 피워 물더니,

"인두겁*을 썼음 너두 사람 녀석이지…… 네 계집두 사람 년이구……."

양복쟁이는 황 서방네 주인 나리였다. 다른 게 아니라, 황 서방의 처가 달아난 것이다. 아홉 살짜리, 여섯 살짜리, 두 계집애와 백일 겨우 지난 아들애까지 내버려 두고 주인집 은수저 네 벌과 풀 먹이라고 내어준 빨래 한 보퉁이까지 가지고 나가선 무소식이란 것이다. 두 큰 계집애가 밤마다 우는 것은 고사하고 질색인 건 젖먹이 때문이었다. 그런데 애비마저 돈 벌러 나간단 녀석이 장마 속에도 돌아오지 않는다.

밥만 주면 처먹는 것만도 아니요, 암죽을 쑤어 먹이든지, 우유를 사다

먹이든지 해야 되고, 똥오줌을 받아내야 하고, 게다가 에미 젖을 못 먹게 되자 설사를 시작한다. 한 열흘 하더니 그 가는 팔다리가 비비 틀린다. 볼 수가 없다. 이게 무슨 팔자에 없는 치다꺼리인가? 아씨는 조석으로 화를 내었고 나리님은 집안에 들어서면 편안할 수가 없다. 잘못하다가는 어린 애 송장까지 쳐야 될 모양이다. 경찰서에까지 가서 상의해 보았으나 아이들은 그 애비 되는 자가 돌아올 때까지 주인이 보호해 주는 도리밖에 없다는 퉁명스러운 부탁만 받고 돌아왔다. 이런 무도한 연놈이 있나? 개돼지만도 못한 것이지 제 새끼를 셋이나, 것두 겨우 백일 지난 걸 놔두구 달아나는 년이야 워낙 개만도 못한 년이지만, 애비 되는 녀석까지, 아무리 제 여편네가 달아난 줄은 모른다 쳐도, 밤낮 아이만 끼구 앉아 이마때기에 분칠만 하는 년이 안일을 뭘 그리 칠칠히 해내며 또 시킬 일은 무에 그리 있다고 염치 좋게 네 식구씩이나 그냥 먹여 줍쇼 하고 나가선 달포가 되도록 소식이 없는 건가? 이놈이 들어서건 다리 옹두릴 꺾어놔 내쫓아야, 이놈이 사람 놈일 수가 있나! 욕밖에 나가는 것이 없다가 황 서방의 편지가 온 것이다.

"이눔이 인천 가 자빠졌구나!"

당장에 나리님은 큰 계집애한테 젖먹이를 업히고, 작은 계집애한테는 보퉁이를 들리고, 비 오는 건 아무것도 아니다, 그 길로 인천으로 끌고 내려온 것이다.

● 인두겁 사람의 탈이나 겉모양.

"그래 애들은 어딨세유?"

"정거장에들 앉혀 뒀으니 가 인전* 맡어. 맨들어만 놈 에미 애빈가! 개 같은 것들……."

나리님은 시계를 꺼내 보더니 일어선다. 일어서더니 엥이! 하고 침을 뱉더니 우산을 펴 든다.

황 서방은 무슨 꿈인지 모르겠다. 아무튼 나리님 뒤를 따라 정거장으로 나오는 수밖에 없다. 옷 젖기 좋을 만치 내리는 비를 그냥 맞으며.

정거장에는 두 딸년이 오르르 떨고 바깥을 내다보다가 애비를 보자 으아 소리를 내고 울었다. 젖먹이는 울음소리도 없다. 옆에서 다른 사람들이 무심히 들여다보았다가는 엥이! 하고 안 볼 것을 보았다는 듯이 얼굴을 돌린다. 황 서방은 가슴이 섬쩍하는 것을 참고 받아 안았다. 빈 포대기처럼 무게가 없다. 비린내만 훅 끼친다. 나리님은 어느새 차표를 샀는지, 마지막 선심을 쓴다기보다 들고 가기가 귀찮다는 듯이, 옜다 이년아, 하고 젖은 지우산을 큰 계집애한테 던져 주고는 시원스럽게 차 타러 들어가 버리고 만다.

황 서방은 아이들을 끌고, 안고, 저 있던 데로 돌아올 수밖에 없다.

"거, 살긴 틀렸나 부!"

한참이나 앓는 아이를 들여다보던 권 서방의 말이다.

"임자보구 곤쳐내래게* 걱정이여?"

"그렇단 말이지."

"글쎄, 웬 걱정이여?"

황 서방은 참고 참던, 누구한테 대들어야 할지 모르던 분통이 터진 것이다.

"그럼 잘못 됐구려…… 제에길……."

"……."

황 서방은 그만 안았던 아이를 털썩 내려놓고 뿌우연 눈을 슴벅거린다.

"무…… 무돈 년…… 제 년이 먼저 급살을 맞지 살 줄 알구……."

"그래두 거 의원을 좀 봬야지 않어?"

"쥐뿔이나 있어?"

권 서방도 침만 찍 뱉고 돌아앉았다. 아이는 입을 딱딱 벌리더니 젖을 찾는 듯 주름 잡힌 턱을 옴직거린다. 아무것도 와 닿는 것이 없어 그러는지, 그 옴직거림조차 힘이 들어 그러는지, 이내 다시 잠잠해진다. 죽었나 해서 코에 손을 대어 본다. 애비 손에서 담뱃내를 느낀 듯 킥킥 재채기를 한다. 그러더니 그 서슬에 모깃소리만큼 애앵애앵 보채 본다. 그리고는 다시 까부라진다.

"병원에 가두 틀렸어, 이전."

남의 말에는 성을 내던 아비의 말이다.

"뭐구, 집퀀이 옴?"

"……."

월미도 쪽이 더 새까매지더니 바람까지 치며 빗발이 굵어진다. 황 서방

---

* 인전 '인제'의 방언.

* 곤쳐내래게 고쳐 놓으라고 할까 봐.

은 다리를 치켜 걸었다. 앓는 애를 바짝 품 안에 붙이고 나리님이 주고 간 지우산을 받고 나섰다. 허턱• 병원을 찾았다. 의사가 왕진 갔다고 받지 않고, 소아과가 아니라고 받지 않고 하여 네 번째 찾아간 병원에서 겨우 진찰을 받았다. 의사는 애 애비를 보더니 말은 간호부에게만 무어라 지껄이고는 안으로 들어가 버린다.

"안 되겠습죠?"

"아는구려."

하고 간호부는 그냥 안고 나가라고 한다.

"한이나 없게 약을 좀 줍쇼."

"왜 진작 안 데리구 오냐 말요? 이런 애 죽는 건 에미 애비가 생 아일 죽이는 거요. 오늘 밤 못 넹규."

황 서방은 다시는 울 줄도 모르는 아이를 안고 어청어청 다시 돌아오는 수밖에 없었다.

밤이 되었다. 권 서방에게 있는 돈을 털어다 호떡을 사 왔다. 황 서방은 호떡을 질근질근 씹어 침을 모아 앓는 아이 입에 넣어본다. 처음엔 몇 입 받아 삼키는 모양이나 이내 꼴깍꼴깍 게워 버린다. 황 서방은 아이 입에는 고만두고 자기가 먹어 버린다. 종일 굶었다가 호떡이라도 좀 입에 들어가니 우선 정신이 난다. 딸년들에게 아내에게 대한 몇 가지를 물어 보았으나 달아났다는 사실을 더욱 똑똑하게 알아차릴 것뿐이다.

"병원에서 헌 말이 맞을랴는 게로군!"

"뭐랬게?"

"밤을 못 넹기리라더니……."

캄캄해졌다. 초를 사올 돈도 없다. 아이의 얼굴이 희끄무레할 뿐 눈도 똑똑히 보이지 않는다. 빗소리에 실낱같은 숨소리는 있는지 없는지 분별할 도리가 없다.

"이 사람?"

모기를 때리느라고 연성● 종아리를 철썩거리던 권 서방이 얼리지 않는 점잖은 목소리를 낸다.

"생각허니 말일세…… 집쥔이 여태 알진 못해두……."

"집쥔?"

"그랴…… 아무래두 살릴 순 없잖나?"

"얘 말이지?"

"글쎄."

"어쩌란 말야?"

"남 새집…… 들기두 전에 안됐지 뭐야?"

"흥! 별년의 소리 다 듣겠네! 자넨 오지랖두 정치겐● 넓네."

"넓잖음 어쩌나?"

"그럼, 죽는 앨 끌구 이 우중(雨中)●에 어디루 나가야 옳아?"

"글쎄 황 서방은 노염●부터 날 줄두 알어. 그렇지만 사필귀정으로 남의

● 허턱 이렇다 할 이유나 근거가 없이 함부로.
● 연성 연신. 잇따라 자꾸.
● 정치겐 경치다. 아주 심한 상태를 못마땅하게 여겨 이르는 말.
● 우중 비오는 중.
● 노염 노여움.

일두 생각해 줘야 허느니……."

"자넨 이눔으 집서 뭐 행랑살이나 얻어 헐까구 그리나?"

"예에끼 사람! 자네믄 그래 방두 꾸미기● 전에 길 닦아 놓니까 뭐부터 지나가더라구 남의 자식부터 죽어 나감 좋겠나? 말은 바른대루……."

"자넨 또 자네 자식임 그래 이 우중에 끌구 나가겠나?"

하고 황 서방은 버럭 소리를 질렀다.

"나면 나가네."

"같은 없는 눔끼리 너무허네."

"없는 눔이라구 이면경계●야 몰라?"

"난 이면두 경계두 모르는 눔일세, 웬 걱정이여?"

빗소리뿐, 한참이나 잠잠하다가 황 서방이 코를 훌쩍거리는 것이 우는 꼴이다. 권 서방은 머리만 벅적거리었다. 한참 만에 황 서방은 성냥을 긋는다. 어린애를 들여다보다가는 성냥개비가 다 붙기도 전에 던져 버린다. 권 서방은 그만 누워 버리고 말았다.

어느 때나 되었는지 깜박 잠이 들었는데 황 서방이 깨운다.

"왜 그려?"

권 서방은 벌떡 일어나며 인젠 어린애가 죽었나 보다 하였다.

"자네 말이 옳으이……."

"뭐?"

"아무래두 죽을 자식인데 남헌테 궂인 거● 헐 것 뭐 있나!"

하고 한숨을 쉰다. 아직 죽지는 않은 모양이다. 권 서방은 후닥닥 일어났다. 비는 한결같이 내렸다. 권 서방은 먼저 다리를 무릎 위까지 올려 걷었다. 그리고 삽을 찾아 든다.

"그럼, 안구 나서게."

"어디루?"

"어딘? 아무 데루나 가다가 죽건 묻세그려."

"……."

"아무래두 이 밤 못 넹길 거 날 밝으문 괜히 앙징스런 꼴 자꾸 보게만 되지 무슨 소용 있어? 안게 어서."

황 서방은 또 키륵키륵 느끼면서* 나뭇잎처럼 거뿐한 아이를 싸 품에 안고 일어선다.

"이런 땐 맘 모질게 먹는 게 수여. 밤이길 잘했지……."

"……."

황 서방은 딸년들 자는 것을 들여다보고는 성큼 퇴* 아래로 내려섰다. 지우산을 펴자 좌르르 소리가 난다. 좌르르 소리에 큰딸년이 깨어 일어난다. 황 서방은 큰딸년을 미리, 꼼짝 말고 있으라고 윽박지른다.

황 서방은 아이를 안고 한 손으로 지우산을 받고 나서고, 그 뒤로 권 서

* 뀌미기 꾸미기.
* 이면경계 일의 내용의 옳고 그름.
* 궂인 거 궂은 일.
* 느끼면서 흐느끼면서.
* 퇴 툇마루.

방이 헛간을 가리었던 가마니를 떼어 두르고 삽을 메고 나섰다.

　허턱 주안(朱安) 쪽을 향해 걷는다. 얼마 안 걸어 시가지는 끝나고 길은 차츰 어두워진다. 길만 어두워지는 것이 아니라 바람이 세차진다. 휙 비를 몰아붙이며 우산을 떠받는다. 황 서방은 우산을 뒤집히지 않으려 바람을 따라 빙그르 돌아본다. 그러면 비는 아이 얼굴에 흠뻑 쏟아진다. 그래도 아이는 별로 소리가 없다. 권 서방더러 성냥을 그어 대라고 한다. 그어 대면 얼굴은 죽은 것이나 마찬가지나 빗물 흐르는 비비 틀린 목줄에서는 아직도 발랑거리는 것이 보인다. 바람이 또 친다. 또 빙그르 돌아본다. 바람은 갑자기 반대편에서도 친다. 우산은 그에 뒤집히고 만다. 뒤집힌 지우산은 두 번 세 번 만에는 갈기갈기 찢어지고 말았다. 또 성냥을 켜보려 한다. 그러나 성냥이 눅어• 불이 일지 않는다. 하늘은 그저 먹장이다. 한참 숨을 죽이고 들여다보아야 희끄무레하게 아이 얼굴이 떠오른다.

　"이거, 왜 얼른 뒈지지 않어?"

　"아마 한 십 리 왔나 보이."

　다시 한 오 리 걸었을 때다. 황 서방은 살만 남은 지우산을 집어 내던지며 우뚝 섰다.

　"왜?"

　인젠 죽었느냐 말은 차마 나오지 않는다.

　"인전 묻어 버려두 되나 볼세."

　"그래?"

　권 서방은 질—질 끌던 삽을 들어 쩔겅 소리가 나게 자갈길을 한 번 내려쳐 삽을 짚고 좌우를 둘러본다. 한편에 소 등허리처럼 거무스름한 산이 나타난다. 권 서방은 그리로 향해 큰길을 내려선다. 도랑물이 털버덩한다. 삽도 짚지 못한 황 서방은 겨우 아이만 물에 잠그지 않았다. 오이밭인지 호박밭인지 서슬 센 덩굴이 종아리를 어인다.•

"엠병을 헐……."

밭은 넓기도 했다. 밭두덩에 올라서자 돌각담•이다. 미끄러운 고무신 한 짝이 뱀장어처럼 뼈들겅하더니 벗어져 달아난다. 권 서방까지 다시 와 암만 찾아도 보이지 않는다.

"이거디 더 걷겠나?"

"여기 팝시다."

"여기 돌 아니여?"

"파믄 흙 나오겠지."

황 서방은 돌각담에 아이 시체를 안고 앉았고, 권 서방은 삽으로 구덩이를 판다. 떡떡 돌이 두드러지고, 돌을 뽑으면 우물처럼 물이 철철 고인다.

"이런 빌어먹을 눔의 비……."

"물구뎅이지 별 수 있어……."

황 서방은 권 서방이 벗어 놓은 가마니 쪽에 아이 시체를 누이고 자기도 구덩이로 왔다. 이내 서너 자 깊이로 들어갔다. 깊어지는 대로 물은 고인

• 눅어 물기가 많아 물러서.
• 어인다 에다(칼 따위로 도려내듯 베다).
• 돌각담 돌담의 방언(평북).

다. 다행히 비탈이라 낮은 데로 물꼬를 따놓았다. 물은 철철철 소리를 내며 이내 빠진다. 황 서방은,

"으흐흐……."

하고 한자리 통곡을 한다. 애비 손으로 제 새끼를 이런 물구덩이에 넣을 것이 측은해, 권 서방이 아이 시체를 안으러 갔다.

"뭐?"

죽은 줄만 알고 안아 올렸던 권 서방은 머리칼이 곤두섰다. 분명히 아이의 입에서 무슨 소리가 난다. 꼴깍꼴깍 아이의 입은 무엇을 토하는 것이다. 비리치근한* 냄새가 확 끼친다.

"여보 어디……?"

황 서방도 분명히 꼴깍 소리를 들었다. 아이는 아직 목숨이 붙었다. 빗물이 입으로 흘러 들어간 것을 게운 것이다.

"제에길, 파리 새끼만두 못한 게 질기긴!"

아비가 받았던 아이를 구덩이 둔덕에 털썩 놓아 버린다.

비는 한결같다. 산골짜기에는 물소리뿐 아니라, 개구리, 맹꽁이 그리고도 무슨 날짐승 소리 같은 것도 난다.

아이는 세 번째 들여다볼 적에는 틀림없이 죽은 것 같았다. 다시 구덩이 바닥에 물을 쳐내었다. 가마니를 한끝을 깔고 아이를 놓고 남은 한끝으로 덮고 흙을 덮었다.

황 서방은 아이를 묻고, 고무신 한 짝을 잃어버리고 절름거리며 권 서방의 뒤를 따라 한길로 내려왔다. 아직 하늘은 트이려 하지 않는다.

"섰음 뭘 허나?"

황 서방은 아이 무덤 쪽을 쳐다보고 멍청히 섰다.

"돌아서세, 어서."

"예가 어디쯤이지."

"그까짓 건…… 고무신 한 짝이 아깝네만……."

"……."

"가세 어서."

황 서방은 아이 무덤 쪽에서 돌아서기는 했으나 권 서방과는 반대 방향으로 걸어가는 것이다. 권 서방이 쫓아와 붙든다.

"내 이년을 그에 찾아 한 구뎅에 처박구 말 테여……."

"허! 이럼 뭘 허나?"

"으흐흐•…… 이리구 삶 뭘 허는 게여? 목석만두 못헌 애비지 뭐여? 저것 원술 누가 갚어…… 이년을, 내 젖통일 썩뚝 짤러다 묻어 줄 테다."

"황 서방 진정해요."

"노래두•……."

"아, 딸년들은 또 어떻게 되라구?"

"……."

황 서방은 그만 길 가운데 철벅 주저앉아 버린다.

하늘은 그저 먹장이요, 빗소리 속에 개구리와 맹꽁이 소리뿐이다.

• 비리치근한 비위에 맞지 않고 조금 비리다.
• 노래두 놓으래두.

무기력이 가져다 준 약자의 폭력성

비 내리는 밤길. 오늘을 못 넘길 것이라는 아이를 안고, 숨이 끊어지면 묻을 요량으로 길을 걷는 황 서방이 있습니다. 짓고 있는 집이 완성되기도 전에 시체를 먼저 내갈 수 없다는 생각에, 자신의 아이임에도 결국 비 내리는 길에서 아이가 죽기를 기다리는 비정한 아비의 모습은 처절하고 비극적입니다. 누가 황 서방을 이렇게까지 내몬 것일까요?

황 서방의 어린 아내는 남편이 돈을 벌어오겠다고 집을 떠나 있는 사이 바람이 나서 아이들을 모두 남겨 놓은 채 도망을 갑니다. 졸지에 부모 없는 아이들을 떠맡은 서울 집주인은 참지 못하고 황 서방이 있는 월미도에 아이들을 데려다 놓으며 화를 내고 가 버립니다. 위독한 막내 아이를 안고 병원을 여기저기 다녀 보지만 병원에선 아이를 제대로 진찰하기는커녕 가난한 황 서방의 모습만 보고는 오늘밤을 못 넘긴다고 돌려보냅니다. 그런 아이를 보고 동료 권 서방은 집주인이 들어서기 전에 남의 자식 죽어 나가는 건 안 되지 않겠냐며 황 서방에게 자신의 입장을 전합니다. 이렇게 고립된 상황에서 황 서방은 결국 아버지라는 가장의 책임을 회피한 채 권 서방의 말을 따르게 됩니다.

주변 인물들은 하나같이 냉정하고 이기적이며 주인공 역시 나약하고 무기력합니다. 그러나 이것을 인물들의 탓으로만 돌릴 수는 없습니다. 먹고 사는 일조차 어려워 각자의 생존 욕구가 위협 받고 있는 상황에서 내가 아닌 남을 위한 생각을 한다는 것은 결코 쉬운 일이 아니기 때문입니다. 특히나 식민지 시대 말기의 가혹하고 폭력적인 세상에서 힘없는 소외 계층은 자신의 권리를 지켜내기 더욱 어려웠을 겁니다. 어떤 것도 선택할 수 없는 무력화된 상황, 불평등하고 불합리한 사회 구조에 의해 황 서방은 절망하게 되고, 결국은 무기력한 선택을 할 수 밖에 없었을 것입니다. 약자이기 때문에 매사에 의기소침하고 알아서 눈치 보며 굴종하다 보니 삶의 주체성마저 잃어버리고 맙니다. 결과적으로는 그는 자식의 목숨을 포기하는 행동, 양심과 책임을 저버리는 폭력에까지 이르게 되지요.

작가는 소설을 통해 사회의 비정함이 결국 개인을 고립시키고, 인간성까지 타락시킬 수 있다는 것을 보여 줍니다. 그리고 인간성이 타락한 개개인은 더욱 폭력적으로 변하게 되어 또 다시 사회를 냉혹하게 만드는 악순

환의 연결 고리가 된다는 것을 말하고 있습니다. 개인의 삶을 통제하고 지배하는 사회의 이데올로기는 지금을 살아가는 우리에게도 다르지 않게 작동하고 있습니다. 그 안에서 나약한 '나'는 쉽게 '이건 안 돼. 어쩔 수 없는 거야.'라고 규정짓고 무기력하게 살거나, 서로 또는 스스로를 고립시키고 있지는 않은지 살펴봐야겠습니다. 소설 속 인물들과 다른 삶을 살기 위해선 억압하는 현실에 맞서 주체적으로 살아가야 하며, 서로에게 힘이 되어 주는 관계를 맺어야 할 것입니다.

소설은 비극으로 끝났습니다. 만약 이런 결말이 자신에게 닥친 현실이라면, 이대로 소설처럼 무기력하게 살아가겠습니까? 소설의 현실보다 우리가 살아가는 삶이 훨씬 더 다채롭고 폭넓습니다. 이런 결말만 있지는 않을 테지요. 실제 삶을 염두에 두고 소설의 결말도 바꿔 볼 수 있습니다. 어떻게 바꿔 볼까요? 일제의 상황이라도 황 서방을 연민하고 도와줄 사람은 없었을까요? 황 서방이나 그의 아내가 조금만 더 책임감이 있었다면 이야기가 어떻게 바뀌게 될까요? 이 상황을 집주인에게 알렸다면 어떻게 되었을까요? 이외의 다양한 질문을 해 보며 새로운 이야기를 상상해 보시기 바랍니다.

오몽녀

짓밟힌 삶, 허망한 탈출

욕망을 채우며 사는 것이 행복이라고 착각하는 여인이 있습니다. 그
녀는 왜 그렇게 살게 된 것일까요? 그녀의 삶을 통해 진정한 행복이
란 무엇인지, 진정한 행복을 찾기 위해서는 어떻게 살아야 하는지,
어떤 방법으로 타인과 관계 맺으며 살아가야 하는지 생각해 봅시다.

이태준(1904~?)

해방 후 월북한 소설가로, 1930년대의 한국 모
더니즘 문학을 대표하는 '구인회'에서 활동하였
고,『문장』의 발행인 겸 편집인으로 우리 문학사
에 적지 않은 공적을 남겼다.『까마귀』,『돌다리』
등의 작품이 있다.

(작자 왈) 이 작품은 오직 나의 처녀작이란 애착에서 여기 거둔다. 모델 소설이 아닌 것, 여기 나오는 현실도 지금은 딴판인 십오륙 년 전 옛날임을 말해둔다.

서수라(西水羅)라 하면 저 함경북도에도 아주 북단 원산, 성진, 청진 웅기를 다 지나 마지막으로 붙어 있는 항구다.

이 서수라에서 십 리쯤 북으로 들어가면 바로 두만강 가요, 동해변인 곳에 삼거리(三街里)라는 작은 거리가 놓였다. 호수는 사십여에 불과하나 주재소가 있고 객줏집이 사오 처나 있고 이발소 하나 있고 권련, 술, 과자, 우편 절수* 등을 파는 잡화점이 하나 있고, 그리고는 색주가 비슷한 영업을 하는 집 외에는 모두 농가들이다. 그런데 이 사오 처 되는 객주집의 하나인 제일 윗머리에 지 참봉네라고 있다. 이 지 참봉은 벼슬을 해서 참봉이 아니라 젊었을 때부터 실명이 되어서 어느 때부터인지 '참봉 참봉'하고 불려온다. 그는 부업으로 점도 치고 푸닥거리도 하고 하지만 워낙 작은 곳이라 그런 것이 많지 못하고, 객주를 한대야 철도 연변도 아닌 두메의 국경이라 보행객이 많아야 한 달에 오륙 인에 지나지 못한다. 그러니 눈먼 지 참봉이 가난뱅이로 살 것은 사실이다. 식구는 단둘인데 그는 사십이 넘은 이 지 참봉과, 갓 스물을 나는 오몽녀다.

누구나 오몽녀는 지 참봉의 딸인 줄 안다. 그러나 기실은 총각으로 늙어온 지 참봉이 아홉 살 된 오몽녀를 점치러 다닐 때 길잡이로 삼십 몇 원에 사다 길러 온 것이다. 그런데 벌써 오륙 년 전부터는 혼례는 했는지 안 했는지 이웃 사람들도 모르건만 지 참봉과 오몽녀는 부부와 같은 생활을 해 온다. 이렇게 단둘이 살아오므로 지 참봉은 오몽녀를 끔직이 사랑해 오건만 오몽녀는 그와 반대였다. 어째서 팔려는 왔든 자기는 앞길이 꽃 같은 젊은 계집이요, 같이 살아갈 남편이란 아버지뻘이나 되는 늙은 소경이라 불만할 것도 무리는 아니다.

오몽녀는 어쩌다 좋은 반찬이 생기더라도 남편을 먹이는 법이 없다. 한 자리에 마주 앉아 먹건만 보지 못하는 남편은 먹든 못 먹든 저만 집어 먹으면서도 조금도 미안해하지 않는다. 그런 때문이라고 할지 모르나 지 참봉은 북어처럼 말랐다. 두 눈이 퀭하게 부른 얼굴에는 개기름이 쭈르르 흐르고 있다. 풋고추만 한 상투에는 먼지가 하얗게 앉고, 그래도 망건은 늘 쓰고 앉았다. 그러나 오몽녀는 그와 반대로 낫살이 차갈수록 살이 오르고 둥그스름한 얼굴은 허여멀겋고 뺨에는 늘 혈색이 배여 있었다. 미인이라기보다 그저 투실투실하게 복성스럽게 생겼다 할까. 그러나 이 조그마한 두

• 우편 절수 일제 강점기에 '우표'를 이르던 말.

뗏 거리에선 일색인 체 꼬리를 치기에는 넉넉하였다. 이렇게 인물은 훤한 오몽녀이건만 자라나기를 빈한하게 자랐고, 눈먼 남편을 속여 오는 버릇이 늘어 남까지 속이기를 평범히 하게 되었다. 남의 것이라도 제 맘에만 들면 숨기고 훔치고 하였다. 어쩌다 손님이 들 때나 자기가 입덧이 날 때는 돈 들이지 않고 곧잘 맛난 반찬을 장만하였다.

때는 팔월 중순, 어느 날인지는 모르나 내일이 오몽녀의 생일이다. 그래서 오몽녀는 입쌀• 되나 사고, 미역 오리•나 뜯어 오고 이제는 어두웠으므로 생선 장만을 하러 나오는 길이다. 으스름한 달밤에 바구니를 끼고 맨발로 보드라운 모래를 사뿐사뿐 밟으며 바닷가로 나왔다. 뭍에 대어 있는 배 앞에 가서는 우뚝 서더니, 기침을 한번 하고는 뒤를 휙 돌아보고 아무도 없음을 살핀 다음에 고기잡이배 속으로 날름 들어갔다.

오몽녀는 생선이나 백합이 먹고 싶을 때면 늘 이 배에 나와 주인 없는 배에 들어갔다. 이 배 주인은 한 이태 전에 웅기서 들어왔다는 금돌이라는 총각인데 워낙 어부의 자식이라 바다에 익숙해서 혼자 여기 와서도 어업을 하고 있었다. 금돌이는 종일 잡은 생선과 백합을 그날 저녁과 이튿날 아침에 별러서 파는 까닭에 그가 저녁에 팔 것을 지고 거리로 들어오면, 그 배에는 다음 날 아침에 팔 것들이 남아 있고, 금돌이가 다 팔고 나오노라면 늘 밤이 으슥했다. 오몽녀는 늘 이 틈을 타서 생선과 백합을 훔쳐들였다.

오늘밤에도 마음을 턱 놓고 배 안에 들어와 생선을 바구니에 주워 담을 때, 아차 배가 갑자기 움직였다. 오몽녀는 질겁을 해 뛰어나와 본즉, 배는 벌써 내리지 못할 만큼 뭍을 떠났다. 이것은 여러 번이나 도적을 맞은 금돌이가 하필 그날은 고기도 한 번 팔 것밖에 더 잡지 못하여 누가 훔쳐 가

나 한 번 지켜볼 겸 나가지 않고 있었던 것이다. 금돌이는 오몽녀임을 알 때, 이 거리에선 화초로 여기는 오몽녀임을 알 때, 그는 큰 생선이 절로 안에 떨어진 듯 즐거웠다. 우선 배를 띄우는 것이 상책이라 하고, 몰래 배부터 뭍에서 떼어놓고 노를 젓기 시작한 것이다.

오몽녀는 눈이 둥그레 어쩔 줄을 몰랐다. 소리도 못 칠 형편이다. 어스름한 달빛 속에서 오몽녀와 금돌을 실은 배는 뭍에서 보이지 않을 만치 나와 돛을 내렸다.

"앙이 아즈망이시덤둥?"

"……."

"놀래지 마십경이, 어찌헐 시 있음둥?"

오몽녀는 얼른 안색을 고치고 생긋 웃어 준다. 그리고,

"생원(生員)에? 어찌겠음둥, 배르 대랑이."

금돌이는 싱글거리면서 오몽녀의 곁으로 다가서더니, 부들부들 떨리는 손을 오몽녀의 어깨로 가져간다. 그리고 엷은 구름 속에 든 달을 가리켜 보인다. 오몽녀도 피하려 하지 않고 같이 달을 쳐다보고 나직한 소리로,

"배르 대랑이, 배를 대구선 무슨 노릇이 못 될 게 있음둥? 이왕지새에……."

그러나 배는 움직이지 않았다.

• 입쌀 멥쌀을 보리쌀 같은 잡곡이나 찹쌀에 상대해 이르는 말.
• 오리 실·나무·대 같은 가늘고 긴 조각을 세는 단위.

오몽녀는 금돌이를 안 뒤로 지 참봉에 대한 불만이 더욱 커 갔다. 저도 모르게 가끔 금돌이와 지 참봉을 비교해 보는 버릇이 박혔다. 비교해 보고 날 때마다 금돌이 생각이 났다. 그날 밤 금돌이가 '또 오랑이, 뉘 알겠음둥? 낼나주(내일 밤)에두 고대하겠으꼬마, 꼭 나오랑이' 하던 말이 자꾸 생각났다.

오몽녀는 생일이 지난 지 십여 일 후에 기어이 바구니를 끼고, 이번에는 배가 비지 않고, 금돌이가 있기를 오히려 바라면서 다시 바다로 나왔다. 세 번째부터는 오몽녀는 금돌이 배에 다니기를 심심하면 이웃집 마을 • 다니듯 하였다. 지 참봉이 점이나 쳐서 잔돈푼이나 생기면 오몽녀는 그 돈을 노렸다가는 병을 들고 술집으로 갔다. 그러면 그날 밤엔 지 참봉은 술 냄새도 못 맡아도 금돌이는 얼근해서 뱃전을 장구 삼아 치면서 오몽녀의 등을 어루만졌다.

이곳은 국경이라 무장단(武裝團)과 아편, 호주•, 담배 등의 밀수입자들 때문에 경관의 객줏집 단속이 엄한 곳이므로 객이 들면 그 밤으로 주재소에 객보(客報)를 써야 한다. 만일 한 번이라도 잊어버리면 영업 정지는 물론 주인은 구금이나 벌금을 당한다. 지 참봉네도 객이 들면 그날 저녁으로 객보 책을 내어 객에서 씌어 가지고 오몽녀가 늘 주재소로 가지고 간다. 그 주재소엔 소장 외에 순사 두 명이 있다. 그 중에 남 순사는 늘 오몽녀를 볼 때마다 공연히 여러 말을 걸고 이내 놓아 주지 않았다.

구월에 들어서 어느 날 저녁이다. 어떤 보행객 하나가 지 참봉에 집에 들어 자고 갈 양으로 저녁을 시켜 먹고 누웠다가 서수라에 들어오는 뱃고동 소리를 듣고 그 배를 타러 그 밤으로 서수라로 가 버린 일이 있다. 그래 객보를 할 새가 없었다. 그때 마침 주재소엔 소장은 어느 촌으로 총사냥을 가고, 다른 순사는 청진서(淸津署)로 출장 가고, 남 순사 혼자 있었다.

남 순사는 좋은 기회로 여기고 오몽녀를 객보 안 한 죄로 유치장에 갖다 넣었다. 그리고 지 참봉에게 가서는 '무쉴에 객보르 앙이함둥? 쇠쟁(소장)이 뇌했습데. 아무렇거나 내 좋을 데루 말하겠으꼬마, 시얼히 뇌히겠습지. 과히 글탄*으 마십겡이' 하여 지 참봉은 절을 백배나 하고 소장에게 잘말을 해서 속히 나오게 해 달라고 애걸하였다. 밤이 어서 이슥해서 거릿집들이 불이 다 끄기를 기다려가지고 남 순사는 주재소로 돌아왔다. 그리고 유치장 문을 열어 놓았다. 그리고 고르지 못한 어조로,

"오몽녀? 내 쇠쟁 모르게 특별히 숙직실에 재우능 게야…… 나오랑이."

이렇게 자기가 자야 할 숙직실에 오몽녀를 들여보내고, 자기는 저희 집으로 간다고 하면서 쇠를 밖으로 잠그고 저벅저벅 가 버렸다.

쌀쌀한 유치장에서 쪼그리고 앉았던 오몽녀는 남 순사의 친절함에 퍽 감사했다. 조그마한 단칸방이나 새로 도배를 하고 불은 덥도 춥도 않게 알맞게 때어서 봄날같이 훈훈하다. 게다가 푸근푸근한 산동주* 이부자리가 펴져 있는 것이다. 오몽녀는 아무렇게나 이불 위에 쓰러져 보았다. 잠이 도리어 달아날 만치 편안하였다. 게다가 남포가 놀란 것처럼 크게 켜 있는 것이다.

"남 순사레 어째 나르 여기다……?"

---

* 마을 이웃에 놀러 다니는 일.
* 호주 중국술이라는 뜻으로, '고량주'를 달리 이르는 말.
* 글탄 '끌탕(속을 태우는 걱정)'의 방언.
* 산동주 중국의 산둥 지방에서 나는 명주.

오몽녀는 마음이 싱숭생숭해졌다. 무슨 소리가 나면 남 순사가 오나 해서 벌떡 일어나 보기도 하나 남 순사는 나타나지 않았다.

"오늘 나주엔 금돌이레 고대할 게구마……."

오몽녀는 뒤숭숭한 대로 얼마 만에 잠이 들고 말았다. 잠든 지 그리 오래지 않아서다. 오몽녀는 무엇인가 입술에 섬뜩함을 느꼈다. 불은 꺼진 채로 완연히 찬 기운이 끼치는 밖에서 들어온 사람이었다.

"내랑이…… 쉬이……."

남 순사의 목소리가 틀리지 않았다.

그 후 남 순사는 으레 만나야 할 것으로 생각했으나 주재소 숙직실은 으레 조용한 처소는 아니었다. 하룻밤은 술이 얼근한 김에 남 순사는 용기를 얻어 지 참봉네 집으로 들어섰다. 바깥방을 엿들으니 여러 사람의 소리가 난다. 매가 동으로 갔으니 서로 갔으니 하고 지 참봉은 매를 날려 버린 사냥꾼들과 점을 치고 있었다. 남 순사는 숨을 죽이며 정지•를 지나 정지 웃방으로 갔다. 오몽녀는 마침 집에 있었다.

점이 끝나 사냥꾼들은 가고, 지 참봉은 복전을 받아 주머니에 넣으며 뜨뜻한 정지로 자러 내려왔다. 더듬더듬 목침을 찾다가 지 참봉의 손은 웬 구두 한 짝을 붙들었다. 처음엔 그것이 무엇인지 몰라 한참이나 어루만져 보았다. 바닥에 척척한 흙이 묻은 것으로 신발이 틀리지 않은 것, 구두라는 것이 틀리지 않은 것, 이 거리에서 이런 신발이면 순사가 틀리지 않을 것을 믿었다. '순사!' 지 참봉은 구두를 떨굴 뻔 하게 놀랐다. 그리고는 다음 순간엔 구두가 으스러지게 꽉 붙잡았다. 동자 없는 눈이 몇 번이나 휘번뜩거렸다. 입가엔 쓴웃음이 흘렀다. 오몽녀가 요즘과 밤이면 자기 옆에 있기를 꺼리는 것, 골방에도 가 보면 베개뿐 오몽녀는 자리에 없다가 밝으면 어디서 목소리부터 나타나는 것, 진작부터 의심은 했지만 이렇게 그 증거를 손에 움켜본 적은 없다. 지 참봉은 가만가만 정지 위 칸으로 가 귀를 솟구었다. 지 참봉은 두 팔을 부들부들 떨었다. 곧 더듬으면 식칼이 잡힐 것 같았으나 눈 없는 자기가 잘못하다가는 어느 놈인지도 모르고 퉁기기만 할 것 같다. 지 참봉은 다시 그 골방 문 밑을 물러나 구두 한 짝만 움켜쥐었다. 두 짝 다 찾아볼까 하는데 문 열리는 소리가 난다.

방 안에서 나오던 사람들은 정지에 지 참봉이 앉았는 바람에 주춤 물러서는 눈치다. 성큼성큼 앞을 지나 달아나려는 눈치에 지 참봉은 소리를 질렀다.

"뉘구요? 구듸 있어사 뛰지비?"

남은 그제야 구두 한 짝을 찾아봐야 소용없을 것을 알았다. 맨발로라도 뛰지 못할 바는 아니지만 지 참봉 손에 잡힌 구두 한 짝은 너무도 뚜렷한 증거물이 된다. 남 순사는 할 수 없이 지 참봉의 입부터 막고 돈 장이나 집어 주지 않을 수 없게 되었다.

그 뒤에도 오몽녀가 없기만 하면 지 참봉은 으레 남에게 간 줄 알게 되었다. 그런데 금돌의 마음도 점점 달게 되었다. 오몽녀가 자기 배에 나오는 도수가 점점 줄어 가는 때문이다. 적어도 사흘에 한 번씩은 나오던 오몽녀가 닷새, 엿새를 항용 건너는 것이다. 금돌은 오몽녀에게 의심을 품기

* 정지 '부엌'의 방언.

시작하던 바 하루아침은 해 뜰 머리인데, 소장네 집으로 생선을 팔러 가다가 오몽녀가 주재소 숙직실 쪽에서 나타나는 것을 보았다. 못 본 체하고 숨어 섰던 금돌은 그제야 오몽녀의 다른 소행을 알았다. 금돌은 지 참봉만 못지않게 주먹을 떨었다. 그리고 금돌은 이날 쌀을 대엿 말 싣고, 간장, 된장, 나무, 먹을 물, 장작개비 해서 배에 두둑이 실었다. 그리고 오몽녀가 나오기를 기다렸다.

기다리던 오몽녀는 그 이튿날 밤, 그리 깊지 않아 역시 바구니를 끼고 나타났다. 금돌은 오몽녀가 배에 오르기가 바쁘게 배를 띄웠다. 배는 밤으로 한 십 리 밖에 있는 무인도에 닿았다.

지 참봉은 젊은 아내를 아무리 기다리나 들어오지 않는다. 그날 밤이 그냥 새고, 밝은 날이 그냥 지나고 이틀, 사흘 감감하다. 화가 치밀어 점통도 흔들어 볼 여유가 없다. 여유가 있다 치더라도 점까지 쳐 볼 필요가 없다.

"남가의 농간이다! 틀림없다!"

더 생각해 볼 필요도 없다 하였다. 그래 오몽녀가 나간 지 사흘만에 지 참봉은 남 순사를 기별해 오게 하였다. 남이 들어서자 지 참봉은 날쌔게 그의 절그럭거리는 칼자루를 붙들었다. 그리고 악을 썼다.

"이놈! 오몽녀 내놔라, 네놈 짓이지비 뉘 짓이갱이…… 이 칼루 네 죽구 내 죽구……."

하고 붉은 눈을 부릅뜨며 덤볐다. 남은 꼼짝없이 뒤집어쓰게 되었다. 남은 우선 지 참봉의 입을 막아 놔야겠기에 모두 자기의 짓이라 거짓 자백하였다. 그리고 정말 자기도 오몽녀가 아쉽다. 어떤 놈의 짓인지 이 밤으로, 거리의 술집들을 뒤지고 서수라나 웅기까지 가더라도 기어이 오몽녀를 찾아내고 싶었다. 남 순사는 지 참봉에게 오늘 밤으로 오몽녀를 데려온다고 장담을 하고 나왔다. 나와서는 거릿집들을 이잡듯 하였으나 오몽녀가 나타날 리 없다. 지 참봉은 점점 남 순사만 조르게 되었다. 남 순사는 급했다. 오몽녀가 기껏해야 서수라나 웅기로 나간 것이 틀리지 않은 것 같은데 거기까지 다니며 찾자니 일자가 걸린다. 그동안을 지 참봉이 묵묵히 앉아 기다려줄 것 같지 않다. 이런 소문이 소장의 귀에 들어만 가면 순사도 떨어지고 낯을 들고 다닐 수도 없다. 오몽녀는 생각할수록 아쉽다. 지 참봉 이상으로 분하다. 고작해야 서수라나 웅기, 어떤 술집에 들어박혔을 것만 같다. 가기만 하면 담박 뒤져 낼 자신이 생긴다. 뒤져 내어서는 우선 오몽녀를 며칠 데리고 지내고 싶다. 오몽녀는 그새 분도 바르고 물색 옷도 입고 땟가락 내는 것도 좀 배웠을 것 같다. 그런 때 벗은 오몽녀를 찾다가 다시 지 참봉에게 더럽히고 싶지가 않았다.

"지 참봉만 없으면 찾아 놓은 오몽녀?"

남은 입속에 걸쭉한 침을 삼킨다. 남은 밀수업자들에게 압수한 독한 호주를 한 병, 역시 압수품인 아편을 얼마 떼어 놓고 밤늦어 지 참봉을 찾아간 것이다.

지 참봉은 여편네 달아나고, 눈은 멀고, 재물은 없고, 누구든지 자살한 것으로 알게 되었다. 남은 이젠 오몽녀는 찾기만 하면 내 것이라 하고 서수라로 웅기로 싸다녔으나 허탕만 잡고 오류 일만에 돌아왔다. 돌아와 보니 오몽녀는 어디선지 하루 앞서 멀쩡해 돌아와 있는 것이다. 남은 오몽녀를 만나자 잠깐 어쩔 줄을 몰랐다. 그간 자기가 범죄 중에 가장 큰 것을 범하면서까지 애먹은 생각을 하면, 또 어떤 놈과 어디로 가 그렇게 여러 날씩 파묻혀 있다 온 생각을 하면 당장 잡다 족치고 싶으나 이왕 지나간 것보다는 앞으로의 욕심이 목 밑에서 꿀꺽거린다.

'인전 내 해다?' 하는 느긋한 손으로 유들유들한 오몽녀의 볼을 꾹 집었다 놓으면서,

"앙이 어디루 바람이 났습데?"

"요 아래 방진으 좀……."

"방진은 무얼에?"

"히히……."

남 순사는 슬그머니 오몽녀를 위협하였다. '너의 남편이 죽은 것은 너 때문이니까 너는 살인자나 마찬가지다. 네가 잡혀가지 않을 길은 하나밖에 없다. 그 길은 내 첩이 되는 것이다' 하고 달래기도 하였다.

그러나 오몽녀는 남 순사의 첩 노릇보다는 금돌의 아내 노릇이 이름부터도 나은 것이요 정에 들어서도 그랬다. 오몽녀는 우선 남의 쌀말부터, 이부자리부터 끌어들이는 대로 받아들였다. 그리고는 금돌이와 내통을 해 동산(動産)이란 것은 놋숟갈 한 가락까지라도 모조리 배로 빼냈다. 그리고 남 순사가 오마던 자정이 가까워올 임시에 오몽녀까지 배로 뛰어나왔다.

이들의 배는 이 밤으로 돛을 높이 달고 별빛 푸른 북쪽 하늘을 향해 달아났다.

짓밟힌 삶, 허망한 탈출

　나다니엘 호손은 '행복은 나비와 같아서 잡으려고 하면 항상 저 멀리 달아나지만 가만히 앉아 있으면 스스로 그대의 어깨에 내려앉는다.'라고 말했습니다. 행복은 우리가 찾아다닌다고 해서 찾을 수 있는 것이 아니라, 불행해도 일상의 삶을 올바르게 살다 보면 찾아오는 것이라는 의미입니다. 굳이 행복하기 위해 애쓰기 보다는 나의 주변과 평화롭고 화목한 관계를 맺고 살다보면 자연스럽게 행복은 이미 우리 옆에 와 있습니다.

　이 소설에 대해 깊이 이해하기 위해서는 자신의 욕망을 채우며 사는 것이 행복이라고 착각하며 살았던 오몽녀가 왜 그러한 삶을 선택할 수밖에 없었는지 이유를 생각해 봐야 합니다. 오몽녀는 왜 거짓에 능숙하며 자기의 외모와 젊음을 이용해 누군가를 유혹하여 자신의 욕망을 충족시키는 사람이 되었을까요? 태어날 때부터 원래 그랬던 것일까요? 오몽녀를 둘러싼 환경이 그렇게 만든 것은 아닐까요?

아홉 살 때 부모에게 버림받은 오몽녀. 그녀 주변의 인물들은 진실하지 못한 사람들이 많습니다. 오몽녀를 돈으로 산 지 참봉, 그녀를 성적 욕망의 대상으로 여긴 금돌이, 권력을 이용해 욕망을 충족하는 남 순사. 이들을 보더라도 그녀가 진실한 인간 관계를 경험할 수 없었다는 것을 알 수 있습니다. 그녀는 하나의 주체적인 인간으로 대우받지 못하고 물질적 욕망의 대상으로만 취급당한 것입니다. 이런 속에서 그녀는 세상은 어차피 속이는 것이고, 그렇게 사는 것이 자기에게 유리하다는 것을 알아갔을 것입니다. 도덕적인 것이 정립되지 않은 어린 상태에서 누군가를 속이고, 누군가의 것을 훔치는 행위는 선악의 차원이 아니라, 자신의 욕망을 채우기 위한 행동으로 해석됩니다. 오몽녀는 옳고 그름에 대한 판단을 배울 기회가 없었고 욕망을 충족시키기 위해 행동하는 것만 배웠을 뿐입니다. 그렇기 때문에 그녀가 원래부터 거짓말과 유혹을 잘하는 사람이었다기보다는 여러 상황을 겪으며 좀더 자신의 욕망 충족에 맞는 전략을 사용하게 되었고, 그것이 그녀의 삶으로 정착된 것은 아닐까 싶습니다. 그녀는 정당한 노력과 방법을 통해서 욕망을 충족하기보다는 남을 속이거나 훔치는 등 거짓된 방법으로 욕망을 채우고 그것이 행복에 이르는 길이라고 착각한 것입니다.

남 순사, 금돌이와 그녀의 관계는 협박, 위협, 유혹이 아닌 다른 방법으로는 관계를 맺지 못하는 비정상적인 관계였습니다. 그러다보니 오몽녀는 올바른 인정욕망•, 의미있는 삶에 대한 욕망, 평화를 추구하는 욕망을 갖지 못하게 되었습니다. 남 순사와 금돌이 사이에서 갈등하다가 우여곡절 끝에 오몽녀는 금돌이를 선택하고 별빛 푸른 북쪽 하늘로 탈주를 하여 새로운 삶을 살 수 있는 기회를 잡았습니다. 자신의 욕망을 가장 많이 채워줄 것 같은 금돌이를 선택했지만 결말이 그리 밝게 느껴지지는 않는 이유는 무엇일까요? 아마도 진정한 사랑이나 행복이 무엇인지 모르는 상태에서 선택한 금돌이 또한 진정한 사랑과 행복, 욕망에 대해서 모르기 때문이 아닐까요? 금돌이와 오몽녀는 행복을 찾아가지만, 행복은 찾아간다고 찾을 수 있는 것이 아닙니다. 그들이 했던 욕망의 추구는 행복을 가져다 주지 않을 것입니다.

오몽녀에게 가장 필요한 것은 자기 자신과의 솔직한 대화를 통해 자신의 삶에 대해 성찰하고 반성하는 것입니다. 그러나 이 소설에서는 자기와의 대화, 즉 '나 – 나 대화'가 빠져 있습니다. 만약 오몽녀의 부모가 그녀에게 자기 성찰을 통해 진실한 사랑의 의미, 올바르게 인정받는 것, 의미 있는 삶을 추구하는 법을 가르쳤다면 오몽녀의 삶은 어떻게 달라졌을까요?

많은 사람들이 눈에 보이는 사회적 지위와 물질적 풍요가 행복을 가져다주고, 그러한 욕망을 채워 주는 것을 사랑이라고 착각합니다. 과연 올바른 삶을 위해 순간순간 어떤 선택을 하고 있는지, 사람들과의 진실하고 의미 있는 관계를 맺고 있는지 되돌아볼 기회도 가져야 합니다. 이 소설을 읽으며 진정한 행복을 누릴 수 있는 방법은 무엇인지 고민해 보시기 바랍니다.

• 인정욕망 인간의 관계망 속에서 생기는, 타자에게 인정받으려는 인간의 욕망. 악셀 호네트에 의하면 인간이 자기의 정체성을 형성하는 과정에는 타인의 인정이 필연적으로 작용한다고 한다.(악셀 호네트 저, 『인정투쟁』, 사월의 책, 2011.)

점경(點景)

강자들의 비열한 지배 방법

'점경'이란 멀리서 점점이 보이는 경치를 뜻합니다. 이 소설은 약자들
에 대한 강자들의 비열한 지배방식을 멀리서 덤덤하게 그리고 있습니
다. 강자들은 어떻게 약자들을 부추기고 싸우게 만들고 있을까요? 그
리고 그런 강자들의 지배방식에 약자들은 어떻게 대응하고 있나요?

이태준(1904~?)

해방 후 월북한 소설가로, 1930년대의 한국 모
더니즘 문학을 대표하는 '구인회'에서 활동하였
고, 『문장』의 발행인 겸 편집인으로 우리 문학사
에 적지 않은 공적을 남겼다. 『까마귀』, 『돌다리』
등의 작품이 있다.

불그스름한 황토는 미어진 고무신에만 묻은 것이 아니라 새까맣게 탄 종아리에도 더러 튀었던 자국이 있다. 바지는 어른이 입다가 무릎이 나가니까 물려준 듯 아랫도리는 끊어져 달아난 고구라 양복*인데, 거기 입은 저고리는 조선 적삼*이다. 적삼은 거친 베것*이라 벌써 날카로와진 바람서슬에 똘똘 말려 버렸다.

　이러한 옷매무시에 깎은 지 오랜 텁수룩한 머리를 쓴 것뿐인 한 사내아이, 그는 화신백화점 진열창 앞에 서서 그 안을 들여다보는 데 골똘했다.

　"웬 자식이야?"

　무슨 의장병처럼 게이트보이가 내다보고 욕설을 던지되 그의 귀는 먹은 듯,

　"털 담요! 가방! 꽨 크이! 옳아! 운석이 아버지가 서울 올 때면 아버지가 정거장으로 지구 다니던 그따위구나!"

　아이는 다 풀린 태엽처럼 다시 움직일 가망이 없던 눈알을 한 번 힐끗 굴리며 눈을 크게 열었다. 눈은 곧 쌍꺼풀이 되며 윗눈꺼풀에 무엇이 달라

붙은 것처럼 켕겼다. 그래서 아이는 이내 눈을 감아 버린다.

눈을 감자 귀는 또 앵- 소리만이 답답스럽게 귀에 박혀졌다. 한참만에 그 소리가 빠져나갈 때에는 이마와 콧날에서 식은땀이 이슬처럼 솟구쳤고 아랫도리가 후들후들 떨렸다.

"이 자식아, 왜 가라는데 안 가?"

하는 소리가 났다. 그 소리가 무슨 소린가 하고 정신 차려 깨달으려 할 때 게이트보이는 발길로 저보다 어려 보이는 이 아이의 정강이를 찼다. 아이는 입을 딱 벌리고 채인 정강이를 들었으나 게이트보이의 찬란한 복장에 눌려 한마디 대꾸도 못하고 이내 비실비실 피해 달아났다.

그러나 화려한 진열창은 또 이내 다른 것이 눈을 끌었다. 아직도 화신백화점이건만 여긴 다른 상점이겠지, 하고 서서 들여다보았다.

'저건 뭘까?'

아이의 눈은 또 쌍꺼풀이 졌다.

'과자! 과자 곽들!'

아이의 상큼한 턱 아래에서는 아직 여물지도 않은 거랭이뼈*가 몇 번이나 오르락내리락하였다.

'뭐! 4원 20전! 저것 한 곽에!'

아이는 멍청하니 서서 지전 넉 장하고 10전짜리 두 닢을 생각해 보았다.

* 고구라 양복 두꺼운 무명으로 된 양복.
* 적삼 윗도리에 입는 홑옷.
* 베것 베옷.
* 거랭이뼈 울대뼈.

그리고 그 돈을 생각해 보는 마음은 이내 꿈속같이 생기를 잃은 머리에서 지저분스러운 여러 가지 추억을 일으켰다. 한 달에 80전씩 석 달치 월사금 2원 40전이 변통되지 않아서 우등으로 6학년에 올라가긴 했으나 보통학교를 그만두고 만 것, 좁쌀 값 스물 몇 냥 때문에 아버지가 장날 읍 바닥에서 상투를 끄들리고 뺨을 맞던 것, 그리고 어머니가 동생을 낳다가 후산[•]을 못했는데 약값 외상이 많다고 의사가 와 주지 않아서 멀쩡하게 돌아가신 것……. 아이는 눈물이 핑 어리고 말았다. 그래서 울긋불긋한 과자 곽들이 극락에 가 비단옷을 입고 있는 어머니로 보였다.

'엄마!'

아이는 마음 속으로 불러보았다.

'그래, 걱정 말아. 내가 네 옆에서 언제든지 봐 줄게……. 이 돈으로 어서 뭐든지 사 뭐.'

하는 소리가 아이의 귀에는 또렷하게 들리는 것 같았다. 그래,

'어디? 어머니?'

하고 둘러보면 어머니는 간데없고 요란한 전차 소리만 귀를 때린다.

아이는 저는 몰라도 남 보기엔 한편 다리를 약간 절었다. 그건 발목을 삔 때문은 아니요, 힘에 부친 먼 길을 여러 날 계속해 걸어서 한편 발바닥이 부은 때문이다.

아이는 향방 없이 길 생긴 대로 따라 걸은 것이 탑동공원까지 갔다. 그리고 가만히 보니까 팔각정이 '조선어독본'에서 본 기억이 났고, 공원은 아무나 들어가 쉬는 데라는 생각은 나서 여기는 기웃거리지도 않고 들어갔다.

먼저 눈에 띄는 건 실과 장사들이다. 광주리마다 새로 따서 과분(果粉)

이 뽀얀 포도와 배와 사과들이 수북수북 담긴 것들이다.

아이는 '하나 먹었으면!' 하는 욕심은 미처 나지 못했다. '저게 그림이 아닌가? 진열창에 놓인 게 아닌가?' 하는 의심부터 났다. 그리고 웬 양복한 사람이 그 옆에 돌아서서 기다랗게 껍질을 늘어뜨리며 사과를 벗기는 것과, 그 밑에서 자기보다도 더 헐벗은 아이가 손을 벌리고 서서 그 껍질이 어서 떨어지기를, 그리고 땅에 떨어지기 전에 받으려 눈과 입을 뾰족하게 해가지고 서 있는 것을 보고야 모두가 꿈도, 그림도, 진열창도 아닌 것을 깨달았다. 그리고 바투 가서 양복 신사가 어석어석 먹는 입과 껍질을 질겅질겅 씹는 아이의 입을 보고야 그제야 바짝 말랐던 입 안에 침기가 서리고 목젖이 혼자 몇 번이나 늘름거렸다.

'쟤처럼 껍질이라도 먹었으면!'

주위를 둘러보니 배를 사서 깎는 사람이 멀지 않은 곳에 있다.

아이는 뛰는 가슴을 진정하지 못하며 그리로 갔다. 한 걸음만 더 나서면 그 두껍게 벗겨지는 배 껍질에 손이 닿을 만한 데에서 발을 멈추었다. 그러나 아이의 손은 저도 모르게 앞으로 나가는 반대로 뒷짐이 져졌다. 배 껍질은 거의거의 칼에서 떨어지려 하는데 아이의 뒷짐져진 손은 좀처럼 떨어지지 않는다.

아이는 배를 깎는 사람을 쳐다보았다. 조선 두루마기에 빛 낡은 맥고모자를 쓴 어른인데 눈이 조그맣고 여덟 팔자 수염이 달린 얼굴이다.

'저이가 내가 이렇게 배가 고픈 걸 알아줬으면! 그래 그 껍질이라도 먹으

*후산 해산한 뒤에 태반과 양막이 나오는 일.

라고 주었으면!'

하는데 그 여덟 팔자 수염이 한번 찡긋하면서 입이 열리더니 맑은 물방울이 뚝뚝 떨어지는 배의 한편 모서리를 덥석 물어 댄다. 아이는 깜짝 놀라 그 사람의 발 앞을 내려다보았다.

'저런!'

아이는 소리지를만치 낙망하였다. 그 두껍게 벗겨진 배 껍질이 그새 흙에 떨어졌을 뿐 아니라, 그 사람은 넓적한 구둣발로 그것을 짓이겼고, 작은 두 눈을 해끗거리며 '요걸 바라구 섰어?' 하는 듯한 멸시를 아이에게 던지는 것이다. 아이는 얼굴이 화끈하여 그 자리에서 물러선다.

'무슨 까닭일까?'

아이는 낙엽이 떨어지는 백양나무 밑으로 가서 생각해 보았다. 암만 생각해도 모를 일이었다.

'자기가 먹지 않고 버리는 건데 남두 못 먹게 할 게 무언가?'

아이는 한참만에 까부러지려는 정신을 이상한 소리에 다시 눈을 크게 뜨고 가다듬는다. 웬 키가 장승 같은 서양 사람 남녀가 섰는데, 남편인 듯한 사람이 벤또만한 새까만 가죽 갑을 안고 거기 붙은 안경만한 유리알을 나한테 향하고 손잡이를 돌리는 소리였다. 아이는 얼른 일어서 옆을 보았다. 옆에는 아까 그 아이, 저보다도 헐벗은 아이가 역시 어디선지 사과 껍질을 한 움큼 들고 와 질겅거린다. 가만히 보니 그 서양 사람의 알지 못할 기계의 유리알은 자기와 그 애를 번갈아 향하면서 소리를 낸다. 아이들은 그게 활동사진 기계인 줄은, 그리고 그 서양 사람들이 본국으로 돌아가 그들의 행복된 가족을 모여 앉히고 돌릴 것인 줄은 알 리가 없다. 그러나 이 아이는 그 알지 못할 기계의 눈알이 자기를 쏠 때마다 왜 그런지 무섭다. 그래서 일어나 달아나려 하니까 웃기만 하고 섰던 서양 여자가 얼른 손에 들었던 새빨간 지갑을 열더니 은전 한 닢을 내던진다.

'돈!'

그때 아이는 비수 같은 의식이 머릿속을 스치자 나는 듯 굴러가는 돈으로 달려들었다. 그러나 은전 한 닢에 달려든 것은 자기만은 아니었다. 그 사과 껍질을 먹고 섰던 아이는 물론, 웬 시커멓게 생긴 어른도 하나가 달려들었고, 그 어른의 지카다비 신은 발은 누구의 손보다도 먼저 그 백동전을 눌러 덮쳤다. 두 아이는 힐끔하여 원망스럽게 그를 쳐다보았다. 쳐다보니 돈을 밟은 지카다비 발의 임자는 의외에도 돈을 얼른 집으려 하지 않고 그냥 기계만 틀고 서 있는 서양 사람에게 금세 달려들어 멱살이나 잡을 듯이 부릅뜬 눈을 노리는 것이었다. 그러니까 서양 사람 부부는 이내 기계를 안은 채 돌아서 다른 데로 갔고, 이 사람은 그제야 돈을 집더니 뭐라고 중얼거리면서 행길 쪽으로 보이지도 않게 팔매를 쳐 버렸다. 그리고 역시 흘긴 눈으로 두 아이와 모여 선 사람들을 둘러보더니 그도 다른 데로 어청어청 가 버렸다.

'웬일일까? 웬 사람인데 심사가 그 지경일까?'

아이는 이것도 모를 일이었다. 자기가 갖지 않으면서 나도 못 집어 가게 하는 것이 이 아이로선 터득하기 어려운 의문이었다.

그날 밤, 아이는 자정이나 된 때 어느 벤치 위에서 곤히 자다가 공원지기에게 들켰다.

"이놈아, 나가!"

"여기서 좀 잘 테야요."

"뭐야? 이 자식 봐!"

하고 와살스런• 손은 아이의 등허리를 움켜 끌어냈다.

"그냥 둬 두는 데서 좀 자문 어때요?"

공원지기는 대답이 없이 아이의 머리를 한 번 더 쥐어박으며 팔을 질질 끌어다 행길로 밀어내고 무거운 쇠문을 닫았다.

"꼬마! 거기 왜 섰어?"

이번엔 칼 소리가 질그럭거리는 순사가 나타났다. 아이는 소름이 오싹 하였다. 그러나 순사는 아이에게로 오는 것이 아니라, 역시 이제 공원에서 자다가 쫓겨나온 듯, 그래도 공원 안을 넌지시 들여다보고 서 있는 한 어른 에게로 오는 것이다. 어른은 힐끗 순사를 한 번 마주 보더니 쏜살같이 돌 아서서 전찻길을 건너가는데, 그는 시커먼 지카다비까지, 낮에 그 돈을 집 어 버리던 사나이가 틀리지 않았다.

아이는 '그 사람도 거지드랬나' 하고 이상한 느낌이 솟아 그의 뒤를 바라 보는데, 정신이 번쩍 나게 목덜미에서 철썩 소리가 난다.

"가라! 이 놈의 자식아!"

아이는 질겁을 하였다. 순사를 한번 쳐다볼 사이도 없이, 한편 발바닥이 부은 다리로 끝없는 밤거리를 달음질쳤다.

* 왁살스런   우왁살스럽다, 보기에 매우 미련하고 험상궂은 데가 있다.

강자들의 비열한 지배 방법

흙이 잔뜩 묻은 고무신, 텁수룩한 머리, 초라한 차림새로 백화점 진열장의 물건들을 신기한 눈으로 들여다보던 아이는 게이트 보이에게 욕을 먹고 쫓겨납니다. 아이는 백화점의 과자값도 안 되는 돈 때문에 엄마를 잃은 아픈 사연이 있습니다. 백화점의 게이트 보이는 화려하게 차려입은 제복을 입고, 백화점이 부여한 권위로 아이를 매정하게 발로 차서 내쫓아 버립니다. 가진 것 없는 사람이 백화점 진열장을 보는 것만으로도 죄인 취급을 합니다. 배가 고파서 눈조차 제대로 뜨기 힘든 아이는 배를 깎아 먹는 어른 옆에서 껍질이라도 얻어먹으려고 합니다. 그러나 어른은 자신에게는 필요도 없는 껍질을 구둣발로 밟으며 아이가 먹지 못하게 합니다. 또 서양인 남녀는 아이들에게 동전을 던지고, 동전을 줍기 위해 경쟁하며 몰려드는 아이들의 모습을 사진으로 찍으며 그들을 희롱합니다. 아이들이 동전을 주우려고 할 때, 시커멓게 생긴 어른 하나가 달려들어 서양인을 노려보며, 동전을 집어 길 쪽으로 던져 버립니다. 갈 곳 없는 아이는 그날 밤, 벤치 위에서 잠을 자려고 하지만 공원지기는 막무가내로 아이를 쫓아내고 문을 닫아 버립니다.

위에서 보듯이 이 소설에 그려진 풍경 어디에도 서로를 위하는 따스한 마음이나 인간다운 면모를 찾아볼 수가 없습니다. 새롭게 변화되어 가는 식민지 근대화 과정에서 전통적인 가치관은 물질적인 가치관으로 바뀌게 되었고, 인정과 인격은 외면당했습니다. 자본주의 질서인 힘의 논리가 지배하다 보니 강자들은 비열한 방법으로 약자를 지배하고, 약자들은 강자들의 비열한 지배방식에 길들여지게 됩니다. 강자들은 백화점 점원이나 공원지기를 통해 철저하게 자신들과 약자들 사이에 선을 긋습니다. 또 과일껍질과 동전으로 아이를 농락하는 어른과 서양인처럼 강자는 가난한 자의 먹고 싶은 욕구와 가지고 싶은 욕구를 이용하여 약자를 지배하려고 하고, 약자들은 그들의 욕망에 놀아납니다.

이 소설은 떠돌이 아이를 통해 약하고 가난한 자의 고통을 외면하고, 농락하는 강자의 비열한 지배방식을 사실적으로 보여 줍니다. 현재 우리가 살아가는 사회도 그 당시와 별반 다르지 않습니다. 부자들과 가난한 사람들을 차단하며 차별적인 세상을 만드는 게이트 보이와 같은 사람들, 욕망을 자극하기만 하고 채우지 못하도록 방해하며 경쟁을 부추겨 욕망의 노예로 만드는 사람들, 약자들을 깔보며 자기의 우월감을 확인하는 서양인과 같은 사람들이 존재하지 않나요? 여러분의 교실은 어떤가요? 경제적인 격차, 다른 생김새, 다른 성격 등 서로 다름을 받아들이지 못하는 아이들은 그들만의 잔인한 방식으로 서로 계급을 나누고 힘이 센 아이들은 약자를 지배하려고 합니다.

소설의 제목인 '점경'은 멀리서 점점이 보는 경치라는 뜻입니다. 어떤 문제를 너무 가까이서 보게 되면 문제의 본질을 제대로 파악하지 못하는 경우가 많습니다. 점경으로 멀리 보게 되면 큰 그림을 볼 수 있게 됩니다. 그래서 때로는 멀리 떨어져서 문제를 냉정하게 바라볼 필요가 있습니다. 이 소설을 통해 우리의 교실, 나아가서 우리 사회의 점경을 볼 줄 알아야겠습니다.

이런 음악회

집단 이기주의에 저항하기

운동 경기나 승부를 다투는 대회에서 빠질 수 없는 것이 응원입니다. 때로는 경기 자체보다 응원이 중심이 되는 때도 있지요. 이 소설은 응원에 얽힌 이야기입니다. 등장인물들이 벌이는 응원전을 보면서 좋은 응원은 무엇인지, 응원의 목적은 무엇인지 생각해 봅시다.

김유정(1908~1937)

일제 강점기 소설가로, 1930년대 농촌을 배경
으로 하여 해학적이면서도 현실 비판 의식을 드
러내는 농촌 소설들을 발표하였다. 『동백꽃』,
『만무방』 등의 작품이 있다.

내가 저녁을 먹고서 종로 거리로 나온 것은 그럭저럭 여섯 점 반이 넘었
다. 너펄대는 우와기• 주머니에 두 손을 꽉 찌르고 그리고 휘파람을 불며
올라오자니까,

　"얘!" 하고 팔을 뒤로 잡아채며,

　"너 어디 가니?"

　이렇게 황급히 묻는 것이다. 나는 삐긋하는 몸을 고르잡고 돌려보니 교
모•를 푹 눌러쓴 황철이다. 번시• 성미가 겁겁한• 놈인 줄은 아나 그래도
이토록 씨근거리고 긴히 달려듦에는, 하고

　"왜 그러니?"

　"너 오늘 콩쿨• 음악대흰 거 아니?"

　"콩쿨 음악대회?" 하고 나는 좀 떠름하다가 그제서야 그 속이 뭣인 줄을
알았다.

　이 황철이는 참으로 우리 학교의 큰 공로자이다. 왜냐면 학교에서 운동

시합을 하게 되면 늘 맡아 놓고 황철이가 응원대장으로 나선다. 뿐만 아니라 제 돈을 들여가면서 선수들을(학교에서 먹여야 번*이 옳을 건데) 제가 꾸미꾸미* 끌고 다니며 먹이고, 놀리고, 이런다. 그리고 시합 그 이튿날에는 목에 붕대를 칭칭하게 감고 와서 똑 벙어리 소리로

"어떠냐? 내 어제 응원을 잘해서 이기지 않았니?" 하고 잔뜩 뽐을 내고는*,

"그저 시합엔 응원을 잘해야 해!"

그러니까 이런 사람은 영영 남 응원하기에 목이 잠기고 돈을 쓰고 이래야 되는, 말하자면 팔자가 응원대장일지도 모른다. 이번에도 콩쿨 음악대회에 우리 반 동무가 나갔고 또 요행히 예선에까지 붙기도 해서 놈이 어제부터 응원대 모으기에 바빴다. 그러나 나에게는 아무 말도 없더니 왜 붙잡나 싶어서,

"그럼 얼른 가 보지, 왜 이러구 있니?"

"다시 생각해 보니까 암만해도 사람이 부족하겠어." 하고 너도 같이 가자고 팔을 막 잡아 끄는 것이다.

---

* 우와기 상의 또는 윗저고리.
* 교모 학교에서 정한 학생들이 쓰는 모자.
* 번시 본래.
* 겁겁한 성미가 급하고 참을성이 없는.
* 콩쿨 콩쿠르(음악, 미술, 영화 따위를 장려할 목적으로 그 기능의 우열을 가리기 위하여 여는 경연대회)의 잘못된 표기.
* 번 일의 차례를 나타내는 말.
* 꾸미꾸미 남몰래 틈틈이.
* 뽐을 내고는 우쭐거리고는.

"너나 가거라, 난 음악회 싫다."

나는 이렇게 그 손을 털고 옆으로 떨어지다가,

"재! 재! 내 이따 나오다가 돼지고기 만두 사 주마." 함에는 어쩔 수 없이 고개를 모로 돌리어

"대관절 몇 시간이나 하냐?" 하고 묻지 않을 수 없다. 그러나 그 대답이 끽 두 시간이면 끝나리라하므로 나는 안심하고 따라섰다.

둘이 음악회장 입구에 헐레벌떡하고 다다랐을 때는 우리 반 동무 열 세 명은 벌써 와서들 기다리고 섰다. 저희끼리 낄낄거리고 수군거리고 하는 것이 아마 한창들 흉계*가 벌어진 모양이다.

황철이는 우선 입장권을 사 가지고 와 우리에게 한 장씩 나누어 주며 명령을 하는 것이다. 즉 우리들이 네 무더기로 나누어서 회장의 전후좌우로 한구석에 한 무데기씩 앉고 시치미를 딱 떼고 있다가 우리 악사만 나오거든 덮어 놓고 손바닥을 치며 재청*이라고 악을 쓰라는 것이다. 그러면 암만 심사원이라도 청중을 무시하는 법은 없으니까 일등은 반드시 우리의 손에 있다고. 허나 다른 악사가 나을 적에는 손바닥커녕 아예 끽소리도 말라 하고 하나씩 붙들고는 그 귀에다,

"알았지, 응?"

그리고 또,

"알았지, 재청?" 하고 꼭꼭 다진다.

"그래그래, 알았어!"

나도 쾌히 깨닫고 황철이의 뒤를 따라서 회장으로 올라갔다.

새로 건축한 넓은 대강당에는 벌써 사람들 머리로 까맣게 깔리었다. 시간을 기다리다 지루했는지 고개들을 길게 뽑고 수선스레 들어가는 우리를 돌아본다. 우리는 황철이의 명령대로 덩어리 덩어리 지어 사방으로 헤어졌다. 나는 황철이와 또 다른 동무 하나와 셋이서 왼쪽으로 뒤 한구석에 자리를 잡았다. 일곱점 정각이 되자 북적거리던 장내가 갑자기 조용하여진다. 모두들 몸을 단정히 갖고 긴장된 시선을 모았다.

제일 처음이 순서대로 성악이었다. 작달막한 젊은 여자가 나와 가냘픈 음성으로 노래를 부르는데 귀가 간지럽다. 하기는 노래보다도 조그만 두 손을 가슴께 꼬부려 붙이고 고개를 개웃이 앵앵거리는 그 태도가 나는 가엾다 생각하고 하품을 길게 뽑았다. 나는 성악은 원 좋아도 안하려니와 일반 음악에도 씩씩한 놈이 아니면 귀가 가려워 못 듣는다.

그 담에도 역시 여자의 성악, 그리고 피아노 독주, 다시 여자의 성악……. 그러니까 내가 앞의 사람 의자 뒤에 고개를 틀어박고 코를 곤 것도 그리 무리는 아닐 듯싶다.

얼마쯤이나 잤는지는 모르나 옆의 황철이가 흔들어 깨우므로 고개를 들어보고 비로소 우리 악사가 등장한 걸 알았다. 중학교복으로 점잖이 바이올린을 켜고 섰는 양이 귀엽고도 한편 앙증해 보인다. 나도 졸음을 참지 못하여 눈을 감은 채 손바닥을 서너 번 때렸으나 그러나 잘 생각하니까 다

---

* 흉계 흉악한 계략.
* 재청 이미 한번 한 것을 다시 청함.

른 동무들은 다 가만히 있는데 나만 치는 것이 아닌가. 게다 황철이가 옆을 콱 치면서,

"이따 끝나거든." 하고 주의를 시켜 주므로 나도 정신이 좀 들었다.

나는 그 바이올린보다도 응원에 흥미를 갖고 얼른 끝나기만 기다렸다. 연주가 끝나기가 무섭게 우리들은 목이 마른 듯이 손바닥을 치기 시작하였다. 이렇게 치고도 손바닥이 안 해지나 생각도 하였지만 이쪽에서,

"재청이오!" 하고 악을 쓰면,

"재청! 재청!" 하고 고함을 냅다 지른다.

나도 두 귀를 막고 재청을 연발했더니 내 앞에 앉은 여학생 계집애가 고개를 뒤로 돌리어 딱한 표정을 하는 것이 아닌가. 이렇게 우리들은 기가 올라서 응원을 하련만 황철이는 시무룩허니 좋지 않은 기색이다. 그 까닭은 우리 십여 명이 암만 악장을 쳐도 컹하게 넓은 그 장내, 그 청중으로 보면 어서 떠드는지 알 수 없을만치 우리들의 존재가 너무 희미하였다. 그뿐 아니라 재청을 요구함에도 불구하고 이번에는 말쑥이 차린 신사 한 분이 바이올린을 옆에 끼고 나오는 것이다.

신사는 예를 멋지게 하고 또 역시 멋지게 바이올린을 턱에 갖다 대더니 무슨 곡조인지 아주 장쾌한 음악이다. 그러자 어느 틈에 그는 제멋에 질리어 팔뿐 아니라 고개며 어깨까지 바이올린 채를 따라다니며 꺼떡꺼떡하는 모양이 얘, 이놈 참 진짜로구나, 하고 감탄 안할 수 없다. 더구나 압도적 인기로 청중을 매혹케 한 그것을 보더라도 우리 악사보다 몇 배 뛰어남을 알 것이다. 그러나 내가 더 놀란 것은 넓은 강당을 뒤엎는 듯한 그 환영이다. 일반 군중의 시끄러운 박수는 말고 위층에서(한 삼사십 명 되리라) 떼를

지어 악을 쓰는 것이 아닌가. 재청소리에 귀청이 터지지 않은 것도 다행은 하나 손뼉이 모자랄까 봐 발까지 굴러가며 거기에 장단을 맞추어 부르는 재청은 참으로 썩 신이 난다. 음악도 이만하면 나는 얼마든지 들을 수 있다 생각하였다. 그리고 저도 모르게 어깨가 실룩실룩하다가 급기야엔 나도 따라 발을 구르며 재청을 청구하였다. 실상 바이올린도 잘했거니와 그러나 나는 바이올린보다 씩씩한 그 응원을 재청한 것이다.

그랬더니 황철이가 불끈 일어서며 내 어깨를 잡아끈다.

"이리 좀 나오너라."

이렇게 급히 잡아끈다. 그리고 아무도 없는 변소로 끌고 와 세워 놓더니,

"너 누굴 응원하러 왔니?" 하고 해쓱한 낯으로 입술을 바르르 떤다. 이놈은 성이 나면 늘 이 꼴이 되는 것을 잘 아므로,

"너 왜 그렇게 성을 내니?"

"아니 너 뭐하러 예 왔냐 말이야?"

"응원하러 왔지!" 하니까 놈이 대뜸 주먹으로 내 복장을 콱 지르며,

"예이 이 자식! 우리 건 고만 납짝했는데 남을 응원해 줘?"

그리고 또 주먹을 내대려 하니 암만 생각해도 아니꼽다. 하여튼 잠깐 가만히 있으라고 손으로 주먹을 막고는,

"너 왜 주먹을 내대니, 말루 못해?" 하다가,

"이놈아! 우리 얼굴에 똥칠한 것 생각 못 허니?"

하고 또 주먹으로 대들려는 데는 더 참을 수 없다.

"돼지고기 만두 안 먹으면 그만이다!"

이렇게 한마디 내뱉고는 나는 약이 올라서 부리나케 층계로 내려왔다.

집단 이기주의에 저항하기

여러분 대부분은 체육대회나 팀 대항 경기 등에 참여해 보신 적이 있을 겁니다. 선수로 직접 뛰어 보지 않았다면 최소한 팀을 위한 응원은 해 보셨겠지요? 응원은 승리를 위해 선수들에게 박수와 노래, 함성 등을 보내는 것을 말합니다. 땀 흘리며 전력투구하고 있는 선수들을 격려하고 도전 의지를 갖도록 힘을 실어 주는 행위이지요. 기본적으로 응원은 경쟁 관계에서부터 시작합니다. 우리 팀 선수들의 실력이 그다지 좋지 않더라도 응원을 통해 싸울 의지를 고무시킴으로써 이기도록 돕는 것이지요. 때에 따라서는 상대 팀의 훌륭한 경기력에 감탄하여 응원의 박수를 보내기도 합니다.

그런데, 황철이의 응원은 위에서 말한 것과는 다른 의도를 담고 있는 것

같습니다. 황철이는 학교 응원대장으로 인정을 받고자 합니다. 단순히 응원만 열심히 하는 것이 아니라, 자기 돈으로 간식까지 사줘 가며 선수들을 뒷바라지하는 그야말로 후원자의 역할까지 하고 있지요. 그 황철이가 콩쿨음악회에 동급생이 참가한다는 말을 듣고 역시나 응원대를 모아 음악회장으로 향합니다. 응원대에는 자처한 아이들도 있겠지만, '나'처럼 음악보다는 돼지고기 만두가 먹고 싶어서 따라나선 아이들도 있었을 겁니다. 황철이는 클래식 음악이 좋아서, 혹은 동급생에 대한 우정 때문에 응원에 참가한 것은 아닌 듯합니다. 응원대를 하면 고기 만두를 사 주겠다, 다른 연주자에게는 박수조차 치지 말아라 하고 내건 조건들이 그가 연주 실력이나 음악에 대한 관심과는 거리가 멀고, 자신이 하는 응원의 힘으로 친구를 이기게 할 수도 있다는 과시욕으로 가득 차 있는 것을 알게 하지요. 한마디로, 응원은 황철이의 개인적인 욕망을 충족하는 수단이며 친구들은 이것에 이용당하는 것이라고 볼 수 있을 것입니다.

그런데, 이런 황철이의 의도대로 되지 않는 아이가 바로 '나'입니다. 다른 팀인 어느 신사의 장쾌한 바이올린 연주에 감탄하여 흔쾌히 응원의 박수를 보내는 '나'가 황철이에게는 눈에 가시처럼 보일 테지요. 자신이 조직한 응원전이 실패한 것도 모자라 자신의 응원대가 다른 연주자에게 열렬한 박수를 보냈으니 말입니다. '나'는 처음에는 고기만두에 혹하여 황철이와 같은 편이 되었지만, 얼마 지나지 않아 아름다운 음악에 감동을 받고, 황철이의 유혹과 폭력에 맞서려는 의지를 갖게 됩니다. 처음부터 '나'는 응원대장으로 뻐기기를 좋아하는 황철이의 심리를 간파하고 있었기에 그의 돈이나 완력, 그의 욕망에 좌우되지 않았던 것입니다. 즉 응원을 가장한 황철이의 위선을 알아차린 것이지요. 그래서 마지막에 '나'는 그에게 맞서서 음악을 즐길 나의 자유와 권리를 되찾습니다.

황철이의 과시와 지배욕은 '우리 편이 아니면 적이다', '아무리 훌륭한 선수가 있을지라도 상대 팀을 응원하면 배신이다'와 같은 흑백 논리나 편협한 사고방식을 낳았습니다. '우리 편', '남의 편'과 같은 편 가르기 수법은 또 다른 형태의 폭력이 됩니다. 이런 생각이 지배적일수록 그 사회는 다양한 의견이 무시되기 쉽고, 공동체의 문제나 잘못에 대해 올바른 방향으로 공론화되기가 어려워집니다. 2차 세계대전의 나치즘이나 파시즘은 편 가르기로 인한 폭력이 얼마나 무서운 참사를 초래했는지 단적으로 보여 줍니다. 독재자나 전체주의자가 정당한 논리 없이도 집단을 지배할 수 있는 전형적인 방식이 이 편 가르기 아닐까 합니다.

군이 과거의 역사가 아니더라도 오늘날의 우리 사회는 어떤가요? 경쟁 심리가 심한 사회일수록 다수라는(혹은 다수를 가장하기도 하는) 강자가 추구하는 것이 '좋고 옳다'라는 풍조가 만연해질 수밖에 없습니다. 전체주의적 사고는 이렇게 해서 확산되는 것은 아닐까요? 나와는 다른 삶을 산다, 혹은 다른 생각을 가졌다며 나도 모르는 사이에 편을 가르고 있는 것은 아닌지 되돌아보아야 합니다.

진정한 응원은 승과 패, 아군과 적군을 넘어서서 경기와 선수들 그 자체에 보내는 경의가 아닐까 합니다. 우리 편을 넘어서 상대편도 인정하고 존중하는 것, 나아가 나(우리)와 상대가 하나의 필드에서 같은 경기를 치르고 있는 동시대의 선수라는 것을 깨닫는다면 좋겠습니다. 그리고 동시대의 '우리'라는 전체가 어떤 길을 가고 있는지 늘 뒤돌아보는 통찰력을 가진다면, 삶이 좀 더 평화롭고 화목해질 것입니다.

태형(笞刑)*

* 태형 대쪽으로 볼기를 치는 형벌. 편형(鞭刑)이라고도 함.

극한 상황에서의 선택

일제 강점기의 서대문 형무소, 그 안에 수감된 우리 민족은 어떤 모습
이었을까요? 이 소설은 일제치하 어느 감옥에서 벌어진 일을 그리고
있습니다. 주인공은 살아남기 위해 같은 감방의 한 죄수를 죽음으로
내몹니다. 살기 위해 어쩔 수 없었다는 '나'의 행동을 과연 어떻게 봐
야할까요? 소설을 읽어보며 그 답을 찾아보시기 바랍니다.

김동인(1900~1951)

친일인명사전에 등재된 친일문학가이자 소설
가, 문학평론가이다. 이광수류의 계몽적 교훈주
의에서 벗어나 문학의 예술성과 독자성을 바탕
으로 한 본격적인 근대문학의 확립에 크게 이바
지했다. 『광염 소나타』, 『감자』 등의 작품이 있다.

"기쇼오(起床)•!"

잠은 깊이 들었지만 조급하게 설렁거리는 마음에 이 소리가 조그맣게 들린다. 나는 한 순간 화닥닥 놀래어 깨었다가 또다시 잠이 들었다.

"여보, 기쇼야, 일어나오."

곁의 사람이 나를 흔든다. 나는 돌아누웠다. 이리하여 한 초 두 초, 꿀보다도 단 잠을 즐길 적에 그 사람은 나를 또 흔들었다.

"잠 깨구 일어나소."

"누굴 찾소?"

이렇게 나는 물었다. 머리는 또다시 나락•의 밑으로 미끄러져 들어간다.

"그러디 말고 일어나요. 지금 오방 댕껭(點檢)•합넨다."

"여보, 십 분 동안만 더 자게 해 주."

"그거야 내가 알았소? 간수한테 들키면 혼나갔게 말이지."

"에이! 누가 남을 잠도 못 자게 해. 난 잠들은 지 두 시간도 못 됐구레. 제발 조금만 더……."

이 말이 맺기 전에 나의 넓은 침실과 그 머리맡의 담배를 얼핏 보면서, 나는 혼혼히 잠이 들었다. 그때에 문득 내게 담배를 한 가치 주는 사람이 있으므로, 그 담배를 먹으려 할 때에 아까 그 사람(나를 흔들던 사람)은 또다시 나를 흔든다.

"기쇼● 불렀소. 뎅껑꺼정 해요. 일어나래두……."

"여보, 이제 남 겨우 또 잠들었는데 깨우긴 왜……."

"뎅껑이면 어떻단 말이오? 그래 노형● 상관 있소?"

"그만 둡시다. 그러나 일어나 나오."

"남 이제 국수 먹고 담배 먹은 꿈꾸댔는데……."

이 말을 하려던 나는 생각만 할 뿐 또다시 잠이 들었다. 또 한 초 두 초 단꿈에 빠지려던 나는, 곁방에서 들리는 제걱거리는 칼 소리와 문을 덜컥 덜컥 여는 소리에 벌떡 놀라서 일어나 앉았다. 그러나 온몸을 취케 하던 졸음은 또다시 머리를 덮는다. 나는 무릎을 안고 머리를 묻은 뒤에 또다시 잠이 들었다. 또 한 초 두 초, 시간은 흐른다. 덜컥! 마침내 우리 방문을 여는 소리가 났다. 나는 갑자기 굴복을 하고 머리를 들었다. 이미 잘 아는 바이거니와, 한 초 전에 무거운 잠에 취하였던 사람이라고는 생각 안 되도록 긴장된다.

● 기쇼오 기상.
● 나락 지옥, 벗어나기 어려운 절망적인 상황을 비유적으로 이르는 말.
● 뎅껑 점검, 점호.
● 노형 그다지 가깝지 않은 사이에 예의를 갖추어 가리키거나 부르는 말.

덜컥 하는 소리와 함께 문이 열리며 간수가 서넛 들어섰다.

"뎅껭!"

다섯 평이 좀 못 되는 방에는 너무 크지 않나 생각되는 우렁찬 소리가 울려오며, 경험으로 말미암아 숙련된 흐르는 듯한(우리의 대명사인) 번호가 불리운다. 몇 호 몇 호, 이렇게 흐르는 듯이 불러오던 간수부장은 한 번호에 멎었었다.

"나나햐꾸 나나쥬 용고(七百七十四號)(774호)!"

아무 대답이 없다.

"나나햐꾸 나나쥬 용고!"

자기의 대명사—더구나 일본말로 부르는 것을 알아듣지 못한 칠백칠십사호의 영감(곧 내 뒤에 앉은)은 역시 대답이 없었다. 나는 참다못하여 그를 꾹 찔렀다. 놀라서 덤비는 대답이 그때야 겨우 들렸다.

"예, 하이!"

"나제 하야꾸 헨지오 시나이(왜 빨리 대답 안 하나)!"

"이리 와!"

이렇게 부장은 고함친다. 그러나 영감은 가만 있었다. 고요한 소리 하나 없다.

"이리 오너라!"

두 번째의 소리가 날 때에 영감은 허리를 구부리고 그의 앞에 갔다. 한순간 공기를 헤치고 날카로운 소리와 함께, 이것 역시 경험 때문에 손익게 된 솜씨인, 드는 손 보이지 않는 채찍을 영감의 등에 내리었다. 영감은 가만 있었다. 그러나 눈에는 눈물이 어리었다.

칠백칠십사호 뒤의 번호들이 모두 불리운 뒤에, 정신차리라는 책망과 함께 영감은 자기 자리에 돌아오고 감방문은 다시 닫혔다.

　이상한 일이거니와 한 사람이 벌을 받으면 방안의 전체가 떨린다(공분•이라거나 동정이라든가는 결코 아니다). 몸만 떨릴 뿐 아니라 염통까지 떨린다. 이 떨림을 처음 경험한 것은 경찰서에서 세 시간은 연하여 맞은 뒤에 구류실•에 들어가서 두 시간 동안을 사시나무 떨 듯 떨던 때였다.

　죽지나 않나까지 생각되었다(지금은 매일 두세 번씩 당하는 현상이거니와……)

　방은 죽음의 방같이 소리 하나 없다. 숨도 크게 못 쉰다. 누구나 곁을 보면 거기는 악마라도 있는 것처럼 보려고도 안 한다. 그들에게 과연 목숨이 남아 있는지?

　좀 있다가 점검이 끝났는지 간수들의 발소리가 도로 우리 방 앞을 지나갔다. 그때에 아까 그 영감의 조그만 소리가 겨우 침묵을 깨뜨렸다.

　"집엔, 그 녀석(간수)보담 나이 많은 아들이 두 녀석이나 있쉐다가레……."

　덥다.

　몇 도(度)인지, 백십 도 혹은 그 이상인지도 모르겠다.

　매일 아침 경험하는 바와 같이 동쪽 하늘에 떠오르는 해를 '저 해가 이제 곧 무르녹일테지' 생각하면 그 예상을 맞추려는 듯이 해는 어느 덧 방을 무

• 공분　공적인 일에 대하여 느끼는 분개.
• 구류실　일정한 기간 동안 수형자를 교도소에 구치하여 자유를 속박하는 형벌을 받던 곳.

르녹인다.

다섯 평*이 조금 못 되는 이 방에, 처음에는 스무 사람이 있었지만, 몇 방을 합칠 때에 스물 여덟 사람이 되었다. 그때에 이를 어찌하노 했다. 진 남포 감옥에서 공소*로 넘어온 사람까지 설흔 네 사람이 되었을 때에 우리 는 한숨을 쉬었다. 그러나 신의주와 해주 감옥에서 넘어온 사람까지 하여 마흔 네 사람이 될 때에 우리는 한숨도 못 쉬었다. 혀를 채었다.

곧 추녀 끝에 걸린 듯한 뜨거운 해는 끊임없이 더위를 보낸다. 몸속에 어디 그리 물이 많았던지, 아침부터 계속하여 흘린 땀이 그냥 멎지 않고 흐 른다. 한참 동안 땀에 힘없이 앉아 있던 나는, 마지막 힘을 내어 담벽을 기 대고 흐늘흐늘 일어섰다. 지옥이었었다. 빽빽이 앉은 사람들은 모두 힘없 이 머리를 늘이우고 입을 송장같이 벌리고 흐르는 침과 땀을 씻을 생각도 안하고 먹먹히 앉아 있다. 둥그렇게 구부러진 허리, 맥없이 무릎 위에 놓인 손, 뚱뚱 부은 시퍼런 얼굴에 힘없이 벌어진 입, 생기 없는 눈, 흩어진 머리 와 수염, 모든 것이 죽은 사람이었었다. 이것이 과연 아침에 세면소까지 뛰 어갔으며 두 시간 전에 점심 먹느라고 움직인 사람들인가? 나의 곤하여 둔 하게 된 감각에도 눈이 쓰린 역한 냄새가 쏜다.

그들은 무얼 하러 여기 왔나? 바람 불고 잘 자리 있고 담배 있는 저 세상 에서 무얼 하러 여기 왔나? 사랑스러운 손주가 있는 사람도 있겠지. 이쁜 아내가 있는 사람도 있겠지. 제가 벌어먹이지 않으면 굶어죽을 어머니가 있는 사람도 있겠지. 그리고 그들은 자유로 먹고 마시고 바람을 쏘이고 자 유로 자고 있었을 테다. 그러던 그들이 어떤 요구로 여기를 왔나?

그러나 지금의 그들의 머리에는 독립도 없고, 민족 자결도 없고, 자유도 없고, 사랑스러운 아내며 아들이며 부모도 없고 또는 더위를 깨달을 만한 새로운 신경도 없다. 무거운 공기와 더위에 괴로움 받고 학대받아서, 조그맣게 두 개골 속에 웅크리고 있는 그들의 피곤한 뇌에 다만 한 가지의 바램이 있다 하면, 그것은 냉수 한 모금이었다. 나라를 팔고 고향을 팔고 친척을 팔고 또는 뒤에 이를 모든 행복을 희생하여서라도 바꿀 값이 있는 것은 냉수 한 모금밖에는 없었다.

즉, 그 때에 눈에 얼핏 떠오른 것은(때때로 당하는 현상이거니와) 쫄쫄 쫄쫄 흐르는 샘물과 표주박이었다.

"한 잔만 먹여 다고, 제발……."

나는 누구에게 비는지 모르게 빌었다. 그리고 힘없는 눈을 또다시 몸과 몸이 서로 닿아 썩어서 몸에는 종기투성이요, 전 인원의 십 분의 칠은 옴장이•인 무리로 향하였다. 침묵의 끝없는 시간은 그냥 흐른다.

나는 도로 힘없이 앉았다.

"에, 더워 죽겠다!"

마지막 '죽겠다'는 말은 똑똑히 들리지 않도록 누가 토하는 듯이 말하였다. 그러나 아무도 거기 대꾸할 용기가 없는지, 또 끝없는 침묵이 연속된다. 머리나 몸 가운데 어느 것이든 노동하지 않고는 사람은 못 사는 것이다. 그 사람들의 몇 달 동안을 머리를 쓸 재료가 없이, 몸은 움직일 틈이 없

• 평   한 평 : 3.305m².
• 공소   법원에 대하여 형사사건의 재판을 요구하는 소송행위.
• 옴장이   '옴쟁이', 옴이 오른 사람을 이르는 말. '옴은 벌레의 기생으로 생기는 전염성 피부병. 손가락 사이나 발가락 사이가 짓무르기 시작하여 차차 온몸에 퍼지며 몹시 가려움.

이 지내왔으니 어찌 견딜 수 있을까? 그것도 이 더위에…….

더위는 저녁이 되어가며 차츰 더하여진다. 모든 세포는 개개의 목숨을 가진 것같이 더위에 팽창한 몸의 한 부분이라고는 생각할 수가 없었다. 무겁고 뜨거운 공기가 허파에 들어갔다가 나올 때마다 더위는 더하여진다. 이러고야 어찌 열병 환자가 안 날까?

닷새 전에 한 사람이 병감•으로 나가고, 그저께 또 한 사람 나가고, 오늘은 또 두 사람이 앓고 있다.

우리는 간수가 병인을 병감으로 데리고 나갈 때마다 부러운 눈으로 그들을 보았다. 거기에는 한 방에 여나믄 사람밖에는 두지 않았다. 그리고 그들에게는 '물'약을 주었다. 뿐만 아니라 그들은 맑은 공기를 마실 기회가 있었다.

"오늘이 일요일이지요?"

나는 변기(便器)위에 올라앉아서 어두운 전등 밑에 이를 잡으면서 곁에 서 있는 사람에게 물었다(우리는 하룻밤을 삼분(三分)하고 사람을 삼분하여 번갈아 잠을 자고, 남은 사람은 서서 기다리기로 하였다).

"내니 압네까? 좋은 팁네다만, 삼일 날인디 주일 날인디……."

그러나 종소리는 그냥 땡- 땡- 고요한 밤하늘에 울리어온다. 그것은 마치 '여기로 자유로 냉수를 마시고 넓은 자리에서 잘 수 있는 사람이 있다'는 것처럼…….

"사람의 얼굴이 보고 싶어서……."

"그래요. 정 사람의 얼굴이 보고파요."

"종소리 나는 저 세상에 물두 있을 테지. 넓은 자리도 있을 테지. 바람

두, 바람두 불 테지……."

이렇게 나는 중얼거렸다.

"물? 물? 여보 말 마오. 나두 밖에 있을 땐 목마르믄 물도 먹고, 넓은 자리에서 잔 사람이외다."

그는 성가신 듯이 외면을 한다.

그 말을 듣고 보니, 나도 밖에 있을 때에는 자유로 물을 먹었다. 자유로 버드렁거리며 잤다. 그러나 그것은 지나간 옛적의 꿈과 같이 머리에 남아 있을 뿐이다.

"아이스크림도 있구."

이번은 이편의 젊은 사람이 나를 꾹 찔렀다.

"아이스크림? 그것만? 여보 그것만? 내겐 마누라도 있소. 뜰의 유월도 (六月桃)● 두 거반● 익어갈 때요."

나는 이렇게 말하였다. 즉, 아까 영감이 성가신 듯이 도로 나를 보며 말한다.

"마누라? 여보 젊은 사람이 왜 그리 철없는 소리만 하오? 난 아들이 둘씩이나 있었소. 나 들어온 지 두 달 반, 그것들이 죽지나 않았는지……."

서 있기로 된 사람 사이에는 한담●이며 회고담●들이 사귀어졌다.

● 병감 교도소에서, 병든 죄수를 수용하는 감방.
● 유월도 음력 6월에 익는 복숭아. 빛이 검붉고 털이 많으며, 맛이 달고 시원함
● 거반 거의.
● 한담 심심풀이로 이야기를 나눔.
● 회고담 지나간 일을 생각하며 하는 이야기.

그러나 우리들(자지 않고 서서 기다리기로 한) 가운데도 벌써 잠이 든 사람이 꽤 많았다. 서서 자는 사람도 있다. 변기 위 내 곁에 앉았던 사람도 끄덕끄덕 졸다가 툭 변기에서 떨어진 그대로 잔다. 아래 깔린 사람도 송장이 아닌 증거로는 한두 번 다리를 버둥거릴 뿐 그냥 잔다.

나도 어느덧 잠이 들었는지 모르겠다. 가슴이 답답하여 깨니까(매일 밤 여러 번 겪는 현상이거니와) 내 가슴과 머리는 온통 남의 다리(수십 개의) 아래 깔려 있다. 그것들을 움으적 움으적 겨우 뚫고 일어나서, 그냥 어깨에 걸려 있는 몇 개의 남의 자리를 치워 버리고 무거운 김을 배앝았다.

다리 진열장이었었다. 머리와 몸집은 어디 갔는지 방안에 하나도 안 보이고, 다리만 몇 겹씩 포개고 포개고 하여 있다. 저편 끝에서 다리가 하나 버드렁거리는가 하면, 이편 끝에서는 두 다리가 움질움질하고— 그것도 송장의 것과 같은 시퍼런 다리를. 이 사람의 세계를 멀리 떠난 그들에게도 사람과 같은 꿈이 깨어지는지(냉수 마시는 꿈을 꾸는지 모르겠다) 때때로 다리들 틈에서 꿈 소리가 나온다.

아아! 그들도 집에 돌아만 가면 빈약하나마 제가 잘 자리는 넉넉할 것을…….

저편 끝에서 다리가 일여덟 개 들썩들썩 하더니 그 틈으로 머리가 하나 쑥 나오다가 긴 숨을 내어쉬고 도로 다리 속으로 스러진다. 그것을 어렴풋이 본 뒤에 나도 자려고 맥난* 몸을 남의 다리에 기대었다.

아침 세수를 할 때마다 깨닫는 것은, 나는 결코 파래지* 않았다는 것이었다. 부었는지 살쪘는지는 모르지만, 하루 종일 더위에 녹고 밤새도록 졸음과 땀에게 괴로움 받은 얼굴을 상쾌한 찬물로 씻을 때마다 깨닫는 바가 이것이다. 거울이 없으니 내 얼굴은 알 수 없고 남의 얼굴은 점진적*이라 모르지만 미끄러운 땀을 씻고 보등보등한* 뺨을 만져 볼 때마다 나는 결코 파래지 않았다는 사실을 깨닫는다. 그리고 이 세수 뒤의 두세 시간이 우리들의 살림 가운데는 가장 값이 있는 시간이며, 그중 사람 비슷한 살림이었다. 이때뿐이 눈에는 빛이 있고 얼굴에는 산 사람의 기운이 있었다. 심지어는 머리도 얼마간 동작하며, 혹은 농담을 하는 사람까지 생기게 된다. 좀 (단 몇 시간만) 지나면 모든 신경은 마비되고, 머리를 느리우며* 떠도 보지를 못하는 눈을 시리감고 끓는 기름과 같이 숨을 헐떡거릴 사람과 이 사람들 사이에는 너무 간격이 있었다.

"이따는 또 더워질 테지요?"

나는 곁의 사람에게 이렇게 말하였다.

"더워요? 덥긴 왜 더워? 이것 보구려. 오히려 추운 편인데……."

그는 엄청스럽게 몸을 떨어본 뒤에 웃는다.

아직 아침은 서늘한 유월 중순이었다. 캘린더가 없으니 날짜는 똑똑히 모르되 음력 단오를 좀 지난 때였었다. 하루 진일* 받은 더위를 모두 발산한 아침은 얼마간 서늘하였다.

* 맥난 힘이 빠지거나 의욕이 떨어진.
* 파래지 파리하지, 파리하다 : 여위고 핏기가 없이 해쓱하다.
* 점진적 점차로 조금씩 나아가는.
* 보등보등한 보동보동. 살이 통통하게 찌고 보드라운 모양을 나타내는 말.
* 느리우며 늘어뜨리며, 한쪽 끝이 아래로 처지게 하며.
* 진일 종일.

"노형, 어제 공판• 갔댔지요?"

이렇게 나는 그 사람에게 물었다.

"예!"

"바깥 형편이 어떻습디까?"

"형편꺼정이야 알겠소? 그저 포플라두 새파랑구, 구름도 세차게 날아다니구, 말하자면 다 산 것 같습니다. 땅바닥꺼정 움직이는 것 같구, 사람들도 모두 상관•이 시커먼 것이 우리들 보기에는 도둑놈 관상입니다."

"그것을 한 번 봤으면……."

나는 한숨을 쉬었다. 삼월 그믐 아직 두꺼운 솜옷을 입고야 지날 때에 여기 들어온 나는, 포플라가 푸른 빛이었는지 녹빛이었는지 똑똑히 모른다.

"노형도 수일 공판 가겠디오?"

"글쎄, 어제 이야기한 거같이 쉬 독립된답니다."

"쉬?"

"한 열흘 있으면 된답니다."

나는 거기 대꾸를 하려 할 때에 곁방에서 담벽을 두드리는 소리가 들렸다. 그것은 ㄱㄴ과 ㅏㅑㅓㅕ를 수로 한 우리의 암호 신호였다.

"무엇이오?"

나는 이렇게 두드렸다.

"좋 은 소 식 이 있 소. 독 립 은 다 되 었 다 오."

이때에 곁 감방의 문 따는 소리에 암호는 뚝 끊어졌다.

"곁방에서 공판 갈 사람을 불러낸다. 오늘은……."

"노형 꼭 가디?"

"글쎄, 꼭 가야겠는데 – 사람도 보구 넓은 데를……."

그러나 우리 방에서는 어제 간수 부장한테 매맞은 그 영감과 그밖에 영원 맹산 등지 사람 두셋이 불리어 나갈 뿐 나는 역시 그 축에서 빠졌다.

"언제든 한 번 간다."

나는 맛없고 골이 나서 속으로 중얼거렸다. 그러나 그 '언제든'이 과연 언제일까? 오늘은 꼭, 오늘은 꼭, 이리하여 석 달을 미뤄온 나이었다. '영원'과 같이 생각되는 석 달을 매일 아침마다 공판 가기를 기다리면서 지내온 나이었다. '언제 한 번'이란 과연 언제일까? 이런 석 달이 열 번 거듭하면 서른 달일 것이다.

"노형은 또 빠졌구려!"

"싫으면 그만두라지, 도둑놈들!"

"이제 한 번 안 가리까?"

"이제? 이제가 대체 언제란 말이오? 십 년을 기다려도 그뿐, 이십 년을 기다려도 그뿐……."

"그래도 한 번이야 안 가리까?"

"나 죽은 뒤에 말이오?"

나는 그에게까지 역정을 내었다.

좀 뒤에 아침밥을 먹을 때까지도 나의 마음은 자못 편치 못하였다. 그것은 바깥을 구경할 기회를 빨리 지어주지 않는 관리에게 대함이라기보다, 오

• 공판 기소된 형사 사건을 법원이 심리하거나 판결하는 일.(심리 : 재판에 필요한 사실 관계 및 법률관계를 명확히 하기 위하여 법원이 사건을 조사하고 처리하는 일. 기소 : 검사가 특정한 형사 사건에 대하여 법원에 심판을 요구함.)

• 상판 '상판때기'의 준말. 얼굴을 비속하게 이르는 말.

히려 공판에 불리어나가게 된 행복한 사람들에게 대한 무서운 시기에 가까
운 것이었다.

　점심을 먹고 비린내 나는 냉수를 한 대접 다 마신 뒤에, 매일 간수의 눈
을 기어나면서 장난하는 바와 같이, 밥그릇을 당겨서 거기 아직 붙어 있는
밥알을 모두 긁어서 이기기• 시작하였다. 갑갑하고 답답하고, 서로 이야
기하는 것을 허락치 않고, 공상을 하자 하여도 벌써 재료가 없어진 우리가
가질 수 있는 다만 하나의 오락이 이것이었다.

　때가 묻어서 새까맣게 될 때는 그 밥알은 한 덩어리의 떡으로 변한다.
그 떡은 혹은 개 혹은 돼지, 때때로는 간수의 모양으로 빚어져서, 마지막에
는 변기 속으로 들어간다.

　한창 내 손 속에서 움직이던 떡 덩이는 ─ 뿔은 좀 크게 되었지만 한 마리
의 얌전한 소가 되어 내 무릎 위에 섰다. 나는 머리를 들었다.

　아직 장난에 취하여 몰랐지만 해는 어느덧 또 무르녹기 시작하였다. 빈
대 죽인 피가 여기저기 묻은 양회 담벽에는 철창 그림자가 똑똑히 그려져
있다. 사르는• 듯한 더위는 등지고 있는 창 밖에서 등을 타지고, 안고 있는
담벽에서 반사하여 가슴을 타지고, 곁에 빽빽이 사람의 열기로 온몸을 썩
인다. 게다가 똥오줌 무르녹은 냄새와 살 썩은 냄새와 옴약 내에 매일 수
없이 흐르는 땀 썩은 냄새를 합하여, 일종의 독가스를 이룬 무거운 기체는
방에 가라앉아서 환기까지 되지 않았다. 우리의 피곤해서 둔하게 된 감각
으로도 넉넉히 깨달을 수 있는 역한 냄새였다. 간수가 가까이 와서 들여다
보지 않는 것도 당연한 일이었다.

　그리고 보니 생각나거니와 나─뿐 아니라 온 사람의 몸에는 종기 투성

이었다. 가득 차고 일변 증발하는 변기 위에 올라앉아서 뒤를 볼 때마다 역정나는 독한 습기가 엉덩이에 묻어서 거기서 생긴 종기를 이와 빈대가 온몸에 퍼져서 종기투성이 아닌 사람이 없었다.

땀은 온몸에서 뚝 뚝—이라는 것보다 짤짤 흐른다.

"에— 땀."

나는 힘없이 중얼거렸다. 이상한 수수께끼와 같은 일이었다. 밥 먹은 뒤에 냉수를 벌컥벌컥 마시면, 이삼십 분 뒤에는 그 물이 모두 땀으로 되어 땀구멍으로 솟는다. 폭포와 같다 하여도 좋을 땀이 목과 가슴으로 흘러서, 온 몸에 벌레 기어 다니는 것같이 그 불쾌함은 말할 수가 없다.

그러나 땀을 씻는 사람은 하나도 없다. 손가락 하나라도 움직이면 초멸•지옥에라도 떨어질 것같이, 흐르는 땀을 씻으려는 사람도 없다.

'얼핏 진찰감•에 보내어다고.'

나의 피곤한 머리는 이렇게 빌었다. 아침에 종기를 핑계삼아 겨우 빌어서 진찰하러 간 사람 축에 들 나는 지금 그것밖에는 바랄 것이 없었다.

시원한 공기와 넓은 자리를(다만 이십 분 동안이라도) 맛보는 것은, 여간한 돈이나 명예와도 바꿀 수 없는 귀중한 것이었다. 그 뿐만 아니라, 입감이라도 안부는커녕 어느 감방에 있는지도 모르는 아우의 소식을 알는지도 모르겠다.

• 이기기 잘게 짓찧어 다지기.
• 사르는 불태워 없어질 듯한.
• 초멸 도적의 무리를 무찔러 없애는 것.
• 진찰감 병든 죄수가 진찰받을 수 있는 감방.

즉, 뜻하지 않게 눈에 떠오른 것은 집안의 일이었다. 희다 못하여 노랗게까지 보이는 햇빛에 반사하는 양회 담벽에 먼저 담배와 냉수가 떠오르고 나의 넓은 자리가(처음 순간에는 어렴풋하였지만) 똑똑히 나타났다.(어찌하여 그런 조그만 일까지 똑똑히 보였던지 아직껏 이상하게 생각하거니와) 파리 한 마리가 성냥갑에서 담배갑으로 도로 성냥갑으로 왔다갔다한다.

"쌍!"

나는 뜨거운 기운을 내뱉았다.

"파리까지 자유로 날아다닌다."

성내려야 성낼 용기도 없어진 머리로 억지로 성을 내고, 눈에서 그 그림자를 지워 버리려 하였다. 그러나 담배와 냉수는 곧 없어졌지만, 성가신 파리는 끝끝내 떨어지지를 않았다.

나는 손을 들어서(마치 그 파리를 날리려는 것 같이) 두어 번 얼굴을 비빈 뒤에 맥없이 아까 만든 소만 쥐었다.

공기의 맛이 달다고는, 참으로 경험해 보지 못한 사람은 뜻하지도 못할 일일 것이다. 역한 냄새 나는 뜨거운 기운을 배앝고, 달고 맑은 새 공기를 들이마시는 처음 순간에는 기절할 듯이 기뻤다.

서늘한 좋은 일기였다. 아까는 참말로 더웠는지, 더웠으면 그 더위는 어디로 갔는지, 진찰감으로 가는 동안 오히려 춥다 하여도 좋을 만치 서늘하였다.

그러나 그보다도 더 기쁜 것은 거기서 아우를 만난 일이었다.

"어느 방에 있니?"

나는 머리를 간수에게 향한 채로 조그만 소리로 물었다.

"사감 이방에……."

나는 좀 있다가 또 물었다.

"몇 사람씩이나 있니? 덥지?"

"모두들 살이 뚱뚱 부었어……."

"도둑놈들. 우리 방엔 사십여 인이 있다. 몸둥이가 모두 썩는다. 집엔 오히려 넓어서 걱정인 자리가 있건만. 너 그새 앓지나 않았니?"

"감옥에선 앓을래야 병이 안 나. 더워서 골치만 쏘디……."

"어떻게 여기(진찰감) 나왔니?"

"배 아프다구 거짓뿌러 하구……."

"난 종기투성이다. 이것 봐라."

하면서 나는 바지를 걷고 푸릿푸릿한 종기를 내어놓았다.

"그런데 너의 방엔 옴쟁이는 없니?"

"왜 없어……."

그는 누구도 옴쟁이고 누구도 옴쟁이고, 알 이름 모를 이름 하여 한 일여덟 사람 부른다.

"그런데 집에서 면회는 왜 안 오는디……?"

"글쎄 말이다. 모두들 죽었는지……."

문득 아직껏 생각이나 하여보지 않은 일이 머리에 떠오른다. 석 달 동안을 바깥 사람이라고는 간수들밖에 만나 보지 못한 우리에게는 바깥이 어떤 형편인지는 모를 지경이었다. 간혹 재판소에 갔다 오는 사람도 있기는 하지만, 거기 다니는 길은 야외라, 성 안* 형편은 아직 우리가 여기 들어올

---

* 성 안 서울 중심부.

때와 같이 음울한 기운이 시가•를 두르고, 상점은 모두 철전•을 하고 있는지, 또는 전과 같이 거리에는 흥정이 있고, 집안에는 웃음소리가 퍼지며, 예배당에는 결혼하는 패도 있으며, 사람들은 석 달 전에 일어난 그 사건을 거반 잊고 있는지, 보기는커녕 알지도 못하는 일이었다. 일가나 친척의 소소한 일은 더구나 모를 일이었다.

"다 무슨 변이 생겼나부다."

"그래도 어제 공판 갔던 사람이 재판소 앞에서 맏형을 봤다는데……."

아우는 근심스러운 얼굴로 이렇게 말하였다. 그러나 그 아우의 '봤다는데'라는 말과 함께,

"천십칠호!"

하고 고함치는 소리가 귀에 울리었다. 그것은 내 번호였다.

"네!"

"딘찰."

나는 빨리 일어서서 의사의 앞으로 갔다.

"오데가 아파?"

"여기요."

하고 나는 바지를 벗었다. 의사는 내가 내어놓은 엉덩이와 넓적다리를 걸핏 들여다보고 요만 것을…… 하는 듯 얼굴로 말없이 간병수에게 내어맡긴다. 거기서 껍진껍진한 고약을 받아서 되는 대로 쥐어 바르고 이번엔 진찰 끝난 사람 축에 앉았다.

이때에 아우는 자기 곁에 앉은 사람과(나 앉은 데서까지 들리도록) 무슨 이야기를 둥둥 하고 있었다. 나는 깜짝 놀라서 간수를 보았다. 간수는 아우를 주목하는 모양이었다.

나는 기지개를 하는 듯 손을 들었다. 아우는 못 보았다. 이번은 크게 기침을 하였다. 그러나 그는 못 들은 모양이었다. 가슴이 떨리기 시작하였다.

'알 귀야 할 테인데…….'

몸을 움즉움즉 하여 보았지만, 그는 이야기에 정신이 팔려서 그냥 그치지 않고 하다가, 간수가 두어 걸음 자기에게 가까이 올 때야 처음으로 정신을 차리고 시치미를 떼었다. 그러나 간수는 용서하지 않았다. 채찍의 날카로운 소리가 한 번 나는 순간, 아우는 어깨에 손을 대고 쓰러졌다. 피와 열이 한꺼번에 솟아올라 나는 눈이 아뜩하여졌다.

좀 있다가 감방으로 들어올 때에 재빨리 곁눈으로 아우를 보니 나를 보내는 그의 눈에는 눈물이 가득하여 있었다. 무엇이 어리고 순결한 그의 눈에 눈물이 고이게 하였나? 나는 바라고 또 바라던 달고 맑은 공기를 맛보기는 맛보았지만, 이를 맛보기 전보다 더 어둡고 무거운 머리를 가지고 감방으로 돌아오게 되었다.

저녁을 먹은 뒤에 더위에 쓰러져 있던 나는, 아직 내어가지 않은 밥그릇에서 젓가락을 꺼내어 손수건 좌우편 끝을 조금씩 감아서 부채와 같이 만들어 부쳐 보았다. 훈훈하고 냄새나는 바람이 땀 위를 살짝 스쳐서, 그래도 조금의 서늘함을 맛볼 수가 있었다. 이깟 지혜가 어찌하여 아직 안 났던고? 나는 정신 잃은 사람같이 팔을 들었다. 이 감방 안에서는 처음의 냄새

• 시가 도시의 인가(人家)나 상가가 많이 늘어선 거리.
• 철전 문을 닫고 장사를 하지 않다.

는 나지만 약간의 바람이 벌레 기어 다니는 것같이 흐르던 가슴의 땀을 증발시키느라고 꿈같은 냉미를 준다. 천장에 딱 붙은 전등이 켜졌다. 그러나 더위는 줄지 않았다. 손수건의 부채는 온방안이 흉내 내어, 나의 뒤의 사람으로 말미암아 등도 부쳐졌다. 썩어진 공기가 움직인다.

그러나 우리들의 부채질은 재판소에서 돌아오는 사람들 때문에 중지되지 않을 수 없었다. 우리 방에서 나갔던 서너 사람도 돌아왔다. 영원 영감도 송장 같은 얼굴로 돌아왔다. 나는 간수가 돌아간 뒤에 머리는 앞으로 향한 대로 손으로 영감을 찾았다.

"형편 어떻습디까?"

"모르겠소."

"판결은 어떻게 됐소?"

영감은 대답이 없었다. 그의 입은 바늘로 호라메우지나* 않았나? 그러나 한참 뒤에 그는 겨우 대답하였다. 그의 목소리는 대단히 떨렸다―.

"태형 구십 도랍니다."

"거 잘 됐구려! 이제 사흘 뒤에는 담배두 먹구 바람도 쏘이구…….. 난 언제나……."

"여보, 잘 됐시오? 무어이 잘 된단 말이오? 나이 칠십 줄에 들어서 태* 맞으면……. 말하기도 싫소. 난 아직 죽기 싫어! 공소했쉐다."

그는 벌컥 성을 내어 내게 달려들었다. 그러나 그의 뒤에 이은 내 성도 그에게 지지를 않았다.

"여보! 시끄럽소. 노망했소? 당신은 당신이 죽겠다구 걱정하지만, 그래 당신만 사람이란 말이오? 이 방 사십여 명이 당신 하나 나가면 그만큼 자리가 넓어지는 건 생각지 않소? 아들 둘 다 총에 맞아 죽은 다음에 뒤상*

하나 살아 있으면 무얼 해? 여보!"

　나는 곁에 있는 다른 사람에게로 향하였다.

　"여기 태형 언도에 공소한 사람이 있답니다."

　나는 이상한 소리로 껄껄 웃었다.

　다른 사람도 영감을 용서치 않았다. 노망하였다, 바보로다, 제 몸만 생각한다, 내어 쫓아라, 여러 가지의 폄●이 일어났다. 영감은 대답이 없었다. 길게 쉬는 한숨만 우리의 귀에 들렸다. 우리들도 한참 비웃은 후에는 기진하여 잠잠하였다. 무겁고 괴로운 침묵만 흘렀다.

　바깥은 어느덧 어두워졌다. 대동강 빛과 같은 하늘은 온 세상을 뒤덮었다. 우리들의 입은 모두 바늘로 호라메우지나● 않았나? 그러나 한참 뒤에 마침내 영감이 나를 찾는 소리가 겨우 침묵을 깨뜨렸다.

　"여보!"

　"왜 그러오?"

　영감은 또 먹먹하다. 그러나 좀 뒤에 그는 다시 나를 찾았다.

　"노형 말이 옳소. 아들 두 놈은 덩녕쿠 다 죽었쉐다. 난 나 혼자 이제 살아서 무엇 하갔소? 취하●하게 해 주소."

● 호라메우지나　단단히 잡아매다.
● 태　대쪽으로 만든 매.
● 뒤상　'늙은이'의 방언(황해).
● 폄　남을 헐뜯어 나쁘게 말함.
● 취하　신청하였던 일이나 제출하였던 서류 따위를 도로 거두어들임.

"진작 그럴 게지. 그럼 간수 부릅니다."

"그래 주소."

영감은 떨리는 목소리로 말했다.

나는 패통•을 쳤다. 간수는 왔다. 내가 통역을 서서 그의 뜻(이라는 것보다 우리의 뜻)을 말하매 간수는 시끄러운 듯이 영감을 끌어내어 갔다.

자리에 돌아올 때에 방안 사람들의 얼굴을 보니, 그들의 얼굴에는 자리가 좀 넓어졌다는 기쁨이 빛나고 있었다.

모깡•! 이것은 십여 일만에 우리가 가질 수 있는 우리의 가장 큰 행복이다.

"모깡!"

간수의 호령이 들릴 때에 우리들은 줄을 지어서 뛰어나갔다.

뜨거운 해에 쪼인 시멘트 길은 석 달 동안을 쉰 우리의 발에는 무섭게 뜨거웠다. 그러나 그것은 우리의 즐거움의 하나였었다. 우리는 그 길을 건너서 목욕통 있는 데로 가서 옷을 벗어던지고. 반고형•이라 하여도 좋을 꺼룩한• 목욕물에 뛰어들었다.

무엇이라고 형용할 수 없는 즐거움이었었다. 곧 곁에는 수도가 있다. 거기서는 언제든 맑은 물이 나온다. 그것은 우리들의 머리에서 한때도 떠나보지 못한 '달콤한 냉수'이었었다. 잠깐 목욕통에서 덤빈 나는 수도로 나와서 코끼리와 같이 물을 먹었다.

바깥에는 여러 복역수들이 일을 하고 있었다. 그것도 (갑갑함에 겨운) 우리들에게는 부러움의 푯대였었다. 그들은 마음대로 바람을 쏘일 수가 있었다. 목마르면 간수의 허락을 듣고 물을 먹을 수가 있었다. 뿐만 아니라, 그들에게는 갑갑함이 없었다. 즉, 어느 덧 그치라는 간수의 호령이 울리었다. 우리의 이십 초 동안의 목욕은 이에 끝났다. 우리는 (매를 맞지 않으려고) 시간을 유예•치 않고 빨리 옷을 입은 후에 간수를 따라서 감방으로 돌아왔다.

꼭 가장 더울 시간이었었다. 문을 닫는 순간, 우리는 벌써 더위 속에 파묻혔다. 더위는 즐거움 뒤의 복수라는 듯이 용서없이 우리를 내리쪼인다.

"벌써 덥다!"

나는 혼잣말로 중얼거렸다.

"매를 맞구라도 좀더 있을 걸······."

누가 이렇게 말한다. 서너 사람의 웃음 비슷한 소리가 들렸다. 그러나 그 뒤에는 먹먹하였다. 몇 시간 동안의 침묵이 연속되었다.

우리는 무서운 소리에 화닥닥 놀랐다. 그것은 단말마•의 부르짖음이었다.

"히도오쓰(하나), 후두아쓰(둘)."

간수의 헤어나가는 소리와 함께,

"아이구 죽겠다. 아이구 아이구!"

• 패통   교도소에서 재소자가 어떤 용무가 있어 교도관을 부를 때 쓰도록 마련한 장치.
• 모깡   목욕.
• 반고형   고형 : 질이 단단하고 굳어진 일정한 형체, 여기서는 때 등의 오염물이 너무 많아 마치 굳은 것처럼 보이는 물이라는 뜻.
• 끼룩한   걸쭉한.
• 유예   날짜나 시간을 미루거나 늦춤.
• 단말마   숨이 끊어질 때의 고통.

부르짖는 소리가 우리의 더위에 마비된 귀를 찔렀다. 그것은 태 맞는 사람의 부르짖음이었다.

서른까지 헤인 뒤에 간수의 소리는 없어지고 태 맞는 사람의 앓는 소리만 처량히 우리의 귀에 들렸다.

둘째 사람이 태형대에 올라간 모양이다.

"히도오쓰."

하는 간수의 소리에 연한 것은*,

"아유!"

하는 기운 없는 외마디의 부르짖음이었다.

"후다아쓰."

"아유!"

"미이쓰(셋)."

"아유!"

우리는 그 소리의 주인공을 알았다. 그것은 어젯밤 우리가 내어쫓은 그 영원 영감이었었다. 쓰린 매를 맞으면서도 우렁찬 신음을 할 기운도 없이 '아유' 외마디의 소리로 부르짖은 것은 우리가 억지로 매를 맞게 한 그 영감이었다.

"요오쓰(넷)."

"아유!"

"이쓰으쓰(다섯)."

"후—."

나는 저절로 목이 늘어지는 것을 깨달았다. 나의 머리에는 어젯밤 그가 이 방에서 끌려나갈 때의 꼴이 떠올랐다.

"칠십 줄에 든 늙은이가 태 맞고 살길 바라갔소? 난 아무케 되든 노형들이나……."

그는 이 말을 채 맺지 못하고 초연히* 간수에게 끌려나갔다. 그리고 그를 내어쫓은 장본인은 나였었다.

나의 머리는 더욱 숙여졌다. 멀거니 뜬 눈에서는 눈물이 나오려 하였다. 나는 그것을 막으려고 힘껏 감았다. 힘 있게 닫힌 눈은 떨렸다.

* 연한 것은 이어서.
* 초연히 얽매이지 않고 태연하거나 느긋이.

이렇게 읽어 보세요

극한 상황에서 선택

이 소설은 3·1 운동 후, 감옥이라는 극단적인 상황에 처한 우리 민족의 비극을 그리고 있습니다. 일반적으로 「태형」의 주제를 '극한 상황에서 드러난 어쩔 수 없는 인간의 한계'라고 생각합니다. 그러나 소설의 마지막까지 읽고 나면 이 이야기가 일제의 문제가 아니라 우리 민족의 한계라고 말하는 것 같아 씁쓸합니다. 일제 강점기의 민족적 분열, 그것이 마치 우리 자신의 책임이라고 말하는 듯합니다. 그것이 시대적 진실이었을까요?

먼저 내용을 살펴봅시다. 감방의 죄수들 대부분은 일제 강점기 억압에 착취당한 조선인들, 혹은 독립 운동에 참여했거나 그런 흐름 속에서 체포된 조선인 동지들이라고 볼 수 있을 것입니다. 다섯 평이 채 안 되는 감방,

마흔 명이 넘는 죄수들, 더위, 배고픔, 불결함. 이런 열악한 여건은 '나'와 죄수들을 이기적이고 폭력적으로 몰아갑니다. 결국은 감방 안에서 함께 지내던 동포인 영원 영감이 공소를 취하하고 태형을 맞도록 종용하게 되지요. 그리고 '나'의 심리를 통해 이런 행동은 극한의 상황에서는 어쩔 수 없는 선택이라고 정당화되고 있습니다.

'나'의 행동의 정당성을 논하기 전에, 먼저 '나'의 행동에는 어떤 욕망이 도사리고 있는지 생각해 봅시다. 주인공이 원하는 것은 궁극적으로는 자유이지만, 당장은 비좁고 열악한 상황을 벗어나는 것입니다. 이런 마음은 간혹 감방을 벗어나 맛보게 된 잠깐의 자유 속에서 더욱 강해집니다. '나도 (감옥 밖의 사람들처럼) 자유롭고 싶다'라는 욕망은 감옥 밖의 사람들과 자신을 비교하게 만들었지요. 그들과 같아질 수 없는 현실이 더욱 비참했을 것이고, 자꾸만 현재의 열악한 상태를 떠올리며 괴로웠을 것입니다. 이러한 욕망의 불만족 속에서 어떻게든 그것을 채우기 위해 몸부림을 칩니다. 죄수들을 선동하여 감옥에서 가장 하위서열인 영원 영감을 희생양으로 삼아 죽음의 나락으로 내몰게 되지요. 70세가 넘은 노인에게 태형 90도는 죽음이나 마찬가지이니까요.

영원 영감이 나간 감방 안은 자리가 조금 넓어졌을지 몰라도 남은 죄수들의 죄책감은 더 커졌을 것입니다. 영원 영감에게 일제가 안긴 폭력보다 더한 고통 — 동족에게 외면당하는 — 을 안겨 주었기 때문입니다. 이 소설에서 영원 영감이 소외되고 버려진 이유는 약자였다는 것밖에 없습니다. 영원 영감이 동료에게조차 배제된 약자라면, '나'는 동료들의 분열을 조장하는 이기적인 강자일 뿐입니다. 단순히 자신의 욕망을 채우기에만 급급한 비열한 강자이지요. 나머지 죄수들은 어떤가요? 그들 또한 '나'의 선동에 넘어간 비정한 방조자들일 뿐입니다.

자, 그렇다면 주인공이 할 수 있는 선택이 이것밖에 없었을까요? 우리 민족의 결속 의지를 부정하는, 이런 결말이 너무나 비참합니다. 이야기의 흐름을 곰곰이 생각해 보니, 우리 민족의 저항 의지가 이런 단순한 환경적 열악성에 의해 서로를 물고 뜯는 관계로 전락하고 말았다는 암시를 주는 것 같아서 수치스럽습니다. 가장 큰 폭력자는 일제였는데, '나'와 죄수들 누구도 그것에는 저항할 생각을 하지 못하고 있다니 안타깝기만 합니다.

3·1 운동의 실패 후 좌절감을 느낀 지식인들이 이 소설의 주인공처럼 자포자기로 살아남기 위해 돌변했을지 몰라도 모든 사람이 그랬던 것은 아닙니다. 감옥에서 탈출하여 임시정부를 수립하기도 했고, 감옥 속에서 지속적인 독립운동을 해 나간 사람도 있습니다. 그런데 이 소설의 주인공은 그런 선택을 하지 않았습니다. 이런 식으로 이야기를 끌어간 작가의 의도를 생각해 볼 여지가 있지요. 어쩌면 그의 친일 행각에 대한 정당화였다고도 볼 수 있지 않을까요?

만약 감옥 속의 누구라도 영원 영감과 대화와 교류를 하면서 같은 동지임을 더 일깨울 수 있었다면, 그의 편에서 이해해 주었다면 이런 비극은 일어나지 않았을 겁니다. 아무리 옳고 그른 것을 따지기 어려운 아노미적 상황일지라도 그럴 때일수록 연대의 힘이 중요하다는 것을 다시금 깨닫게 하는 소설입니다.

홍염(紅焰)

가해자와 피해자의 동반 몰락

피해자가 저항하는 것은 오늘보다 나은 삶을 살기 위해서입니다. 그런데 가해자가 피해자를 극한까지 몰면 결국에는 가해자도 함께 몰락하고 맙니다. 이 소설에는 나라를 빼앗겨 난민 신세가 된 문 서방 일가가 등장합니다. 극한 상황에 몰린 문 서방, 그의 삶이 평화로워지려면 어떻게 해야 할까요? 어느 누구도 몰락하지 않는 길은 없을까요?

최서해(1901~1932)

일제 강점기의 소설가로서, 1920년대 새롭게
일어난 사회주의 경향의 문학유파인 신경향파
의 대표 작가이다. 주로 자신의 체험을 바탕으로
한 빈궁소설을 썼고, 『탈출기』, 『갈등』 등의 작품
이 있다.

1

    겨울은 이 가난한—백두산 서북편 서간도* 한귀퉁이에 있는 이 가난한 촌락 바이허[白河]에도 찾아들었다. 겨울이 찾아들면 조그만 강을 앞에 끼고 큰 산을 등진 바이허는 쓸쓸히 눈 속에 묻히어서 차디찬 좁은 하늘을 쳐다보게 된다.

    눈보라는 북국의 특색이다. 바이허의 겨울에도 그러한 특색이 있다. 이것이 바이허의 생령*들을 괴롭게 하는 것이다.

    오늘도 눈보라가 친다.

    북극의 얼음 세계나 거처 오는 듯한 차디찬 바람이 우하고 몰려오는 때면 산봉우리와 엉성한 가지 끝에 쌓였던 눈들이 한꺼번에 휘날려서 이 좁은 산골은 뿌연 눈안개 속에 들게 된다. 어떤 때는 강골 바람에 빙판에 덮였던 눈이 산봉우리로 불리게 된다. 이렇게 교대적으로 산봉우리의 눈이 들로 내리고 빙판의 눈이 산봉우리로 올리달아서 서로 엇바뀌는 때면 그런대로 관계치 않으나, 하늬[天風]˙와 강바람이 한꺼번에 불어서 강으로부터 올리달은 눈과 봉우리로부터 내리달은 눈이 서로 부딪치고 어우러지게 되면 눈보라와 바람 소리에 바이허의 좁은 골짜기는 터질 듯한 동요를 받는다.

등진 산과 앞으로 낀 강 사이에 게딱지처럼 끼어 있는 것이 이 바이허의 촌락이다. 통틀어서 다섯 호밖에 되지 않는 집이나마 밭을 따라서 이리저리 흩어져 있다. 모두 커단 나무를 찍어다가 우물정(井)자로 틀을 짜 지은 집인데 여기 사람들은 이것을 ‘귀틀집’이라 한다. 지붕은 대개 조짚˙이요, 혹은 나무 껍질로도 이었다. 그 꼴은 마치 우리 내지(간도서는 조선을 내지라 한다)의 거름집[堆肥舍]˙과 같다. 심하게 말하는 이는 도야지굴˙과 같다고 한다.

이것이 남부여대˙로 서간도 산골을 찾아들어서 사는 조선 사람의 집들이다. 바이허의 집들은 그러한 좋은 표본이다.

험악한 강산 세찬 바람과 뿌연 눈보라 속에 게딱지처럼 붙어서 위태스럽게 침묵을 지키고 있는 이 모든 집에도 어느 때든—공도가 위대한 공도

˙ 서간도 중국 길림성의 동남부 지역. 일제 강점기에 우리나라 사람이 많이 살았음.
˙ 생령 살아 있는 사람의 영혼.
˙ 하늬 서풍.
˙ 조짚 조·피 따위의 낟알을 떨어낸 짚.
˙ 거름집 퇴비를 넣어 두는 헛간.
˙ 도야지굴 돼지를 기르는 건물.
˙ 남부여대 남자는 지고 여자는 인다는 뜻으로, 가난한 사람들이 살 곳을 찾아 떠돌아다니는 것을 이르는 말.

(公道)•가 어그러지지 않으면, 언제든지 꼭 한때는 따뜻한 봄볕이 지내리라. 그러나 이렇게 눈발이 날리고 바람이 우짖으면 그 어설궂은 집 속에 의지 없이 들어박힌 사람들은 자기네로도 알 수 없는 공포에 몸을 부르르 떨게 된다.

이렇게 몹시 춥고 두려운 날 아침에 문 서방은 집을 나섰다. 산산이 흐트러진 머리카락을 뿌연 상투에 휘휘 거둬 감고 수건으로 이마를 질끈 동인 위에 까맣게 그을은 대팻밥 모자를 끈 달아 썼다. 부대처럼 툭툭한 토수래(베실을 삶아서 짠 것이다) 바지저고리는 언제 입은 것인지 뚫어지고 흙투성이 되었는데 바람에 무겁게 흩날린다.

"문 서뱅이 발써 갔소?"

문 서방은 짚신에 들막을 단단히 하고 마당에 내려서려다가 부르는 소리에 머리를 돌렸다. 펄쩍 문을 열면서 때가 찌덕찌덕한 늙은 얼굴을 내미는 것은 한 관청•(韓官廳)이었다.

"왜 그러시우?"

경기 말씨가 그저 남아 있는 문 서방은 한 발로 마당을 밟고 한 발로 흙마루를 밟은 채 한 관청을 보았다.

"엑, 바름•두……저, 엑 흑……."

한 관청은 몰아치는 바람이 아츠러운지• 연방 흑흑 느끼면서,

"저, 일절 욕을 마오! 그게……엑, 워쩐 바름이 이런구. 그게 되놈[胡人]•인데, 부모두 모르는 되놈인데……."

하는 양은 경험 있는 늙은 사람의 말을 깊이 들으라는 어조이다.

"나는 또 무슨 말씀이라구! 아 그늠이 이번두 그러면 그저 둔단 말이오?"

문 서방의 소리는 좀 분개하였다.

눈을 몰아치는 바람은 또 몹시 마당으로 몰아 들었다. 그 판에 문 서방은 바람을 등지고 돌아서고 한 관청의 머리는 창틀 안으로 자라목처럼 움츠러들었다.

"글쎄 이 늙은 거 말을 듣소! 그늠이 제 가새비(장인)를 잘 알겠소? 흥⋯⋯."

한 관청은 함경도 사투리로 뇌면서 다시 머리를 내밀었다.

"염려 마슈! 좋게 하죠."

문 서방은 더 들을 말 없다는 듯이 바람을 안고 휙 돌아섰다.

"그새 무슨 일이나 없을까?"

밭 가운데로 눈을 헤치면서 나가던 문 서방은 주춤하고 돌아다보면서 혼자 뇌었다.

눈보라 때문에 눈도 뜰 수 없거니와 지척을 분간할 수 없이 되어서 집은커녕 산도 보이지 않았다.

"그새 무슨 일이 날라구!"

그는 또 이렇게 혼자 뇌고 저고리섶을 단단히 여미면서 강가로 내려가다가 발을 돌려서 언덕길로 올라섰다. 강얼음을 타고 가는 것이 빠르지만 바람이 심하면 빙판에서 걷기가 거북하여 언덕길을 취하였다. 하도 다니

* 공도 공평하고 바른 도리.
* 관청 관청의 일을 보는 사람.
* 바름 바람도.
* 아츠러운지 거북스러운지.
* 되놈 만주 사람.

던 길이니 짐작으로 걷지 눈에 묻히어서 길이 보이지 않았다.

언덕길에 올라서니 바람은 더욱 심하였다. 우와— 하고 가슴을 쳐서 뒤로 휘딱 자빠질 것은 고사하고 눈발에 아츠럽게 낯을 쳐서 눈도 뜰 수 없고 숨도 바로 쉴 수 없었다. 뻣뻣하여 가는 사지에 억지로 힘을 주어 가면서 이를 악물고 두 마루턱이나 넘어서 달리소 강가에 이르니 가슴에서는 잔나비*가 뛰노는 것 같고 등골에는 땀이 흘렀다. 그는 서리가 뿌연 수염을 씻으면서 빙판을 건너갔다. 빙판에는 개가죽 모자 개가죽 바지에 커단 울레(신)를 신은 중국 파리(썰매)꾼들이 기다란 채찍을 휘휘 두르면서,

"뚜—어, 뚜—어, 딱딱."

하고 말을 몰아간다.

"꺼울리 나얼취(저 조선 거지 어디 가나)?"

중국 파리꾼들은 문 서방을 보면서 욕을 하였으나 문 서방은 허둥허둥 빙판을 걸어서 높다란 바위 모퉁이를 지나 언덕에 올라섰다.

여기가 문 서방이 목적하고 온 달리소라는 땅이다. 이 땅 주인은 인[殷]가라는 중국 사람인데 그 인가는 문 서방의 사위이다. 저편 밭 가운데 굵은 나무로 울타리를 한 것이 인가의 집이다 그 밖으로 오륙 호나 되는 게딱지 같은 귀틀집은 지팡살이(小作人, 소작인)하는 조선 사람들의 집이다. 문 서방은 바위 모퉁이를 돌아 언덕에 오르니 산이 서북을 가리어서 바람이 좀 잠즉하여* 좀 푸근한 느낌을 받았으나, 점점 인가—사위의 집 용마루가 보이고 울타리가 보이고 그 좌우의 같은 조선 사람의 집이 보이니 스스로 다리가 움츠러지면서 걸음이 떠지었다.

"엑 더러운 놈! 되놈에게 딸 팔아먹는 놈!"

그것은 자기 스스로 한 일은 아니지만 어디선지 이런 소리가 귀청을 징

징 치는 것 같은 동시에 개기름이 번지르르하여 핏발이 올올한 눈을 흉악하게 굴리는 인가—사위의 꼴이 언뜻 눈앞에 떠올라서 그는 발끝을 돌릴까 말까 하고 주저하였다. 그러다가도,

"여보 용례(딸의 이름)가 왔소? 용례 좀 데려다 주구려."

하고 죽어 가는 아내의 애원하던 소리가 귓가에 울려서 다시 앞을 향하였다.

"이게 문 서뱅이! 또 딸집을 찾아가옵느마?"

머리를 수긋하고 걷던 문 서방은 불의의 모욕이나 받는 듯이 어깨를 툭 떨어뜨리면서 머리를 들었다. 그것은 길 옆에서 도야지 우리를 치던 지팡살이꾼의 한 사람이었다.

"네! 아아니……."

문 서방은 대답도 아니요 변명도 아닌 이러한 말을 하고는 얼른얼른 인가의 집으로 향하였다. 온 동리가 모두 나서서 자기의 뒤를 비웃는 듯해서 곁눈질도 못 하였다.

여기는 서북이 가리어서 바이허처럼 바람이 심하지 않았다. 흐릿하나마 볕도 엷게 흘렀다.

---

* 잔나비 원숭이의 강원, 충북 방언.
* 잠즉하여 잠잠하여.

2

"여보! 저 인가가 또 오는구려!"

가을볕이 쨍쨍한 마당에서 깨를 떨던 아내는 남편 문 서방을 보면서 근심스럽게 말하였다.

"오면 어쩌누? 와도 하는 수 없지!"

뒤줏간• 앞에서 옥수수 껍질을 바르던• 문 서방은 기탄없이 말하였다.

"엑 그 단련을 또 어찌 받겠소?"

아내의 찌푸린 낯은 스스로 흐리었다.

"참 되놈이란 오랑캐……."

"여보 여기 왔소."

문 서방의 높은 소리를 주의시키던 아내는 뒤줏간 저편을 보면서,

"아, 오셨소?"

하고 어색한 웃음을 웃었다.

"예 왔소? 장구재(주인) 있소?"

지주 인가는 어설픈 웃음을 지으면서 마당에 들어서다가 뒤줏간 앞에 앉은 문 서방을 보더니,

"웅 저기 있소!"

하고 손가락질을 하면서 그 앞에 가 수캐처럼 쭈그리고 앉았다.

서천에 기운 태양은 인가의 이마에 번지르르 흘렀다.

"어디 갔다 오슈?"

문 서방은 의연히 옥수수를 바르면서 하기 싫은 말처럼 힘없이 끄집어내었다.

"문 서방! 그래 오레두* 비들(빚을) 못 가프겠소?"

인가는 문 서방 말과는 딴전을 치면서 담뱃대를 쌈지에 넣는다.

"허허 어제두 말했지만 글쎄 곡식이 안 된 거 어떡하오?"

"안 돼! 안 돼! 곡식이 자르되고 모 되구 내가 아르오?* 오늘은 받아 가지구야 가겠소!"

인가는 담배를 피우면서 버티려는 수작인지 땅에 펑덩 들어앉았다.

"내년에는 꼭 갚아 드릴게 올만 참아 주오! 장구재도 알지만 흉년이 되어서 되지두 않은 이것(곡식)을 모두 드리면 우리는 어떻게 겨울을 나라구 웅?…… 자 내년에는 꼭, 하하……."

인가를 보면서 넋없는 웃음을 치는 문 서방의 눈에는 애원하는 빛이 흘렀다.

"안 되우! 안 돼! 퉁퉁(모두)디 주! 우리두 많이 부족이오."

"부족이 돼두 하는 수 없지. 글쎄 뻔히 보시면서 어떡하란 말이오? 휴-."

"어째 어부소? 웅 니디 어째 어부소!(당신 어째 없소!) 웅 니디 어째 어부소! 마리해!(말해!) 울리(우리) 쌀리디, 울리 소금이디, 울 리 강냉이디……. 니디 입이(그는 입을 가리키면서) 다 안 먹어? 어째 어부소, 웅?"

인가는 낯빛이 거무락푸르락해서 소리를 고래고래 질렀다. 문 서방은

---

* 뒤춧간 곡식을 보관하기 위해 나무로 지은 창고.
* 바르던 껍질을 벗기어 속에 들어 있는 알맹이를 집어 내던.
* 오레두 올해도
* 자르되고 모 되구 내가 아르오? 잘되고 못 되고 내가 아오?

더 말이 나오지 않았다.

언제나 이놈의 소작인 노릇을 면하여 볼까? 경기도에서도 소작인 생활 십 년에 겨죽•만 먹다가 그것도 자유롭지 못하여 남부여대로 딸 하나 앞 세우고 이 서간도로 찾아들었더니 여기서도 그네를 맞아 주는 것은 지팡 살이였다. 이름만 달랐지 역시 소작인이다. 들어오던 해는 풍년이었으나 늦게 들어와서 얼마 심지 못하였고 그 이듬해에는 흉년으로 말미암아 일 년내 꾸어 먹은 것도 있거니와 소작료도 못 갚아서 인가에게 매까지 맞고 금년으로 미뤘더니 금년에도 흉년이 졌다. 다른 사람들도 빚을 지지 않은 바가 아니로되 유독이 문 서방을 조르는 것은 음흉한 인 서방의 가슴 속에 문 서방의 용례(금년 열 일곱)가 걸린 까닭이었다. 문 서방은 벌써 그 눈치 를 알아채었으나 차마 양심이 허락지 않았다. 인가의 욕심만 채우면 밭맥• 이나 단단히 생겨 한평생 기탄•없을 것을 모르지는 않지만 무남독녀로 고 이 기른 딸을 되놈에게 주기는 머리에 벼락이 내릴 것 같아서 죽으면 그저 굶어죽었지 차마 할 수 없었다. 그는 그런 것 저런 것 생각할 때마다 도리 어 내지(조선) ─ 쪼들려도 나서 자란 자기 고향에서 쪼들리던 옛날이─ 삼 년 전의 그 옛날이 그리웠다. 그러나 그것도 한 꿈이었다. 그 꿈이 실현되 기에는 그네의 경제적인 기초가 너무나도 없었다. 빈 마음만 흐르는 구름 에 부쳐서 내지로 보낼 뿐이었다.

"어째서 대답이 어부소, 웅? 그래 울리 비디디 안 가파?(빚을 안 갚아?) 창우니─바피야(이놈 껍질 벗긴다)."

인가는 담뱃대를 꽁무니에 찌르면서 일어나 앉더니 팔을 걷는다. 그것 을 본 문 서방 아내는 낯빛이 파랗게 질려서 부들부들 떨면서 이편만 본 다. 문 서방도 낯빛이 까맣게 죽었다.

"자, 그러면 금년 농사는 온통 드리지요."

문 서방의 목소리는 힘없이 떨렸다. 마치 종아리채를 든 초학• 훈장의 앞에 엎드린 어린애의 소리처럼······.

"부야오(싫어)······. 퉁퉁디······ 모모 모두 우리 가져가두 보미(옥수수) 쓰단(四石), 싸옌(소금) 얼스진(20斤), 쑈미(좁쌀) 디 바단(八石) 디유아(있다)······ 니디 자리 알라 있소! 그거 안 줘?"

검붉은 인가의 뺨은 성난 두꺼비 배처럼 불떡불떡 하였다.

"나머지는 내년에 갚지요."

문 서방은 머리를 뚝 떨어뜨렸다.

"선머(무엇)? 창우니 바피야!"

인가의 억센 손이 문 서방을 잡았다. 문 서방은 가만히 받았다. 정신이 아찔하였다.

"에구, 장구재······ 흑흑······ 장구재······ 제발 살려 줍쇼! 제발 살려 주시면 뼈를 팔아서라두 갚겠습니다. 장구재 제발!"

문 서방의 아내는 부들부들 떨면서 인가의 팔에 매달렸다. 그의 애걸하는 소리는 벌써 울음에 떨렸다.

"내 보미 워디 소금이 낼라! 아니 줬소? 아니 줬소? 어 어째니 줬소?"

• 겨죽 쌀의 속겨로 쑨 죽.
• 밭맥 1맥은 10일경 = 1일경은 약 천 평(坪).
• 기탄 어렵게 여기어 꺼림.
• 초학 학문을 처음으로 배움.

인가의 주먹은 문 서방의 귓벽을 울렸다.

"아이구!"

문 서방은 땅에 쓰러졌다.

"엑 에구…… 웅웅웅…… 에구 장구재! 제발 제제…… 흑 제발 살려 줍소. ……웅."

쓰러지는 문 서방을 붙잡던 아내는 인가를 보면서 땅에 엎드려서 손을 비빈다.

"이 상느믜샛지(상놈의 자식)…… 니디 로포(아내) 워디(내가) 가져가!"

하고 인가는 문 서방을 차더니 엎디어서 손이야 발이야 비는 문 서방의 아내의 손목을 잡아 끌었다.

"니디 울리 집이 가! 오늘리부터 니디 울리 에미네(아내)!"

"장구재…… 제발…… 아이구 웅?"

"에구 엠마."

집안에서 바느질하던 용례가 내달았다. 인가는 문 서방의 아내를 사정없이 끌고 자기 집으로 향한다.

"나를 잡아가라! 나를……."

쓰러졌던 문 서방은 인가의 팔을 잡았다.

"타마나!"

하는 소리와 함께 인가의 발길에 문 서방은 거꾸러졌다.

"아이구 어머니! 왜 울 어머니를 잡아가요? 웅웅…… 흑"

용례는 어머니의 팔목을 잡은 중국인의 손을 물어뜯었다. 용례를 본 인가는 문 서방의 아내는 놓고 문 서방의 딸 용례를 잡았다.

"이 개새끼야! 이것 놔라…… 웅웅 흑…… 아이구 아버지…… 엄마!"

억센 장정 인가에게 티끌같이 연연한 처녀는 몸부림을 하면서 발악을 하였다.

"용례야! 아이구 우리 용례야!"

"에이구 응…… 너를 이 땅에 데리구 와서 개 같은 놈에게……."

문 서방의 내외는 허둥지둥 달려갔다.

낯빛이 파랗게 질린 흰 옷 입은 사람들은 쭉 나와서 섰건마는 모두 시체같이 서 있을 뿐이었다. 여편네 몇몇은 치맛자락으로 눈물을 씻었다.

의연히 제 걸음을 재촉하는 볕은 서산에 뉘엿뉘엿하였다. 앞강으로 올라오는 찬바람은 스스로 스쳐 가는데 석양에 돌아가는 까마귀 울음은 의지 없는 사람의 넋을 호소하는 듯 처량하였다.

"에구 용례야! 부모를 못 만나서 네 몸을 망치는구나! 에구 이놈의 돈이 우리를 죽이는구나!"

문 서방 내외는 그 밤을 인가의 집 울타리 밖에서 새었다. 누구 하나 들여다보지도 않는데 인가의 집에서 내놓은 개들은 두 내외를 잡아먹을 듯이 짖으며 덤벼들었다.

이리하여 용례는 영영 인가의 손에 들어갔다. 며칠 후에 인가는 지금 문 서방이 있는 바이허에 땅날갈이*나 있는 것을 문 서방에게 주어서 그리로 이사시켰다.

문 서방은 별별 욕과 애원을 하였으나 나중에 인가는 자기 집 일꾼들을 불러서 억지로 몰아내었다. 이리하여 문 서방은 차마 생목숨을 끊기 어려

---

* 땅날갈이 소를 데리고 하루 낮 동안에 갈 수 있는 밭의 넓이.

워서 원수가 주는 땅을 파먹게 되었다. 그것이 작년 가을이었다. 그 뒤로 인가는 절대로 용례를 밖으로 내보내지 않을 뿐만 아니라 그 어버이 되는 문 서방 내외에게도 보이지 않았다.

'용례는 매일 밥도 안 먹고 어머니 아버지만 부르고 운다.'

하는 희미한 소식을 인가의 집에 가까이 드나드는 중국인들에게서 들을 때마다 문 서방은 가슴을 치고 그 아내는 피를 토하였다.

이리하여 문 서방의 아내는 늦은 여름부터 아주 병석에 드러누웠다. 그는 병석에서 매일 용례만 부르고 용례만 보여 달라고 졸랐다. 그래서 문 서방은 벌써 세 번이나 인가를 찾아가서 말했으나 효과가 없었다.

이번까지 가면 네 번째다. 이번은 어떻게 성사가 되겠지?

(간도에 있는 중국인들은 조선 여자를 빼앗아가든지 좋게 사가더라도 밖에 내보내지도 않고 그 부모에게까지 흔히 면회를 거절한다. 중국인은 의심이 많아서 그런다고 한다.)

3

문 서방은 울긋불긋한 채필•로 관운장과 장비를 무섭게 그려 붙인 집 대문 앞에 섰다. 문 밖에서 뼈다귀를 핥던 얼룩개 한 마리가 웡웡 짖으면서 달려들더니 이 구석 저 구석에서 개무리가 우하고 덤벼들었다. 어떤 놈은 으르렁 으르고, 어떤 놈은 뒷다리 사이에 바싹 끼면서 금방 물듯이 송곳 같은 이빨을 악물었고, 어떤 놈은 대들었다가는 뒷걸음치고 뒷걸음을 쳤다가는 대어들면서 산천이 무너지게 짖고, 어떤 놈은 소리도 없이 코만 실룩실룩하면서 달려들었다. 그 여러 놈들이 문 서방을 가운데 넣고 죽 돌아서서 각각 제 재주대로 날뛴다. 그렇지 않아도 지금 개 때문에 대문 밖에서 기웃거리던 문 서방은 이 사면초가를 어떻게 막으면 좋을지 몰랐다. 이러는 판에 한 마리가 휙 들어와서 문 서방의 바짓가랑이를 물었다.

"으악…… 거우디(개를)!"

문 서방은 소리를 치면서 돌멩이를 찾느라고 엎드리는 것을 보더니 개들은 일시에 뒤로 물러났으나 또다시 덤벼들었다.

"창우니 타마나가비(이놈 상소리다)!"

안에서 개가죽 모자를 쓰고 뛰어나오는 일꾼은 기다란 호미 자루를 두르면서 개를 쫓았다. 개들은 몰려가면서도 몹시 짖었다.

문 서방은 수수깡이가 지저분하게 널려 있는 방문으로 들어갔다. 누릿하고 퀴퀴한 더운 기운이 후끈 낯을 스칠 때 얼었던 두 눈은 뿌연 더운 안개에 스르르 흐리어서 어디가 어디인지 잘 분간할 수 없었다.

"원다야 라이러마(문 영감 오셨소)?"

구들에서 지껄이는 중국인 중에서 누군지 첫인사를 붙였다.

"에헤 라이러 장구재(주인) 유(있소)?"

문 서방은 어색한 웃음을 지었다. 얼었던 몸은 차차 녹고 흐리었던 눈앞도 점점 밝아졌다.

"장캉바(구들로 올라오시오)!"

구들 위에서 나는 틱틱한 소리는 인가였다. 그는 일꾼들과 무슨 의논을

---

* 채필 채색할 때에 쓰는 붓.

하던 판인가? 지껄이는 일꾼들은 고요히 앉아서 담배를 피우면서 호기심에 번득이는 눈을 인가와 문 서방에게 보내었다. 어느 천년에 지은 집인지, 거미줄이 얽히설키 서린 천정과 벽은 아궁이 속같이 까만데 벽에 붙여놓은 삼국풍진도(三國風塵圖)며 춘야도리원도(春夜桃李園圖)는 이리저리 찢기고 그을었다. 그을음과 담배 연기에 싸여서 눈만 반짝반짝하는 무리들은 아귀도(餓鬼道)•를 생각케 한다. 문 서방은 무시무시한 기분에 몸을 부르르 떨었다.

"처우엔바(담배 잡수시오)!"

인가는 웬일인지 서투른 대로 곧잘 하던 조선말은 하지 않고 알아도 못 듣는 중국말을 쓰면서 담뱃대를 문 서방 앞에 내밀었다.

"여보 장구재! 우리 로포(아내)가 딸을 못 봐서 죽겠으니 좀 보여 주응?……."

문 서방은 담뱃대를 받으면서 또 전처럼 애걸하였다. 인가는 이마를 찡그리면서 볼을 불렀다.

"저게(아내) 마지막 죽어가는데 철천지한이나 풀어야 하잖겠소, 응? 한 번만 보여 주! 어서 그러우! 내가 용례를 만나면 꼬일까 봐……. 그럴 리 있소! 이렇게 된 바에야…… 한 번만…… 낯이나…… 저 죽어가는 제 에미 낯이나 한 번 보게 해주! 네? 제발!……."

"안 되우! 보내지 모하겠소. 우리지비 문바께 로포(아내) 나갔소. 재미어부소."

배짱을 부리는 인가의 모양은 마치 전당포 주인과 같은 점이 있었다. 문 서방의 가슴은 죄였다. 아쉽고 안타깝고 슬픔이 어우러지더니 분한 생각이 났다. 부뚜막에 놓은 낫을 들어서 인가의 배를 왁 긁어 놓고 싶었으나 아직도 행여나 하는 바람과 삶에 대한 애착심이 그 분을 제어하였다.

"그러지 말고 제발 보여 주오! 그러면 내 아내를 데리구 올까? 아니 바람을 쏘여서는…… 엑 죽어두 원이나 끄고 죽게 내가 데리고 올게 낮만 슬쩍 보여 주오, 네? 혹…… 꼭…… 제발……."

이십 년 가까이 손끝에서 자기 힘으로 기른 자기 딸을 억지로 빼앗긴 것도 원통하거든 그나마 자유로 볼 수도 없이 되는 것을 생각하니! 더구나 그 우악한 인가에게 가슴과 배를 사정없이 눌리는 연연한 딸의 버둥거리는 그림자가 눈앞에 언뜻하여, 가슴이 꽉 막히고 사지가 부르르 떨리면서 주먹이 쥐어졌다. 그러나 뒤따라 병석의 아내가 떠오를 때 그의 주먹은 풀리고 머리는 숙었다.

"넬리 또 왔소 이애기하오!(내일 또 와서 이야기 하오) 오늘리디 울리디 일이디 푸푸디! 많이 있소!(오늘 우리 일이 아주 많소)"

인가는 문 서방을 어서 가라는 듯이 자기 먼저 구들에서 내려섰다.

"제발 그러지 말구! 으흑 흑…… 제제 제발 단 한 번만이라두 낮만…… 으흑흑웅!"

문 서방은 인가를 따라 밖으로 나오면서 울었다. 등 뒤에서는 웃음 소리가 들렸다. 그러나 그 웃음소리는 이때의 문 서방에게는 아무러한 자극도 주지 못하였다.

"자― 이거 적지만……."

마당에 한참이나 서서 무엇을 생각하던 인가는 백 조(百弔)짜리 관체

 ● 아귀도 아귀들이 모여 사는 세계로, 늘 굶주리고 매를 맞는다고 함.

(官帖)˙ 석 장을 문 서방의 손에 쥐였다. 문 서방은 받지 않으려고 했다. 더러운 놈의 더러운 돈을 받지 않으려 하였다. 그러나 지금 붙여 먹는 밭도 인가의 밭이다. 잠깐 사이 분과 설움에 어리어서 튀기던 돈은— 돈 힘은 굶고 헐벗은 문 서방을 누르지 않을 수 없었다. 그는 못 이기는 것처럼 삼백 조를 받아 넣고 힘없이 나오다가,

'저 속에는 용례가 있으려니!'

생각하면서 바른편에 놓인 조그마한 집을 바라볼 때 자기도 모르게 발길이 도로 돌아섰다. 마치 거기서는 용례가 울면서 자기를 부르는 것 같았다. 그러나 인가는 문 서방을 문 밖에 내보내고 문을 닫아 잠겄다.

문밖에 나서니 천지가 아득하였다. 발길이 돌아서지 않았다. 사생을 다투는 아내를 생각하면 아니 가든 못 할 일이고 이 울타리 속에는 용례가 있거니 생각하면 눈길이 다시금 울타리로 갔다.

그가 바위 모퉁이 빙판에 올 때까지 개들은 쫓아 나와 짖었다. 그는 제 분김에 한 마리 때려잡는다고 얼른 돌멩이를 집어들었다가, 작년 가을에 어떤 조선 사람이 어떤 중국 사람의 개를 때려죽이고 그 사람이 주인에게 총 맞아 죽은 일이 생각나서 들었던 돌멩이를 헛뿌렸다.

돌아 떨어지는 겨울 해는 어느새 강 건너 봉우리 엉성한 가지 끝에 걸렸다. 바람은 좀 자고 날씨는 맑으나 의연히˙ 추워서 수염에는 우물가처럼 얼음 보쿠지˙가 졌다.

4

눈옷 입은 산봉우리 나뭇가지 끝에 붉은 석양볕이 스르르 자취를 감추고 먼 동쪽 하늘가에 차디찬 연자줏빛이 싸르르 돌더니 그마저 스러지고 쌀쌀한 하늘에 찬별들이 내려다보게 되면서부터 어둑한 황혼빛이 바이허의 좁은 골에 흘러들어서 게딱지 같은 집 속까지 흐리기 시작하였다.

까만 서까래가 드러난 수수깡 천정에는 그을은 거미줄이 흐늘흐늘 수없이 드리고, 빈대 죽인 자리는 수목으로 댓잎[竹葉]을 그린 듯이 흙벽에 빈틈이 없는데 먼지가 수북한 구들에는 구름깔개(참나무를 엷게 밀어서 결은 자리)를 깔아 놓았다. 가마 저편 바탕(부엌)에는 장작개비가 흩어져 있고 아궁이에서는 뻘건 불이 훨훨 붙는다.

뜨끈뜨끈한 부뚜막에는 문 서방의 아내가 누덕이불에 싸여 누웠고 문앞과 윗목에는 이웃집 사람들이 모여 앉았는데 지금 막 달리소 인가의 집에서 돌아온 문 서방은 신음하는 아내의 가슴에 손을 얹고 앉았다.

등꽂이에 켜놓은 등(삼대에 겨를 올려서 불켜는 것)불은 환하게 이 실내의 모든 사람을 비췄다.

"용례야! 용례야! 용례야!"

고요히 누웠던 문 서방의 아내는 마지막 소리를 좀 크게 질렀다. 문 서

* 관체 관에서 발행한 채권.
* 의연히 변함없이.
* 보쿠지 물이나 눈이 얼어붙은 위에 다시 물이 흘러서 여러 겹으로 얼어붙은 얼음.

방은 아내의 가슴을 지그시 눌렀다.

"에구, 우리 용례! 우리 용례를 데려다 주구려!"

그는 눈을 번쩍 뜨면서 몸을 흔들었다.

"여보 왜 이러우. 용례가 지금 와요. 금방 올걸!"

어린애를 어르듯 하면서 땀내가 꾀저분한 아내의 얼굴을 내려다보는 문 서방의 눈은 흐렸다.

"에구, 몹쓸 놈두! 저런 거 모르는 체하는가? 헷!"

윗목에 앉은 늙은 부인은 함경도 사투리로 구슬피 뇌었다.

"허 그러게 되놈이라지! 그놈덜께 인륜(人倫)이 있소?"

문앞에 앉았던 한 관청은 받아쳤다.

"용례! 용례야! 흥 저기 저기 용례가 오네!"

문 서방의 아내는 쑥 꺼진 두 눈을 모듭떠서 천장을 뚫어지게 보면서 보기에 아츠러운 웃음을 웃었다.

"어디? 아직은 안 오. 여보, 왜 이러우? 응?"

문 서방의 목소리는 떨렸다.

"저기 엑…… 용 용례……."

그는 눈을 더 크게 뜨고 두 뺨의 근육을 경련적으로 움직이면서 번쩍 일어났다. 문 서방은 아내의 허리를 안았다. 그는 또 정신에 착오를 일으켰는지, 창문을 바라보고 뛰어나가려고 하면서,

"용례야! 용례 용례…… 저 저기 저기 용례가 있네! 용례야! 어디 가느냐, 응?"

고함을 치고 눈물 없는 울음을 우는 그의 눈에서는 파란 불빛이 번쩍하였다. 좌중은 모진 짐승의 앞에나 앉은 듯이 모두 숨을 죽이고 손을 틀었

다, 문 서방은 전신의 힘을 내어서 아내의 허리를 안았다.

"하하하(그는 이상한 소리를 내어 웃다가 다시 성을 잔뜩 내면서)……
용례, 용례가 저리로 가는구나! 으응…… 저놈이 저놈이 웬 놈이냐?"

하면서 한참 이를 악물고 창문을 노려보더니,

"저 저…… 이놈아! 우리 용례를 놓아라! 저 되놈이, 저 되놈이 용례를 잡
아가네! 이놈 놔라! 이놈 모가지를 빼놓을 이 이…….."

그의 앞에는 용례를 인가에게 빼앗기던 그때가 떠올랐는지, 이를 뿍 갈
면서 몸을 번쩍 일으켜 창문을 향하고 내달았다.

"여보 정신을 차리오! 여보 왜 이러우? 아이구 응…….."

쫓아나가면서 아내의 허리를 안아서 뒤로 끌어들이는 문 서방의 소리는
눈물에 젖었다.

"이놈아! 이게 웬 놈이 남을 붙잡니? 응? 으윽."

그는 두 손으로 남편의 가슴을 밀다가도 달려들어서 남편의 어깨를 물
어뜯으면서,

"이것 놔라! 에그 용례야, 저게 웬 놈이…… 에구구…… 저놈이…… 에
구구…… 저놈이 용례를 깔고 앉네!"

하고 몸부림을 탕탕 하는 그의 눈에는 핏발이 서고 낯빛은 파랗게 질렸다.

이때 한 관청 곁에 앉았던 젊은 사람은 얼른 일어나서 문 서방을 조력하
였다. 끌어들이려거니 뛰어나가려거니 하여 밀치고 당기는 판에 등꽂이가
넘어져서 등불이 펄렁 죽어 버렸다. 방안이 갑자기 깜깜하여지자 창문만
히슥하였다.

"조심들 하라니! 엑 불두!"

한 관청은 등을 화로에 대이고 푸푸 불면서 툭덕툭덕하는 사람들께 주

의를 시켰다. 불은 번쩍하고 켜졌다.

"우우 쏴 – 스르르륵."

문을 치는 바람 소리가 요란하였다.

"엑 또 바람이 나는 게로군! 날쎄두 폐릅(괴상하)다."

한 관청은 이렇게 뇌이면서 등꽂이에 등을 꽂고 몸부림하는 문 서방 내외와 젊은 사람을 피하여 앉았다.

"이것 놓아 주오! 아이구, 우리 용례가 죽소! 저 흉한 되놈에게 깔려서…… 엑 저저…… 저것 봐라! 이놈, 네 이놈아! 에이구 용례야! 용례야! 사람 살려 주오! (소리를 더욱 높여서) 우리 용례를 살려 주! 응으윽 에엑 끅……."

그는 마지막으로 오장육부가 쏟아지게 소리를 지르다가 검붉은 핏덩이를 왈칵 토하면서 앞으로 거꾸러졌다.

"으윽!"

"응 끔직두 한게!"

하면서 여러 사람들은 거꾸러진 문 서방의 아내 앞에 모여들었다.

"여보! 여보소! 아이구 정신 좀……."

떨려 나오는 문 서방의 소리는 절반이나 울음으로 변하였다.

거불거불하는● 등불 속에 검붉은 피를 한 말이나 토하고 쓰러진 그는 낯이 파랗게 되어서 숨결이 없었다.

"허! 잡싱[雜神]●이 붙었는가?"

"으흠 웅! 으흠 훙! 각황제방 심미기, 두우열로 구슬벽……."●

여러 사람들과 같이 문 서방의 아내를 부뚜막에 고요히 뉘어 놓고 한 관청은 귀신을 쫓는 경문이라고 발음도 바로 못 하는 이십팔수를 줄줄줄 읽었다.

"으응응…… 흑흑…… 여여보!"

문 서방의 목멘 울음을 받는 그 아내는 한 관청의 서투른 경문 소리를 듣는지 마는지, 손발은 점점 식어 가고 낯은 파랗게 질렸는데, 무엇을 보려고 애쓰던 눈만은 멀거니 뜨고 그저 무엇인지 노리고 있다. 경문을 읽던 한 관청은,

"엑 인제는 늙어 가는 사람이 울기는? 우지 마오! 살아날 꺼!"

하고 문 서방을 나무라면서 문 서방의 아내 앞에 다가앉더니 주머니에서 은동침(어느 때에 얻어둔 것인지?)을 꺼내 문 서방 아내의 인중(人中)을 꾹 찔렀다. 그러나 점점 식어가는 그는 이마도 찡기지 않았다.● 다시 콧구멍에 손을 대어 보았으나 숨결은 없었다.

바람은 우우 쏴 − 하고 문에 눈을 들이켰다. 여러 사람은 약속이나 한 듯이 두려운 빛을 띤 눈으로 창을 바라보았다.

"으응 에이구! 여보! 끝끝내 용례를 못 보고 죽었구려…… 잉잉…… 흑."

문 서방은 울기 시작하였다. 그 울음소리는 고요한 방안 불빛 속에 바람 소리와 함께 처량하게 흘렀다.

"에구 못된 놈도 있는게!"

"에구 참 불쌍하게두!"

● 거불거불하는 자꾸 크게 흔들리거나 움직이는.
● 잡싱 잡신. 잡다한 신(神). 잡귀(雜鬼).
● 각황제방 심미기, 두우열로 구슬벽…… 귀신을 쫓는 주문.
● 찡기지 않았다 '찔러지지 않았다'의 사투리.

"흥 우리도 다 그 신세지!"

무시무시한 기분에 싸여서 낯빛이 푸르러 가는 여러 사람들은 각각 한 마디씩 뇌었다. 그 소리는 모두 갈 데 없는 신세를 호소하는 듯하게 구슬 프고 힘없었다.

5

문 서방의 아내가 죽은 그 이튿날 밤이었다. 그날 밤에도 바람이 몹시 불었다. 그 바람은 강바람이어서 서북에 둘린 산 때문에 좁한 바람은 움쭉 도 못하던 달리소(문 서방의 사위 인가의 땅)까지 범하였다. 서북으로 산 을 등지고 앞으로 강 건너 높은 절벽을 대하여 강골밖에 터진 데 없는 달리 소는 강바람이 들어차면 빠질 데는 없고 바람과 바람이 부딪쳐서 흔히 회 오리바람이 일게 된다. 이날 밤에도 그 모양으로, 달리소에는 회오리바람 이 일어서 낫가리•가 날리고 지붕이 날리고 산천이 울려서 혼돈이 배판할• 때 빙세계나 트는 듯한 판이라 사람은커녕 개와 도야지도 굴 속에서 꿈쩍 못하였다.

밤이 퍽 깊어서였다.

차디찬 별들이 총총한 하늘 아래, 우렁찬 바람에 휘날리는 눈발을 무릅 쓰고 달리소 앞강 빙판을 건너서 달리소 언덕으로 올라가는 그림자가 있 다. 모진 바람이 스치는 때마다 혹은 엎드리고 혹은 우뚝 서기도 하면서 바삐바삐 가던 그림자는 게딱지 같은 지팡살이집 근처에서부터 무엇을 꺼 리는지 좌우를 슬몃슬몃 보면서 자취를 숨기고 걸음을 느리게 하여 저편으로 돌아가 인가의 집 높은 울타리 뒤로 돌아갔다.

"으르릉 윙윙."

하자 어느 구석에서인지 개가 한 마리, 두 마리, 세 마리 뒤이어 나와서 짖으면서 그 그림자를 쫓아간다. 그 개소리는 처량한 바람 소리 속에 싸여 흘러서 건너편 산을 즈르릉 즈르릉 울렸다.

"꽝! 꽝꽝."

인가의 집에서는 개짖음에 홍우재(마적)나 돌아오는가 믿었던지 헛총질을 너댓 방이나 하였다. 그 소리도 산천을 울렸다. 그 바람에 슬근슬근 가던 그림자는 휙 돌아서서 손에 들었던 보자기를 개 앞에 던졌다. 보자기는 터지면서 둥글둥글한 것이 우루루 쏟아졌다. 짖으면서 달려오던 개들은 짖기를 그치고 거기 모여들어서 서로 물고 뜯고 빼앗아 먹는다. 그러는 사이에 그림자는 인가의 울타리 뒤에 산같이 쌓아 놓은 보릿짚더미에 가서 성냥을 쭉 긋더니 뒷산으로 올리닫는다.

처음에는 바람 속에서 판득판득하던* 불이 삽시간에 그 산 같은 보릿짚더미에 붙었다.

"불이야!"

하는 고함과 함께 사람의 소리는 요란하였다. 모진 바람에 하늘하늘 일어서는 불길은 어느새 보릿짚더미를 살라 버리고 울타리를 살라 버리고

---

* 낫가리 벼 등의 곡식을 단으로 묶어서 차곡차곡 쌓은 더미.
* 배판할 벌러서 차릴.
* 판득판득하던 물체가 순간적으로 자꾸 작은 빛을 내비치거나 반사하다.

울타리 안에 있는 집에 옮았다.

"푸우 우루루루 쏴아……."

동풍이 몹시 일면은 불기둥은 서편으로 서풍이 몹시 부는 때면 불기둥은 동으로 쏠려서 모진 소리를 치고 검은 연기를 뿜다가도 동서풍이 어울치면 축늉(火神)*의 붉은 혓발은 하늘하늘 염염이* 타올라서 차디찬 별— 억만 년 변함이 없을 듯하던 별까지 녹아내릴 것같이 검은 연기는 하늘을 덮고 붉은 빛은 깜깜하던 골짜기에 차흘러서 어둠을 기회로 모아들었던 온갖 요귀(妖鬼)를 몰아내는 것 같다. 불을 질러놓고 뒷 숲속에 앉아서 내려다보는 그 그림자— 딸과 아내를 잃은 문 서방은,

"하하하……."

시원스럽게 웃고 가슴을 만지면서 한 손으로 꽁무니에 찼던 도끼를 만져 보았다.

일 동리 사람들과 인가의 집 일꾼들은 불붙는 데 모여들었으나 모두 어쩔 줄을 모르고 떠들고 덤비면서 달려가고 달려올 뿐이었다.

그러는 사이에 울타리는 물론 울타리 속에 엉큼히 서 있던 큰 집 두 채도 반이나 타서 쓰러졌다.

이런 불 속으로부터 여러 사람이 오고 가는 밭 가운데로 튀어나가는 두 그림자가 있었다. 하나는 커단 장정이요, 하나는 작은 여자이다. 뒷간 숲에서 이것을 본 문 서방은 그 두 그림자를 향하여 내리뛰었다. 그는 천방지방 내리뛰었다. 독살이 잔뜩 올라서 불빛에 번쩍이는 그의 눈에는 이 두 그림자밖에는 아무것도 보이지 않았다.

"으윽 끅."

문 서방이 여러 사람을 헤치고 두 그림자 앞에 가 섰을 때 앞에 섰던 장

정의 그림자는 땅에 거꾸러졌다. 그때는 벌써 문 서방의 손에 쥐었던 도끼가 장정 인가의 머리에 박혔다. 도끼를 놓은 문 서방의 품에는 어린 여자의 그림자가 안겼다. 용례가……

그 바람에 모여 섰던 사람들은 혹은 허둥지둥 뛰어 버리고 혹은 뒤로 자빠져서 부르르 떨었다. 용례도 거꾸러지는 것을 안았다.

"용례야! 놀라지 마라! 나다! 아버지다! 용례야!"

문 서방은 딸을 품에 안으니 이때까지 악만 찼던 가슴이 스르르 풀리면서 독살이 올랐던 눈에서 뜨거운 눈물이 떨어졌다. 이렇게 슬픈 중에도 그의 마음은 기쁘고 시원하였다. 하늘과 땅을 주어도 그 기쁨을 바꿀 것 같지 않았다.

그 기쁨! 그 기쁨은 딸을 안은 기쁨만이 아니었다. 적다고 믿었던 자기의 힘이 철통 같은 성벽을 무너뜨리고 자기의 요구를 채울 때 사람은 무한한 기쁨과 충동을 받는다.

불길은 – 그 붉은 불길은 의연히 모든 것을 태워 버릴 것처럼 하늘하늘 올랐다.

• 축늉 화신. 불을 맡은 신.
• 염염이 이글이글할 정도로 몹시 뜨겁고 활활.

가해자와 피해자의 동반 몰락

10년간 소작인 생활을 하면서도 겨죽만 겨우 먹고 사는 신세. 좀 달라질까 하여 가족을 이끌고 타지에 가지만 거듭되는 흉년에 빚은 늘고 가난은 나아질 기미가 보이지 않습니다. 이런 상황에 매일같이 귀한 나의 딸에게 눈독 들이는 중국인 지주는 빚을 갚으라고 성화입니다. 내 입에 풀 칠 할 것도 없는 판에 불어난 빚 독촉이라니……. 문 서방은 예전이나 지금이나, 앞으로 올 앞날도 깜깜한 상황입니다. 이 이야기는 일제에 의해 조국에서 내몰린 동포 난민들의 처절한 삶의 몸부림을 사실적으로 그린 작품입니다.

작가는 힘없고, 보잘 것 없는 문 서방이 끝까지 내몰리다 결국 원한에 대한 복수를 성공시키는 것으로 결말을 냅니다. 읽는 내내 답답했던 울분이 함께 터져 일종의 카타르시스를 느끼게 합니다. 하지만 찝찝함과 석연치 않음이 뒤따르는 것은 왜일까요? 피해자였던 사람이 가해자로 바뀌게 되면서 전폭적인 공감을 불러일으키기도 어렵고 개인적인 원한을 풀기 위해 잔인한 폭력을 휘둘렀다는 공격의 빌미를 제공하기도 합니다.

주인공의 극단적인 행동은 이 작품이 쓰인 식민지 시대에 극한의 힘든 삶을 살아가던 사회적 약자가 할 수 있는 어쩔 수 없는 선택이라고 생각해 볼 수 있습니다. 인가와 문 서방으로 대변되는 두 인물의 갈등 양상은 지배자가 자신의 능력을 과시하거나 이익을 끊임없이 탐하려 하는 과정에서 인간으로서 당연히 누려야 할 피지배자의 권리를 침해하기 때문에 생긴 것입니다. 표면적으로 이 갈등은 집단 간의 투쟁(계급투쟁, 민족투쟁)의 관점으로 해석됩니다. 그러나 이것을 수탈–착취의 과정으로만 파악한다면, 기계적인 해석에만 머물 뿐 작품에 내재된 깊은 의미를 찾아낼 수 없습니다.

다양한 사람들의 여러 욕망을 인정하는 관점에서 해석한다면 어떨까요? 이에 따르면 힘이 센 자나 약한 자는 모두 자신의 인정욕망을 위해 투쟁하고 살아간다고 볼 수 있습니다. 인가는 소위 갑질하는 인물로서, 끊임없는 소유욕과 과시욕을 채워 자신의 지위, 힘을 인정받기 위해 부당한 권력을 휘두르는 인물입니다. 그의 멈추지 않는 욕망 추구는 결국 불행을 초래하게 되지요. 문 서방은 가난하다는 이유로 힘없이 딸을 빼앗기고, 그로 인해 아내를 잃고, 한 가정의 가장으로서의 권리를 짓밟혀 수치심을 느낍니다. 인정 투쟁에서 패배한 그는 빼앗긴 권리와 가부장으로서의 권위를 되찾고자 했지만 결국 살인자로 추락하게 되었습니다.

인가의 행동이 갑질이라면, 문 서방의 보복은 을질이라고 볼 수 있습니다. 갑질과 그에 상응하는 을질이 충돌했을 때 결말은 어땠나요? 소설에서는 둘 모두 몰락하고 말았습니다. 결국 을질의 끝도 해피엔딩이 되기 힘들다는 것을 알게 되었기 때문에 결말에 대한 아쉬움이 크게 남는 것입니다. 이런 불행의 연결고리를 끊어 내기 위해 어떻게 해야 할까요? 개인과 개인의 갈등 구조로만 본다면 이런 불행은 멈추지 않을 것입니다. 개인적 차원을 넘어서서 갑질의 문제를 사회적 갈등 해결의 차원으로 해결하는 방식으로 바꿔 나가야 합니다.

소설이 주는 메시지를 생각하며 인물들이 처한 상황과 그의 행동에 대한 의미를 생각해 보시기 바랍니다. 그리고 우리의 생활상과 연결 지어 빠진 부분을 메워 보며 아쉽게 그려진 점을 찾아봅시다. 결국 평화로운 세상을 만들기 위해서는 어떤 결말로 이끄는 것이 좋을까요? 인가와 문 서방 개인의 힘으로만 실현시켜야 할까요? 비슷한 처지의(혹은 그렇지 않더라도) 이웃 사람들의 도움을 받을 수는 없었을까요? 이웃사람들은 어떤 역할을 할 수 있을까요?